증편 한국구비문학대계

4-9

충청남도 태안군

이 저서는 2008년 정부(교육과학기술부)의 재원으로 한국학중앙연구원(한국학진
흥사업단)의 지원을 받아 수행된 연구임.(AKS-2008-AIA-3101)

증편 한국구비문학대계

4-9
충청남도 태안군

황인덕 · 김기옥 · 백민정 · 김미정

한국학중앙연구원

역락

발간사

　민간의 이야기와 백성들의 노래는 민족의 문화적 자산이다. 삶의 현장에서 이러한 이야기와 노래를 창작하고 음미해 온 것은, 어떠한 권력이나 제도도, 넉넉한 금전적 자원도, 확실한 유통 체계도 가지지 못한 평범한 사람들이었다. 이야기와 노래들은 각각의 삶의 현장에서 공동체의 경험에 부합하였으며, 사람들의 정신과 기억 속에 각인되었다. 문자라는 기록 매체를 사용하지 못하였지만, 그 이야기와 노래가 이처럼 면면히 전승될 수 있었던 것은 그것이 바로 우리 민족의 유전형질의 일부분이 되었기 때문이며, 결국 이러한 이야기와 노래가 우리 민족을 하나의 공동체로 묶어 주고 있는 것이다.

　사회와 매체 환경의 급격한 변화 가운데서 이러한 민족 공동체의 DNA는 날로 희석되어 가고 있다. 사랑방의 이야기들은 대중매체의 내러티브로 대체되어 버렸고, 생활의 현장에서 구가되던 민요들은 기계화에 밀려 버리고 말았다. 기억에만 의존하여 구전되던 이야기와 노래는 점차 잊히고 있다. 한국학중앙연구원이 1970년대 말에 개원함과 동시에, 시급하고도 중요한 연구사업으로 한국구비문학대계의 편찬 사업을 채택한 것은 바로 이러한 시대적 상황에 대한 우려와 잊혀 가는 민족적 자산에 대한 안타까움 때문이었다.

　당시 전국의 거의 모든 구비문학 연구자들이 참여하였는데, 어려운 조사 환경에서도 80여 권의 자료집과 3권의 분류집을 출판한 것은 그들의 헌신적 활동에 기인한다. 당초 10년을 계획하고 추진하였으나 여러 사정으로 5년간만 추진되었으며, 결과적으로 한반도 남쪽의 삼분의 일에 해당

하는 부분만 조사하게 되었다. 그럼에도 불구하고 한국구비문학대계는 주관기관인 한국학중앙연구원의 대표 사업으로 각광 받았을 뿐 아니라, 해방 이후 한국의 국가적 문화 사업의 하나로 꼽히게 되었다.

21세기에 들어서면서 한국학중앙연구원에서는 미완성인 채로 남아 있는 구비문학대계의 마무리를 더 이상 미룰 수 없다는 생각으로 이를 증보하고 개정할 계획을 세웠다. 20년 전의 첫 조사 때보다 환경이 더 나빠졌고, 이야기와 노래를 기억하고 있는 제보자들이 점점 줄어들고 있었던 것이다. 때마침 한국학 진흥에 대한 한국 정부의 의지와 맞물려 구비문학대계의 개정·증보사업이 출범하게 되었다.

이번 조사사업에서도 전국의 구비문학 연구자들이 거의 다 참여하여 충분하지 않은 재정적 여건에서도 충실히 조사연구에 임해 주었다. 전국 각지의 제보자들은 우리의 취지에 동의하여 최선으로 조사에 응해 주었다. 그 결과로 조사사업의 결과물은 '구비누리'라는 이름의 데이터베이스에 탑재가 되었고, 또 조사 자료의 텍스트와 음성 및 동영상까지 탑재 즉시 온라인으로 접근할 수 있는 시스템을 갖추었다. 특히 조사 단계부터 모든 과정을 디지털화함으로써 외국의 관련 학자와 기관의 선망의 대상이 되고 있다.

이제 조사사업의 결과물을 이처럼 책으로도 출판하게 된다. 당연히 1980년대의 일차 조사사업을 이어받음으로써 한편으로는 선배 연구자들의 업적을 계승하고, 한편으로는 민족문화사적으로 지고 있던 빚을 갚게 된 것이다. 이 사업의 연구책임자로서 현장조사단의 수고와 제보자의 고귀한 뜻에 감사를 표하지 않을 수 없다. 아울러 출판 기획과 편집을 담당한 한국학중앙연구원의 디지털편찬팀과 출판을 기꺼이 맡아준 역락출판사에 감사를 드린다.

2013년 10월 4일
한국구비문학대계 개정·증보사업 연구책임자 김병선

책머리에

구비문학조사는 늦었다고 생각하는 지금이 가장 빠른 때이다. 왜냐하면 자료의 전승 환경이 나날이 달라지고 있기 때문이다. 전승 환경이 훨씬 좋은 시기에 구비문학 자료를 진작 조사하지 못한 것이 안타깝게 여겨질 수록, 지금 바로 현지조사에 착수하는 것이 최상의 대안이자 최선의 실천이다. 실제로 30여 년 전 제1차 한국구비문학대계 사업을 하면서 더 이른 시기에 조사를 했더라면 하는 아쉬움이 컸는데, 이번에 개정·증보를 위한 2차 현장조사를 다시 시작하면서 아직도 늦지 않았다는 사실을 실감했다.

구비문학 자료는 구비문학 연구와 함께 간다. 자료의 양과 질이 연구의 수준을 결정하고 연구수준에 따라 자료조사의 과학성이 결정되기 때문이다. 실제로 1차 조사사업 결과로 구비문학 연구가 눈에 띄게 성장했고, 그에 따라 조사방법도 크게 발전되었다. 그러나 연구의 수명과 유용성은 서로 반비례 관계를 이룬다. 구비문학 연구의 수명은 짧고 갈수록 빛이 바래지만, 자료의 수명은 매우 길 뿐 아니라 갈수록 그 가치는 더 빛난다. 그러므로 연구 활동 못지않게 자료를 수집하고 보고하는 일이 긴요하다.

교육부에서 구비문학조사 2차 사업을 새로 시작한 것은 구비문학이 문학작품이자 전승지식으로서 귀중한 문화유산일 뿐 아니라, 미래의 문화산업 자원이라는 사실을 실감한 까닭이다. 따라서 학계뿐만 아니라 문화계의 폭넓은 구비문학 자료 활용을 위하여 조사와 보고 방법도 인터넷 체제와 디지털 방식에 맞게 전환하였다. 조사환경은 많이 나빠졌지만 조사보고는 더 바람직하게 체계화함으로써 누구든지 쉽게 접속하여 이용할 수 있는 데이터베이스를 구축했다. 그러느라 조사결과를 보고서로 간행하는 일은 상대적으로 늦어지게 되었다.

2차 조사는 1차 사업에서 조사되지 않은 시군지역과 교포들이 거주하는 외국지역까지 포함하는 중장기 계획(2008~2018년)으로 진행되고 있다. 한국학중앙연구원 어문생활연구소와 안동대학교 민속학연구소가 공동으로 조사사업을 추진하되, 현장조사 및 보고 작업은 민속학연구소에서 담당하고 데이터베이스 구축 작업은 한국학중앙연구원에서 담당한다. 가장 중요한 일은 현장에서 발품 팔며 땀내 나는 조사활동을 벌인 조사자들의 몫이다. 마을에서 주민들과 날밤을 새우면서 자료를 조사하고 채록하여 보고서를 작성한 조사위원들과 조사원 여러분들의 수고를 기리지 않을 수 없다. 조사의 중요성을 알아차리고 적극 협력해 준 이야기꾼과 소리꾼 여러분께도 고마운 말씀을 올린다.

구비문학 조사를 전국적으로 실시하여 체계적으로 갈무리하고 방대한 분량으로 보고서를 간행한 업적은 아시아에서 유일하며 세계적으로도 그 보기를 찾기 힘든 일이다. 특히 2차 사업결과는 '구비누리'로 채록한 자료와 함께 원음도 청취할 수 있는 데이터베이스를 구축해서 세계에서 처음으로 인터넷과 스마트폰으로 이용할 수 있는 디지털 체계를 마련했다. '구슬이 서 말이라도 꿰어야 보배'인 것처럼, 아무리 귀한 자료를 모아두어도 이용하지 않으면 소용이 없다. 그러므로 이 보고서가 새로운 상상력과 문화적 창조력을 발휘하는 문화자산으로 널리 활용되기를 바란다. 한류의 신바람을 부추기는 노래방이자, 문화창조의 발상을 제공하는 이야기주머니가 바로 한국구비문학대계이다.

2013년 10월 4일
한국구비문학대계 개정·증보사업 현장조사단장 임재해

한국구비문학대계 개정·증보사업 참여자(참여자 명단은 가나다 순)

연구책임자

 김병선

공동연구원

 강등학 강진옥 김익두 김헌선 나경수 박경수 박경신 송진한 신동흔
 이건식 이경엽 이인경 이창식 임재해 임철호 임치균 조현설 천혜숙
 허남춘 황인덕 황루시

전임연구원

 이균옥 최원오

박사급연구원

 강정식 권은영 김구한 김기옥 김영희 김월덕 김형근 노영근 류경자
 서해숙 유명희 이영식 이윤선 장노현 정규식 조정현 최명환 최자운
 한미옥

연구보조원

 강아영 고호은 공유경 기미양 김미정 김보라 김영선 박은영 박혜영
 백민정A 백민정B 서정매 송기태 신정아 오소현 윤슬기 이미라 이선호
 이창현 이화영 임세경 장호순 정혜란 황영태 황은주 황진현

주관 연구기관 : 한국학중앙연구원 어문생활사연구소
공동 연구기관 : 안동대학교 민속학연구소

일러두기

■『증편 한국구비문학대계』는 한국학중앙연구원과 안동대학교에서 3단계 10개년 계획으로 진행하는 "한국구비문학대계 개정·증보사업"의 조사 보고서이다.

■『증편 한국구비문학대계』는 시군별 조사자료를 각각 별권으로 간행하는 것을 원칙으로 한다. 서울 및 경기는 1-, 강원은 2-, 충북은 3-, 충남은 4-, 전북은 5-, 전남은 6-, 경북은 7-, 경남은 8-, 제주는 9-으로 고유번호를 정하고, -선 다음에는 1980년대 출판된『한국구비문학대계』의 지역 번호를 이어서 일련번호를 붙인다. 이에 따라『증편 한국구비문학대계』는 서울 및 경기는 1-10, 강원은 2-10, 충북은 3-5, 충남은 4-6, 전북은 5-8, 전남은 6-13, 경북은 7-19, 경남은 8-15, 제주는 9-4권부터 시작한다.

■ 각 권 서두에는 시군 개관을 수록해서, 해당 시·군의 역사적 유래, 사회·문화적 상황, 민속 및 구비 문학상의 특징 등을 제시한다.

■ 조사마을에 대한 설명은 읍면동 별로 모아서 가나다 순으로 수록한다. 행정상의 위치, 조사일시, 조사자 등을 밝힌 후, 마을의 역사적 유래, 사회·문화적 상황, 민속 및 구비문학상의 특징 등을 중심으로 설명하고, 마을 전경 사진을 첨부한다.

■ 제보자에 관한 설명은 읍면동 단위로 모아서 가나다 순으로 수록한다. 각 제보자의 성별, 태어난 해, 주소지, 제보일시, 조사자 등을 밝힌 후, 생애와 직업, 성격, 태도 등을 중심으로 서술하고, 제공 자료 목록과 사진을 함께 제시한다.

■ 조사 자료는 읍면동 단위로 모은 후 설화(FOT), 현대 구전설화(MPN), 민요(FOS), 근현대 구전민요(MFS), 무가(SRS), 기타(ETC) 순으로 수록한다. 각 조사 자료는 제목, 자료코드, 조사장소, 조사일시, 조사자, 제보자, 구연상황, 줄거리(설화일 경우) 등을 먼저 밝히고, 본문을 제시한다. 자료코드는 대지역 번호, 소지역 번호, 자료 종류, 조사 연월일, 조사자 영문 이니셜, 제보자 영문 이니셜, 일련번호 등을 '_'로 구분하여 순서대로 나열한다.

■ 자료 본문은 방언을 그대로 표기하되, 어려운 어휘나 구절은 ( ) 안에 풀이말을 넣고 복잡한 설명이 필요할 경우는 각주로 처리한다. 한자 병기나 조사자와 청중의 말 등도 ( ) 안에 기록한다.

■ 구연이 시작된 다음에 일어난 상황 변화, 제보자의 동작과 태도, 억양 변화, 웃음 등은 [ ] 안에 기록한다.

■ 잘 알아들을 수 없는 내용이 있을 경우, 청취 불능 음절수만큼 '○○○'와 같이 표시한다. 제보자의 이름 일부를 밝힐 수 없는 경우도 '홍길○'과 같이 표시한다.

■ 『증편 한국구비문학대계』에 수록된 모든 자료는 웹(gubi.aks.ac.kr/web)과 모바일(mgubi.aks.ac.kr)에서 텍스트와 동기화된 실제 구연 음성파일을 들을 수 있다.

차례

태안군 개관 ● 21

● **설화**

● **현대 구전설화**

3. 남면

4. 안면읍

● 현대 구전설화

● 기타

5. 원북면

▌조사마을

▌제보자

6. 이원면

▌조사마을

▌제보자

● 설화

● 현대 구전설화

● 민요

태안군 개관

　충청남도의 가장 서북쪽에 위치한 태안군은 본디 마한시대에 신소도국
(臣蘇途國)과 고랍국(古臘國)이 있었던 것으로 추정되며, 백제 때는 성대혜
현(省大兮縣)으로 개편된다. 그 후 신라의 삼국 통일로 인하여 통일신라의
영토로 편입된 뒤에는 소태현(또는 蘇州)이라 불리어 왔다. 이어 고려가
신라를 이으면서는 공주와 홍성이 충남지역의 중심 치소를 이루었고 이
가운데 태안은 주로 홍성의 영향을 받게 되었다. 그러다가 충렬왕(忠烈王)
24년(1298)에 소태현(蘇泰縣) 충신 이대순(李大順)이 원나라의 총애를 받
게 되자 소태는 태안(泰安)으로 개칭됨과 동시에 군으로 승격되었다. 국태
민안(國泰民安)의 준말인 이 이름은 그 후 700여 년 가까이 지속되어 왔
는데 일제 강점기였던 1914년에 일제는 저들의 통치수단의 일환으로 행
정구역을 개편하면서 태안군을 폐합하여 서산군에 예속시키고 태안군을
태안면으로 격하시켰다. 그러던 것을 최근 1989년부터 옛 지역과 지명을
회복시킴으로써 태안군이 재탄생하게 되었다. 태안군은 현재 2읍 읍면에
65개 법정리, 186개 행정리에 822개의 반, 그리고 493개의 자연마을로
구성되어 있다.

　태안에도 구석기와 신석기 및 청동기 유적과 유물이 발견되고 있어 지
역의 기층 역사에서는 충남의 내륙 쪽과 별 차이가 없다. 또한 우리나라

마애불상의 시초이자 불교조각 미술의 시원으로 알려진 태화산 마애삼존불이 백제 초기 작인 점으로 볼 때 이 지역은 백제사의 중심부에서 먼 곳이기는 했지만 문화적으로 심하게 소외되어 온 것은 아니라 할 수 있다. 그러나 작은 반도들이 서해 바다로 이리저리 벋어나간 지형상의 특징이 말해주듯 태안군은 무엇보다도 바다에 면한 해인(해안)지역이란 점이 가장 큰 특징을 이루는 지역이다. 전체 해안선의 길이가 1300리에 이르고 있음이 그 점을 잘 말해주고 있다. 이러한 지형상의 특징은 과거 시대에 서해를 이용하는 조운선의 항해에 방해가 되었고, 그 결과 태안에는 굴포, 의항, 판목 세 곳을 운하로 만들려는 노력이 가해진, 특이한 경험을 지닌 곳이기도 하다. 이처럼 주로 바다에 접하고 바다에 의지하는 지형적 특징으로 인하여 태안군은 전래적으로 농업보다도 바다를 터전으로 한 어업이 더 성행해 왔고, 지금도 바다가 중심이 된 관광 레저 산업이 유망하게 발전하고 있다.

이 지역에 대한 구비문학 자료 조사는 황인덕, 김기옥, 김미정, 백민정이 참여하였다. 조사 일정은 다음과 같다.

2011년 3월 27일. 전국적으로 만연한 구제역 때문에 겨울철 현지조사를 미루다가 이날 처음으로 조사에 나섰다. 먼저 태안의 북쪽 지역인 이원면 쪽에 대한 조사부터 착수하기로 하고 포지리 2구 마을회관, 내리 2구 마을회관, 내리 3구 마을회관, 포지리 3구 이재필(전 이원면장) 씨 댁을 차례로 방문하여 노래와 이야기를 두루 들었다. 이 날은 대체로 마을회관을 이용하여 주민들을 어렵지 않게 만날 수 있었으나 특기할 만한 제보자는 드러나지 않았다. 이들을 상대로 하여 지역 전설과 동요 중심의 민요와 일상 이야기를 주로 들었다. 여성 제보자로는 내리의 문순임(78)씨와 남성 제보자로는 포지리 3구의 이재필(77) 씨가 주로 적극적으로 자료를 제공해 주었다.

4월 2일. 이 날은 마을회관을 이용하여 제보자를 찾기가 어려워 주로 개인 방문에 의지해야 했다. 원북면 이곡 2리 이시영(79) 어른을 댁으로 방문하였는데 역사 이야기에 관심이 많았다. 시골에서 유식한 분으로 평가 받는 인물의 전형이라 할 만한 분이었다. 이어 포지리 2구 조재동(82) 어른 댁을 방문하였으나 큰 성과는 없었다. 마침 지나가던 산림 감시원 이주선(59) 씨를 만나 몇 마디 이야기를 들었는데, 일이 끝나고 저녁 때 다시 이야기를 더 들려주겠다며 자료 제공에 적극성을 보여주었다. 원북면 사무소가 있는 반계 2구 마을회관을 방문했으나 마침 노인회에서 여행을 떠난 참이라 여러 어른들을 뵙지는 못하고 이용금(88) 이순(84) 두 어른에게서 몇 마디를 듣는 데 그쳤다. 이어 오후에는 반계리 이시영(79) 어른 댁을 방문하여 이야기 약간 편을 듣고서 이분의 소개로 원북면 황촌 2구 김종수 어른 댁을 방문하여 역시 약간의 이야기를 들었다. 이어 포지리 미원식당으로 낮에 만났던 이주선 씨를 모셔서 식사를 함께 하며 늦게까지 이야기를 더 들었다.

4월 3일. 원북면 대기리를 방문했으나 경로당에 노인들이 모이지 않아 주로 개별 방문 방식으로 조사를 했다. 문계화(85, 조한목 교장의 모친) 어른 댁을 방문하여 이야기와 민요 약간 편을 들은 뒤 조세호(80) 어른을 거쳐 신두리 2구 김완곤(78) 강춘실(75) 신두호(83) 어른을 역방하며 주로 이야기를 들었다. 마지막으로 태안의 이름난 법사 장세일 어른까지 방문하고서 조사를 마쳤다. 이날 특기할 만한 제보자는 발견되지 않았으며 주로 지역 전설류와 일생 기이담을 두루 들었다.

4월 9일. 태안의 서쪽 지역인 근흥면 조사에 나서 용산리 1구 국초매(89) 어른 댁부터 방문하는 것으로 조사를 시작하여 정죽리 5구 마을회관을 방문한 뒤 정죽리 4구 마을회관을 방문하는 것으로 조사를 마무리했다. 이 날은 주로 여자 제보자를 대상으로 조사가 이루어졌으며 두드러진 특정 인물보다는 여러 제보자가 두루 참여하는 가운데 다양하고 풍성한 자료를 얻었다. 특히 정죽리 4구의 구연판이 가장 활기를 보여주었다. 그러나 바다 부근이기는 해도 기대와는 달리 바다와 관련된 자료는 드문 편이었다.

4월 10일. 태안의 남쪽 지역인 남면 조사에 나서 이곳저곳 제보자 탐색에 많은 시간을 보낸 뒤, 지관으로 알려진 당암리 정정석(78) 어른을 댁으로 뵙고 여러 이야기를 들었다. 이어 당암리 이종득(83) 강부춘(81) 부부 댁을 방문하여 두 분으로부터 약간의 이야기를 들었다. 제보자 찾기에 많은 어려움을 겪었으며 극소수 제보자만을 대상으로 한 조사였다.

4월 17일. 남쪽 지역에 대한 조사를 계속하기로 하여 안면면 창기리 양덕근(83)(장원민박) 어른 댁을 방문하였는데, 틈틈이 중병 상태인 아내를 간호해야 하는 어려운 상황임에도 아주 적극적으로 여러 이야기를 들려주셨다. 그러나 도중에 김기옥 조사원의 긴급한 사정으로 오후 조사는 중단해야만 했다.

4월 24일. 남부 지역 조사를 계속하기로 하고 안면면 승언리 박병태

(91) 어른(마당터 한식뷔페 주인)을 방문하여 이야기와 더불어 마을의 주변적인 이야기를 두루 들었다. 이어 이 지역의 문화유산 해설사인 편완범(고남면 장곡리) 씨로부터 얼마간의 이야기를 들은 뒤에, 승언리 게이트볼장을 방문하여 이희생(83) 어른을 뵙고 많은 이야기를 들었다. 이번 조사 기간 동안에 만난 가장 돋보이는 제보자라고 할 만한 분이었다.

조사 기간의 미흡성을 느끼기는 하지만, 전체 대상 지역을 골고루 탐색하고자 한 최소한의 목표는 어느 정도 달성한 조사였다고 할 수 있다. 조사된 자료 면에서 볼 때 민요보다는 설화의 비중이 큰 편이며 오래된 구전 설화보다는 오래 되지 않은 일상 개인담 자료가 훨씬 큰 비중을 지니고 전승되고 있었다. 전반적으로 이 지역이 바다에 면해 있는 지역임에도 바다와 관련된 자료의 비중이나 특색이 뚜렷한 것은 아님을 알 수 있었다.

1. 고남면

▌조사마을

충청남도 태안군 고남면

조사일시 : 2011.4.24
조 사 자 : 황인덕, 김기옥, 백민정, 김미정

고남면은 충청남도 태안군 동남부에 있는 면이다. 본래 태안군 안하면 (安下面)의 관할 지역이었으나, 1914년 행정구역 개편에 의해 면의 이름을 안면면으로 개칭하고 서산군에 편입시킴으로써 안면면의 관할이 되었다. 이후 1986년에 고남출장소가 고남면으로 승격되고, 3년 후인 1989년 태안군이 복군됨으로써 고남면은 서산군에서 벗어나 다시 태안군의 관할이 되어 오늘에 이르렀다. 현재 고남면은 고남리 · 누동리 · 장곡리의 3개 법정리와 14개 행정리로 이루어져 있다.

고남면에는 약 1,100여 가구 4,200여 명의 주민이 거주하고 있다. 총면적은 28.23km²로 태안군 8개 읍면 중에서 제일 작은 면이다. 안면도의 남단으로 바다와 접하며, 북부지역을 제외한 삼면이 해안국립공원에 속한다. 안면읍 신야리에 있는 국사봉 줄기가 고남면으로 뻗어 내려 봉황산을 이루었다. 봉황산이 고남면의 주산이지만 모두 100m 미만의 야산으로 56%가 구릉 지대를 이루고 있다. 이 구릉지는 목초지로 조성되어 축산업에 이용한다. 장곡리와 고남리 일대에는 간척사업으로 조성된 농경지가 있으며, 마늘과 생강 재배가 활발하다. 특산물로 꽃게 · 굴 · 바지락 등이 채취되며, 어류가 풍부하여 낚시터로 인기가 있다.

고남면 고남리의 옷점(衣店) 마을에서는 섣달그믐날 자정에 당산에서 당제를 지낸다. 그보다 이른 시각에는 당주 일행을 제외한 마을 사람들이 바닷가에서 조개나 김을 부르는 홍합제를 지내기도 한다. 같은 고남리에 패총박물관이 있다. 2002년에 개관한 곳으로 상설전시실과 영상기획전시실, 역사실을 두어 고남 패총에서 발굴 조사된 유적 및 유물을 전시, 소개하고 있다. 별관에는 태안의 농촌생활과 어촌생활이라는 주제로 농사와 관련된 세시풍속과 어로생활 및 풍어제에 관련된 민속생활을 소개하고 있다. 고남면 답사는 4월 24일에 하였는데, 장곡리에 거주하시는 편완범 제보자를 통해 7편의 설화와 2편의 현대 구전설화를 채록하였다.

▌제보자

편완범, 남, 1938년생

주 소 지 : 충청남도 태안군 고남면 장곡리 381-2
제보일시 : 2011.4.24
조 사 자 : 황인덕, 김기옥, 백민정, 김미정

근처 식당에서 식사를 하고 그곳에 있는
사람들에게 제보자에 대해 물으니 편완범
화자를 소개하였다. 편 화자가 사무실로 사
용하고 있는 공간으로 찾아갔다. 현재 태안
문화관광해설사 일을 하고 있다. 목소리에
힘이 있고 발음이 정확하다. 교사 생활을
10여 년, 기자 생활도 몇 년을 하였다. 글
쓰는 취미가 있다고 한다. 한때는 뮤지컬 대
본을 쓴다고 쫓아다닌 적도 있다고 한다.

지역에 관한 정보에 관심이 많은 편이다. 지명의 경우 원 의미와는 무
관하게 전해지는 것에 대해 문제를 제기하기도 하였다. 편 씨네 노루당
이야기에서는 지금은 고씨와 연관이 있는 것으로 전해지고 있어 불만을
제기하기도 하였다. 이야기를 하던 중 오전에 만났던 박병태 어르신이 들
어오셨다. 이야기를 하다가 중간에 잘 기억이 나지 않는 것이 있으면 계
속 박병태 화자에게 물어보면서 이야기를 진행하였다. 박병태 화자가 보
다 많은 이야기를 할 수 있도록 권하는 역할을 하기도 하였다. 편완범 화
자의 도움 때문인지 박병태 화자 또한 오전보다 훨씬 안정된 분위기에서
이야기판을 이끌어갔다. 편완범 화자가 화자의 역할 못지않게 청자의 역
할 또한 충실히 하였음을 알 수 있다.

제공 자료 목록

08_14_FOT_20110424_HID_PWB_0001 사랑여 전설

08_14_FOT_20110424_HID_PWB_0002 쌀배가 빠져서 쌀썩은여

08_14_FOT_20110424_HID_PWB_0003 승언리 할미 바위와 할아배 바위

08_14_FOT_20110424_HID_PWB_0004 노루가 잡아준 편씨네 노루땅

08_14_FOT_20110424_HID_PWB_0005 조그망터, 조운막터

08_14_FOT_20110424_HID_PWB_0007 딱꿍골망의 유래

08_14_FOT_20110424_HID_PWB_0008 안면도 길우지 고개

08_14_MPN_20110424_HID_PWB_0001 꽃다리 초분터

08_14_MPN_20110424_HID_PWB_0002 다시 살아난 할아버지

사랑여 전설

자료코드 : 08_14_FOT_20110424_HID_PWB_0001
조사장소 : 충청남도 태안군 고남면 장곡리 381-2
조사일시 : 2011.4.24
조 사 자 : 황인덕, 김기옥, 백민정, 김미정
제 보 자 : 편완범, 남, 73세
구연상황 : 조사자들의 방문 목적을 듣고 제일 먼저 들려준 이야기이다.
줄 거 리 : 바다에 가면 돌이 솟아 나와 있는 곳이 있는데 이를 여라고 부른다. 동생과
　　　　　아내가 바다에 빠졌다. 형이 둘 중 하나만 건져야 하는 상황이 되자 동생을
　　　　　건지는 바람에 아내는 죽고 말았다. 그래서 그곳을 사랑여라고 부르게 되었
　　　　　다. 사랑여라고 불리는 곳은 전국에 여기저기 많다.

　그 바다에 이르케 물이 있으면은 암초가 이르케 나오는 곳을 여라고
그래요. 그래서 뭐 사랑여니, 사랑여는 전국에 많아요.

　그 전설이 비슷한데 대개가.

　이 부부간에 이르케 바다에 갔다가 응, 시동생허고.

　그 둘 중에 하나밖에 못 건지는데 누구를 데리고 나오냐 그래서, 결국
은 마누라는 다시 얻으면 된다 그래서 동생을 데리구 나와서 죽어서 그냥
거가 사랑여다.

　그런 그 사랑여 같은 거. 여기두 바람막에 가면 또 사랑여라고 있구,
다른 데도 사랑여라고 있어요 그렇게.

　그 돌섬 있죠? 대개 보면.

　섬에는 그런 전설들이 있고.

쌀배가 빠져서 쌀썩은여

자료코드 : 08_14_FOT_20110424_HID_PWB_0002
조사장소 : 충청남도 태안군 고남면 장곡리 381-2
조사일시 : 2011.4.24
조 사 자 : 황인덕, 김기옥, 백민정, 김미정
제 보 자 : 편완범, 남, 73세
구연상황 : 앞의 이야기와 같은 상황에서 이어서 구연하였다.
줄 거 리 : 섬사람들은 운명적으로 결국 물에 빠져 죽을 운명이다. 쌀썩은여는 근처에
　　　　 쌀을 실은 배와 소금을 실은 배가 다니면서 뒤집어지는 바람에 붙여진 이름
　　　　 이다.

　그래 인제 여기가 쌀썩은여라는 데는 그러니까 그전에는 뭐 그런 거,
비닐이 있나 뭐 그냥 장마철이고, 그리고 기상예보라는 게 없으니까.

　저두 이 섬에 살면서 몇 번 죽을 뻔했어요, 학교 다닐 때.

　그때는 그 장배라고 매 5일마다 나가는데, 광천 장날.

　그날만 배가 가 마을에서 가는.

　그러니까 섬사람들은 운명적으루 이번 물에 못 죽으믄 다음 물에 죽고,
이번 달에 못 죽으믄 그 다음 달에 죽고, 금년에 못 죽으믄 내년에 죽고,
기어이 물에 인제 수장돼서 죽는 거지.

　그래서 이 조그만 섬에 가면 과택들만 살아요 여자들만.

　게 그 옛날 그 영화에두 그런 것들이 수두룩하죠.

　여기선 그래서 실지로 그 쌀 실은 배들이 그 인저 우리 그 역사에 보면
은 태조 때부터 한 10년 동안 수십 척의 그 소금 배 쌀배들이.

　그래 안흥양 앞에 요새 고려자기 많이 나오잖아요.

　그게 다 거기 저 강진 어디서 싣고 오던 거 뭐 이런 것들이 그냥 수장
된 채.

　게 여기는 쌀 배가 빠져서 쌀썩은여다.

　그래서 이거는 그냥 그렇게 이름이 붙어 있고.

승언리 할미 바위와 할아배 바위

자료코드 : 08_14_FOT_20110424_HID_PWB_0003
조사장소 : 충청남도 태안군 고남면 장곡리 381-2
조사일시 : 2011.4.24
조 사 자 : 황인덕, 김기옥, 백민정, 김미정
제 보 자 : 편완범, 남, 73세

구연상황 : 앞의 이야기와 같은 상황에서 이어서 구연하였다. 아래의 이야기에 이어 사
　　　　　람들이 할미 바위와 할아배 바위를 잘 구분하지 못한다고 하였다. 근처에
　　　　　드라마 촬영장이 있으나 관광지로 활성화되지 못한 채 남아 있다는 말도
　　　　　하였다.
줄 거 리 : 장보고 장군의 참모 중에 승언 장군이라는 사람이 있었다. 이 인물의 이름을
　　　　　따서 마을 이름이 승언리이다. 승언 장군의 부인이 전쟁이 나간 남편을 기다
　　　　　리다가 망부석이 되었다. 나중에 돌아온 남편도 그 자리에서 돌이 되어 할미
　　　　　바위 할아배 바위가 되었다.

　모 여러 가지 전설 이런 거, 또 저기 꽃지 앞에 가면 그, 할미 바위, 할
아버지 바위가 있어요.

　그 장보고의 참모인 승언 장군이라는 분이 이 마을 이름이 여기가 전
체가 승언리에요. 그 장군 이름을 따서 이 마을 이름이 승언 장군이유. 승
언리다 이러는데.

　그 승언 장군이라는 분이 인제 그, 장보고 명을 받고서 인제, 출전을
했는데, 그 뒤로 돌아오질 안 해서 이 할머니가, 그러니까 장군 부인이,
그 포구에 나가서 기다리다 기다리다가 망부석이 됐다.

　게 나중에 와 보니, 그 없던 바위가 서 있어서, 그게 부부가 그냥 서로
거기서 굳어져서 돌이 돼 가지구, 앞에 서 있는 건 인저 할미 바위, 뒤에
있는 건 할아배 바위.

노루가 잡아준 편씨네 노루땅

자료코드 : 08_14_FOT_20110424_HID_PWB_0004
조사장소 : 충청남도 태안군 고남면 장곡리 381-2
조사일시 : 2011.4.24
조 사 자 : 황인덕, 김기옥, 백민정, 김미정
제 보 자 : 편완범, 남, 73세

구연상황 : 앞의 이야기와 같은 상황에서 이어서 구연하였다. 원래 노루땅 이야기는 편씨 집안 할머니와 연관이 있는 것인데, 태안군 홈페이지에 보니 고씨 집안과 연관이 있는 것으로 나와 있어 문제가 있다고 지적하였다. 후손들이 그 땅을 팔아서 지금은 그곳에 납골당이 들어서 있다고 하였다.

줄 거 리 : 노루땅이라는 곳이 있다. 집안의 할머니가 밭에서 일을 하고 있는데 노루가 나타나서 숨겨달라고 하는 것이었다. 할머니가 노루를 살려주자 노루는 가지 않고 자꾸 한 군데를 파는 것이었다. 그곳에 남편의 시신을 묻었다. 그래서 그곳을 노루땅이라고 한다.

그렇게 됐는데, 거기 가면은 그 노루땅이라는 곳이 있어요, 노루땅.

주유소 이름이 노루땅 주유손데.

이 전설은 원래는 우리 편 씨하구 이게 관계가 있어서 그 우리 편 씨 그 할머니 묘지가 거기 있었어요.

근데 나중에는 고 씨루 이게 또 바뀌었어요. 역사는 그렇게 왜곡돼요.

그, 그 전설은 인제 옛날에 그 할머니가 밭을 매고 있는데, 편 씨네 할머니가. 고 노루가 그냥 그 포수한테 쫓기는 거여. 그러면서 노루가,

"할머니 저 좀 살려주세요, 지금 포수들이 저를 죽일려구 쫓아온다."고 그러니까, 할머니가 치마폭으로 그걸, 노루를 감추구서, 포수가 와서 물으니까 엉뚱한 길을 가르켜 줘서 살려줬다.

근데 그 뒤로 노루가 와서 자꾸 그 땅을 파고 그래서 자기 그 남편을 거기다 묻어서 우리 그 편 씨 그, 조상을 거기다, 그 무슨.

그러구서 그 뒤로 그 땅을 노루땅이다, 이렇게 지었다는 거여.

조그망터, 조운막터

자료코드 : 08_14_FOT_20110424_HID_PWB_0005
조사장소 : 충청남도 태안군 고남면 장곡리 381-2
조사일시 : 2011.4.24
조 사 자 : 황인덕, 김기옥, 백민정, 김미정
제 보 자 : 편완범, 남, 73세
구연상황 : 안면도 소나무에 대한 이야기를 하였다. 안면도에서는 도끼 한 자루만 있어도 먹고 살 수 있다고 할 정도로 소나무를 많이 베었다고 한다. 이어 아래의 내용을 구연하였다.
줄 거 리 : 안면고등학교 옆에는 조그망터라는 마을이 있다. 이 마을은 원래 배로 물건을 실어 나를 때 잠시 쉬어 가는 곳이었다. 따라서 그 의미로 보면 조운막터라는 말이 맞는 표현이다. 지금은 조군막터라는 표기도 눈에 뜨인다.

안면 고등학교 옆에 가면은 조그망터라는 그 마을 이름이 있어요.

이게 왜 그렇게 됐냐. 옛날에 이제 이 천수만으로 배가 다니면서 조운이죠, 잉. 바다로 그 쌀이나 이런 거 싣고 가는 걸 조운이라 그러잖아요.

그러니까 그 조운을 하다가 인제 바람 불고 하면은 거기서 인제, 막이라는 게 주막, 이런 거 인제 집이란 뜻이죠.

그런 집들이 있던 그 동네여, 그러니까.

근데 이게 지끔 이게 변해 가지구, 조그망터다.

근데 휴양림에서 거기 이렇게 간판을 세워 났는데 조군막터라고 써 있어요. 군사 군 자 쓰구.

그러니 무슨 의미가 없는 거요, 이게.

조 자는 맞는데, 군사 군자.

그 원래 조운막터요, 조운.

그 옛날에 인제 저 삼남 지방에서 그 선단을 이루어서 이르케 오다가 바람 불구 그러면 거기서 먹고 자고 머물렀다가 인제 이쪽, 그니까 이 지금 천수만 쪽, 이 안에 있어요, 휴양, 저 너머, 안면 고등학교 너머에요.

근데 휴양림에서 거기다 이렇게 세워 놨어요.

거가 저수진데, 지금은 인제 다 막았어요.

그 전엔 배가 다 다녔어요.

전하는 말로는 거기 옛날 조선소도 있었다 그래요.

딱꽁골망의 유래

자료코드 : 08_14_FOT_20110424_HID_PWB_0007
조사장소 : 충청남도 태안군 고남면 장곡리 381-2
조사일시 : 2011.4.24
조 사 자 : 황인덕, 김기옥, 백민정, 김미정
제 보 자 : 편완범, 남, 73세
구연상황 : 앞의 이야기와 같은 상황에서 이어서 구연하였다.
줄 거 리 : 비석골 가는 길에 딱꽁골망이라는 곳이 있다. 이곳에서 6·25때 사람들이 많
　　　　　이 죽었다. 총을 쏘면 메아리치는 소리가 "딱, 꽁" 하고 들린다. 그래서 이곳
　　　　　을 딱꽁골망이라고 한다.

쏘는 반발짜리 이렇게. 그놈들은 여기는 에무완(M1)이지만 한 발 늫구
서 한 발 쏘는 거야.

(조사자 : 당기구 쏘구요.)

에. 그게 왜 이륵 허구 쏘느냐면, 탄, 이 탄환 애끼느라고.

그니까 한방에 조역을 겨눠서 안 죽으믄 내가 죽는다.

그게 자동소총이 아녀, 개들 껀.

한방 꺼내서 놓구, 그 총이 명중률이 좋죠 그러니까 막. 딱 겨눠서 한
방 빵! 쏘믄. 그러니 딱꽁이에요 그냥.

그래서 그게 인제 거기서 인민군들이랑 여기, 사람 많이 죽었다 해서
지금 그 양, 그 골맹이를 딱꽁골망이라 그래.

그런데 오랜 세월이 기록 안 해 노믄, 그냥 그기 왜 딱꽁골망이냐, 몰

르지.

그 이 실환데 그건. 우리 중학교 다닐 때 거그 뭐 해골이 잔뜩 있다고.

(조사자 : 딱꿍?)

에, 딱꿍. 소리가 딱꿍하잖, 메아리 져서 빵! 쏘믄은 이 산이 울리니까, 딱, 꿍, 그런다구.

(조사자 : 그래서 골망 이렇게 해서.)

에, 딱꿍골망. 그 골짜기를 딱꿍골망이라 그래.

지금 아까 말씀허시다 이르케 고기, 그 성당 있고, 고 비석골 가는 중간에.

안면도 길우지 고개

자료코드 : 08_14_FOT_20110424_HID_PWB_0008
조사장소 : 충청남도 태안군 고남면 장곡리 381-2
조사일시 : 2011.4.24
조 사 자 : 황인덕, 김기옥, 백민정, 김미정
제 보 자 : 편완범, 남, 73세
구연상황 : 앞의 이야기를 마치고 도깨비나 귀신에 대한 이야기는 없느냐고 물으니 아래의 내용을 구연하였다. 이어 보를 막을 때 마을에 있었던 일과 보를 막는 방법에 대한 이야기가 이어졌다.
줄 거 리 : 길우지라는 고개가 있다. 어릴 때 그곳을 지나다 보면 항상 무서운 생각이 들었다. 옛날에 그곳에 해적선이나 그런 것을 감시하는 감시초소가 있었다고 한다. 원래 진후지였는데 길우지로 바뀐 것이다.

안면도두요, 그 길우지 고개, 거기는,

(청중 : 그런 디가 있어.)

예, 낮에두 거 우리 어려서는 거 지나갈라믄 그냥 으슥 너무 으스스해서 정글지대라.

(청중 : 머리가, 머리가 지빽허는 디가 있어.)

에, 거기 그 그랬어요.

(청중 : 그 이상허여. 그려.)

(조사자 : 무슨 일 있었대요?)

길우지 고갠데, 그냥 아니 무서웠다고, 그냥. 길우지.

그런데 지금 그 흔적도 없고, 옛날에는 낮에두 이렇게 하늘이 잘 안 보였어.

(조사자 : 숲이 우거져서 무서웠다는 거에요?)

응. 숲이 우거지고 길이 험해서.

(청중 : 거기두 그 산이 옛날에 거그 거기가 그 진이, 진이 있었드래요.)

(이어서 계속 말씀하심)

사방이 이렇게 말하자믄 요새로 말하믄 처망, 처마냥.

이렇게 바다가 고 밑이니까. 그 해적선, 일본. 그런 게 들어올, 들어오나 해서 늘 그 감시허는 감시초.

이 그래 초망이요. 저기 저, 진. 거가 진이 있어, 진이 있었디야.

그 진후지여. 응, 진후지여 본명은 진후지여 참.

그것이 인저 훗날에 인저 자꾸 변해서 질우지가 됐지.

꽃다리 초분터

자료코드 : 08_14_MPN_20110424_HID_PWB_0001
조사장소 : 충청남도 태안군 고남면 장곡리 381-2
조사일시 : 2011.4.24
조 사 자 : 황인덕, 김기옥, 백민정, 김미정
제 보 자 : 편완범, 남, 73세
구연상황 : 앞의 이야기와 같은 상황에서 이어서 구연하였다. 편완범 화자가 이야기를 하
면서 이런저런 것을 묻자, 자연스럽게 박병태 화자가 이야기판에 끼어들었다.
줄 거 리 : 초분터라는 곳이 있다. 임신한 여자가 죽으면 묻지를 않고 골짜기에 막을 지
어서 송장을 두기도 하였다. 돈이 있는 집에서는 제대로 잘 지어 놓기도 하
였다.

제가 어려서 본 거는 우리 처가 동네, 저 누동리 가니까, 그거 보고 모
라 그러죠?

그 그렇게 이렇게 산에 그냥 이렇게 망, 막 져 놓고 하는 거 보구, 무슨
묘라 그러드라, 그거 보구?

초분. 초분이라 그래, 초분.

(청중 : 초분. 초분. 맞어 초분.)

그거는 이제 그전에 그, 처녀보다두, 애 배 가지구 임신하구서 그 죽으
면은, 그 애가 인제 태어난다는 그런 뜻에서 묻지를 않고 골짜구니에다
이렇게 막을 짓구서.

그 내가 어려서 저기 우리 처가에 가느라구 갔드니만, 그 골짜구니에
그 송장 썩는 내가 나드라구. 그 산에다 그냥 그렇게 해놔서.

(청중 : 뭐 몹쓸 병, 전염병. 전염병 앓다 죽은 사람도 그럭케서 그냥 거
기다가.)

그전에 그게 그 섬 같은 데 가믄 그런 게 많아.

내가 마지막 그 본 거는, 그 초분.

(청중 : 바로 그 초분 터가 지금 저, 거시기여.)

저기 저 꽃다리. 꽃다리 근너, 간 거기 그 벌. 거기가 그게 그게 초분터여.

우리 어려서, 어려서 거길 못 갔어, 무서워서. 무서워서.

그게 초분이 거가 많이 있어?

(청중 : 어, 거그 많이 있었어, 옛날에.)

보셨어요?

(청중 : 에. 잉. 거가 초분터여.)

(조사자 : 그렇게 했다가 인제 물이 빠진 다음에 묻어요?)

(청중 : 그렇죠. 한 서너 달 그렇게 그냥 내비려뒀다가. 어떤 집, 어떤 집덜은 한 2년두 그냥 내비려, 내비려두구.)

2년 내비려두면 그냥 뼈만 남을 테죠. 뭐. 그려.

(조사자 : 집처럼 짓는 거에요, 아니면 풀로만 덮어 놓는 거에요?)

움막이요, 움막.

(조사자 : 움막.)

(청중 : 아, 이 물 안 들어가게.)

빛 가리구.

(청중 : 물 안 들어가게 아주 제법 잘해요. 있는 집들은 아주 잘, 잘해야.)

다시 살아난 할아버지

자료코드 : 08_14_MPN_20110424_HID_PWB_0002
조사장소 : 충청남도 태안군 고남면 장곡리 381-2
조사일시 : 2011.4.24
조 사 자 : 황인덕, 김기옥, 백민정, 김미정

제 보 자 : 편완범, 남, 73세

구연상황 : 앞의 이야기와 같은 상황에서 이어서 구연하였다. 죽은 사람이 다시 살아난 이야기는 없느냐고 물으니, 아래의 내용을 구연하였다.

줄 거 리 : 할아버지가 돌아가시고 난 뒤 장례 준비를 한창 하고 있는데, 할아버지가 3일 만에 깨어났다. 30년을 더 살다가 돌아가셨다.

우리 할아버지는 저 어려서 이 장사 준비 다 했는데, 살아나셨어요.

그러니까 그게 현대 의학적으로 보면, 심장이 멎질 않앴는데 그냥 다 묶어 놓구 그러는 거여.

그래, 그러니까 그래서 옛날에는 3일장, 5일장이 있는 거야.

(청중 : 그게 거기서 온 엄청 그 참 예법이여. 장례, 장례법이여.)

우린 그냥 술 담그고 다 장례 준비허는데, 삼일 만에 깨나셔 갖구, 한 30년 더 살으셨어. 우리 할아버지.

(조사자 : 그러면 깨나셔서 뭐 꿈을 꾸셨다든지.)

에, 꿈 꿨다 그러드라고. 그 뭐, 내가 확실히 기억은 못 하는데, 그 얼마만큼 그냥 갔는데 누구를 만났대요. 그래 가지고,

"그 너 왜 엉뚱한 사람을 잡아 왔냐?"

그래 가지고, 뭘, 다리를 건너왔는데, 어트게 가지고 땅 떨어져서 깨니까 이승이드라. 우리 할아버지가 꿈 얘기를 재밌게 허셨어.

내가 오래돼서 기억을 제대로 못 해. 꿈을 꾸셨대.

(조사자 : 누가 데리구 가셨대요?)

에, 데리구 가서 그냥.

에, 그러니게 우리가 죽을 때 아마 그렇게 죽는가 봐. 그냥 그렇게 꿈 꾸다가 그렇게. [웃음]

(조사자 : 뭐 혹시 꿈에서 강아지를 그분이 주셨다던가 그런 건 없었구요?)

그런 건 없어요. 근데 우리 할아버지가 실제로 3일인가, 4일 만에 그럭케서, 그러구서도 한 30년을 더 살으셨어.

2. 근흥면

증편 한국구비문학대계 ● 충청남도 태안군

▌조사마을

충청남도 태안군 근흥면

조사일시 : 2011.4.9
조 사 자 : 황인덕, 김기옥, 백민정, 김미정

근흥면은 본래 태안군의 근서면(近西面)과 안흥면(安興面)으로 형성되어 있었다. 1914년 행정구역을 개편하면서 2개면을 병합하여 면 이름을 근흥면이라 개칭하고 서산군의 관할 지역으로 편입하였다. 근흥(近興)이라는 명칭은 위의 근서면의 근(近)과 안흥면의 흥(興)자를 따서 합성 약칭으로 명명한 것이다. 그후 1989년 태안군이 복군됨으로써 서산군의 관할에서 벗어나 다시 태안군에 편입되어 오늘에 이르고 있다.

근흥면의 총면적은 52.02km²이며 2,200여 가구 8,800여 명의 주민이 거주하고 있다. 전체 면적의 70% 이상이 산지로 되어 있는데, 넓은 농경지는 많지 않으나 곳곳에 간척지가 발달되어 있어 영농에 많은 도움이 되고 있다. 또한 근흥면은 3면이 바다에 접해 있는 반도이기도 하다. 따라서 수산업이 매우 발달되어 있으며, 특히 안흥항은 지난 1975년에 일종항(一種港)으로 승격하여 명실 상부한 어항으로서의 기능을 다하고 있다.

정죽리는 근흥면의 서쪽 끝단이 되는 지점이다. 서쪽으로 더 나아가면 신진도리와 접해 있다. 정죽리는 안흥성이 있고 여기에 태국사가 있어 역사가 오래고 유서가 깊은 곳이다. 이곳 안흥항 주변은 예부터 조운선이 통행하는 요충이면서 물길이 험하여 배 사고가 잦은 곳으로 널리 알려진 곳이기도 한데, 이러한 항해의 안전을 빌고자 세워진 것이 바로 태국사였다. 또한 이러한 지리적 특징에 따라 자연히 마을도 성안 마을과 성 밖 마을로 나뉘어 있다. 바다에 면한 성 밖 마을이 어업을 주로 하면서 최근에 이르기까지 생활상의 변화를 비교적 심하게 경험해 왔다면, 성안 마을은 이러한 변화의 요구에 상대적으로 느리게 적응해 왔다고 할 수 있다. 성 밖 마을이 외지인이 많은 데 비하여 성안 마을은 원주민이 많은 것도 이러한 차이 때문이라 할 수 있다. 성 밖 마을은 주거 정비 사업이 잘 되어 있음에 비하여 성안 마을은 그렇지 못한 것도 같은 이유로 작용하고 있음도 알 수 있다. 곧 성 밖 마을은 구성원이 이질성이 강하여 구비문학 전승력이 약한 데 비하여 성안 마을은 토착 주민의 비중이 높고 주민들의 결속력이 강하여 구비문학의 전승력도 상대적으로 강하게 나타나고 있음이 그것이다. 이러한 차이는 구비문학 전승이라는 면에서 볼 때 서로 다른 조건에서도 성안 마을에서 오히려 더 손쉽게 훨씬 많은 자료가 조사되었음이 그것을 말해준다.

근흥면의 답사는 4월 9일에 실시하였다. 정죽4리와 정죽5리 마을조사를 통해 국초매 제보자를 포함한 8명의 제보자에게서 6편의 설화와 8편의 현대구전설화, 12편의 민요를 채록하였다.

▌제보자

국초매, 여, 1923년생

주 소 지 : 충청남도 태안군 근흥면 용산 1리 용남로 43-10
제보일시 : 2011.4.9
조 사 자 : 황인덕, 김기옥, 백민정, 김미정

경로당 문이 닫혀 있어 제보자들을 만날
수가 없었다. 가가호호 방문하기로 하였다.
연세 많으신 분들을 찾아뵙기로 하고 국초
매 화자의 집을 방문하였다. 연세에 비해 젊
어 보이는 외모이다. 목소리 또한 힘이 있
다. 만리포에서 15살에 이곳으로 시집왔다.
조사자들이 자리에 앉자, 가마 타고 시집온
이야기부터 시작하였다. 갓 시집왔을 때에
는 아이를 업고 밤에 새댁들끼리 모여서 놀기도 하였다고 한다. 글을 읽
지는 못하지만 장화홍련 이야기 등을 들은 적은 있다고 하였다. 최근에
내부수리를 한 단층집에 혼자 살고 있다. 조사자들이 댁을 방문했을 때에
도 혼자였다. 막내아들이 군에 갔다가 죽었다는 이야기를 하면서 갑자기
눈물을 보였다. 이 일로 최근에 건강이 많이 나빠졌다고 하였다.

제공 자료 목록
08_14_FOT_20110409_HID_KCM_0001 인색한 윤해주
08_14_FOT_20110409_HID_KCM_0002 주인을 살린 개와 개 동상
08_14_FOT_20110409_HID_KCM_0003 지게 받쳐 놓고 제사 지낸 소금장수

김난, 여, 1926년생

주 소 지 : 충청남도 태안군 근흥면 정죽4리 다목적회관
제보일시 : 2011.4.9
조 사 자 : 황인덕, 김기옥, 백민정, 김미정

　정죽 4리 다목적 회관의 분위기는 한 마
디로 화기애애했다. 노래와 이야기가 연이
어 지는 편이었다. 김난 화자는 다른 사람에
비해 늦게 동석하였다. 상대적으로 조용한
편으로 다른 사람의 노래와 이야기를 들어
주는 입장이었다. 옆에서 여러 번 권하자 한
편의 노래를 들려주었다.

제공 자료 목록
08_14_FOS_20110409_HID_KN_0001 시집살이 노래

김복례, 여, 1930년생

주 소 지 : 충청남도 태안군 근흥면 정죽 4리 다목적회관
제보일시 : 2011.4.9
조 사 자 : 황인덕, 김기옥, 백민정, 김미정

　목소리가 크고 거침이 없다. 태생적으로
노래와 이야기를 즐기는 형이다. 연이어 노
래가 이어졌다. 잘 웃고, 늦게 자리에 합류
한 다른 손님을 위해서 커피를 타면서도 생
각나는 노래가 있으면 갑자기 나타나 노래
를 불렀다. 판의 분위기를 좌우하는 힘이 있
다. 다른 사람들의 박수를 자연스럽게 이끌

어 낸다. 다른 사람이 노래를 부를 때라도 아는 노래가 나오면 다 같이 노래를 부르는 분위기가 연출된다. 흥이 있는 경로당이다. 마을의 대소사에 관여하며 일을 처리해 주기도 하는 동네 사람(남자) 2명이 나타나기 전까지 이 분위기는 지속되었다. 이들이 마을의 현황과 걱정거리를 이야기하기 시작하자 흥이 식어 판이 마무리되었다.

제공 자료 목록
08_14_FOT_20110409_HID_KBR_0001 엉터리 일본말 잘하는 아들
08_14_FOS_20110409_HID_KBR_0001 조개 캐는 노래
08_14_FOS_20110409_HID_KBR_0002 굴 캐는 노래
08_14_FOS_20110409_HID_KBR_0003 다리 뽑기 하는 소리(1)
08_14_FOS_20110409_HID_KBR_0004 다리 뽑기 하는 소리(2)
08_14_FOS_20110409_HID_KBR_0005 꼬대각시 노래
08_14_FOS_20110409_HID_KBR_0006 신세한탄 하는 소리
08_14_FOS_20110409_HID_KBR_0007 시집살이 노래
08_14_FOS_20110409_HID_KBR_0008 댕기 노래
08_14_FOS_20110409_HID_KBR_0009 날 데려가거라

김봉래, 여, 1941년생

주 소 지 : 충청남도 태안군 근흥면 정죽 4리 다목적회관
제보일시 : 2011.4.9
조 사 자 : 황인덕, 김기옥, 백민정, 김미정

활발한 성격의 소유자이다. 조사자들이 자리에 앉아 방문 목적을 이야기하자, 주위의 권유에 따라 곧바로 노래를 불렀다. 회관 등에서 소리를 조금은 배운 적이 있다고 옆의 청자가 일러 주었다. 다른 사람이 이야기를 하거나 노래를 할 때 흥을 돋우는 역할

을 하였다. 음성이 크고 소리가 시원한 것이 특징이다.

제공 자료 목록
08_14_FOS_20110409_HID_KBL_0001 님 그리워하는 노래
08_14_FOS_20110409_HID_KBL_0002 댕기 노래

김봉순, 여, 1936년생

주 소 지 : 충청남도 태안군 근흥면 정죽 5리 다목적회관
제보일시 : 2011.4.9
조 사 자 : 황인덕, 김기옥, 백민정, 김미정

곱게 단장을 한 모습이다. 다른 사람의
이야기를 잘 듣고 있다가 잘못된 부분이 있
으면 곧 잘 고쳐 주기도 하였다. 경로당에
있는 사람들끼리 좋은 곳에 잘 어울려 다니
면서 놀이를 즐기는 듯하다. 놀러 갔다가 겪
은 일화들이 이야기 속에 많이 등장하였다.
자신의 기억력을 믿으며 열정적으로 이야기
하는 유형이다.

제공 자료 목록
08_14_MPN_20110409_HID_KBS_0001 죽기 전 집안을 둘러본 지희 아버지

박명자, 여, 1943년생

주 소 지 : 충청남도 태안군 근흥면 정죽 5리 다목적회관
제보일시 : 2011.4.9
조 사 자 : 황인덕, 김기옥, 백민정, 김미정

결혼식장에 갔다가 오는 바람에 늦게 이야기판에 합류하였다. 마른 체

형에 말의 속도가 빠른 편이다. 마을에서 오
래 전에 일어났던 일에 대한 기억이 많이
남아 있다. 마을의 행사에도 부지런히 참석
하는 편이다. 이야기판에 있던 몇몇의 화자
와는 평소에도 잘 어울려 다니는 성격으로
이들과 얽힌 재미있는 일화들이 많다. 화자
의 활발한 성격을 반영한다.

제공 자료 목록
08_14_FOT_20110409_HID_PMJ_0001 비석길의 도깨비
08_14_MPN_20110409_HID_PMJ_0001 콩서리해 먹으려다 뱀 때문에 놀란 일
08_14_MPN_20110409_HID_PMJ_0002 용난굴 귀신
08_14_MPN_20110409_HID_PMJ_0003 숨겨 놓은 신발을 찾아 신고 나가서 죽은 남편

이사순, 여, 1936년생

주 소 지 : 충청남도 태안군 근흥면 정죽 5리 다목적회관
제보일시 : 2011.4.9
조 사 자 : 황인덕, 김기옥, 백민정, 김미정

　조사자들이 근처 상가에 들러 경로당 위
치를 확인하고 회관에 들어섰을 때 이사순
화자 혼자 누워 있다가 방문을 열어 주었다.
마을에 결혼식이 있는 날이어서 대부분 결
혼식장에 갔다고 한다. 현 이장의 어머니로
자신이 알고 있는 이야기를 최대한 많이 들
려 주려고 애를 썼다.
　어릴 때에는 담양에서 살다가 속초에서도
한동안 살았다. 이곳에 온 지는 40년이 되었다. 자신의 이야기가 잠시 끊기면 다른 사람들에게 이야기하기를 권하기도 하였다. 화자가 이야기를 하는 동안 결혼식에 다녀온 사람들이 한두 명씩 들어오기 시작하였다. 주말이 되면 사람들이 이곳에 낚시를 하러 많이 온다고 한다. 마을의 행사나 여러 모임 등에도 빠지지 않는 듯하다. 이야기판에서 처음부터 마지막까지 판의 흐름을 읽고 끊임없이 이야기를 유도하는 역할을 하였다. 다른 사람이 이야기를 할수록 화자 또한 유사한 내용의 이야기를 해주려는 적극적인 자세를 보였다. 경쟁적인 구도가 될수록 이야기판에 몰입하는 경향이 있다.

제공 자료 목록
08_14_FOT_20110409_HID_LSS_0001 도덕고개 귀신
08_14_MPN_20110409_HID_LSS_0001 도깨비에게 홀린 언니
08_14_MPN_20110409_HID_LSS_0002 구렁이 나가자 망한 부자
08_14_MPN_20110409_HID_LSS_0003 출항하기 전 제사하는 여성황당

임난철, 여, 1934년생

주 소 지 : 충청남도 태안군 근흥면 정죽 5리 다목적회관
제보일시 : 2011.4.9
조 사 자 : 황인덕, 김기옥, 백민정, 김미정

다른 사람들의 이야기를 듣고 있다가 어릴 때 경험담을 몇 편 들려 주었으나 중간에 끊기는 바람에 완결성이 부족한 것이 흠이다. 한 편의 이야기만 채록하였다. 이 이야기가 끝나자, 각자 어릴 때 서리한 이야기가 여기저기에서 오갔다. 허리가 불편하신지 다른 사람들이 이야기를 하는 중에도 일어났다 앉았다를 반복하였다.

제공 자료 목록

08_14_MPN_20110409_HID_LNC_0001 옥수수 서리

인색한 윤해주

자료코드 : 08_14_FOT_20110409_HID_KCM_0001
조사장소 : 충청남도 태안군 근흥면 용신1리 용남로 43-10번지
조사일시 : 2011.4.9
조 사 자 : 황인덕, 김기옥, 백민정, 김미정
제 보 자 : 국초매, 여, 88세
구연상황 : 앞의 이야기와 같은 상황에서 이어서 구연하였다.
줄 거 리 : 서산에 사는 윤해주라는 사람이 있었다. 땅도 많은 부자였는데, 항상 개와 같
이 다니며 밥도 개와 같이 먹었다. 잠을 잘 때에는 자신은 윗목에서 자고 개
는 아랫목에서 재웠다. 도둑이 들어와서 해를 입을까 염려하여 그렇게 자리를
바꾸어 잔 것이다. 그런데 결국 윤해주는 도둑에게 죽임을 당했다. 베풀 줄
모르는 사람을 윤해주라고 한다.

　옛날에 윤해주가 땅은 많고, 근디 저, 뭐 타작 때 되믄 타작 밭, 타작하
러 가믄은, 개허구.

　보진 못 허구 나두 말만 들었어.

　개는 웃목에다, 저 아랫목에다 이불 덮어서 자고 자기는 웃목에서 이제
거름, 검불 속에서 잤디야. 도둑 무서워서.

　음, 그러면 인제, 그러다가 결국은 도둑한테 죽었디야.

　(조사자 : 누가요?)

　윤해주가 죽었지. 원 주인이 죽었지.

　(조사자 : 도둑한테요?)

　응. 그, 그서. 그리구 윤해주 죽구서는 그 경찰덜이 다 검사한드랴. 다
른 사람 들어가지, 들어가지. 돈이 많으니께 맨 돈이랴, 그 사람은.

　그래서 개허구 그키 자는. 둘이 사는디, 개는 그럭허구 개 한 번 멕여

주구, 저 한 번 먹구 이럭헌데, 밥을. 그러믄 타작 보러 가는데두 그 개를 데꾸 가구, 그 개 한 번 먹구 저 한 번 먹구 그렇게 먹구 살았대.

그르케서 개를, 결국은 바꿔서 자다가, 그래두, 도둑한테 죽었대야, 윤해주가.

그르게 된 사람, 되알진 사람 보믄 윤해주라 그려.

남 줄 중 모르잖아, 잔뜩 있어두.

응, 그래서 되알진 사람 보구 윤해주라 그래.

주인을 살린 개와 개 동상

자료코드 : 08_14_FOT_20110409_HID_KCM_0002
조사장소 : 충청남도 태안군 근흥면 용신1리 용남로 43-10번지
조사일시 : 2011.4.9
조 사 자 : 황인덕, 김기옥, 백민정, 김미정
제 보 자 : 국초매, 여, 88세
구연상황 : 앞의 이야기와 같은 상황에서 이어서 구연하였다.
줄 거 리 : 불이 나자 주인 옆으로 불이 번지는 것을 본 개가, 자신의 꼬리에 물을 묻혀 주인의 몸에 묻혀 놓았다. 결국 그 개가 주인을 살렸다. 개가 죽고 난 뒤 개 동상을 세웠다.

개 동상이라고. 게 전, 전라, 경상도지? 거그가.

저 풀밭에서 자는디, 불이 나서 그 주인 옆이루 자꾸 불이 타들어 오니께, 개가 꼬리다가 물 적셔다가 그 주인게다 발라 놨댜. 그 근처에다 다.

그르케서 주인을 살렸다구. 그케, 경상돈가 어디 가니께. 경상돈겨, 거그가. 그 소리 허더라고.

지게 받쳐 놓고 제사 지낸 소금장수

자료코드 : 08_14_FOT_20110409_HID_KCM_0003
조사장소 : 충청남도 태안군 근흥면 용신1리 용남로 43-10번지
조사일시 : 2011.4.9
조 사 자 : 황인덕, 김기옥, 백민정, 김미정
제 보 자 : 국초매, 여, 88세
구연상황 : 앞의 이야기와 같은 상황에서 이어서 구연하였다.
줄 거 리 : 지게에 생선을 지고 다니면서 팔던 소금장수가 있었다. 돌아다니면서 장사를
하다 보니 제사 지낼 적당한 곳이 없었다. 자신이 지고 다니던 지게를 세워
놓고 그 밑에서 제사를 지냈다. 정성만 있으면 어디에서나 제사를 지낼 수 있
다는 의미이다.

등짐 지구 가다가, 쪽 지게 받쳐 놓고 거기다 나싱개살 뜯어 가지고 삶
어서 죽 쒀 놓구 지게 밑이다가 그럭허구 지사(제사)지냈다는 소리는 들
었어. 그거.

소금장사가 옛날이는 지게다 지구 댕녔어. 생선을.

생선을 지구 대니며 팔았는디, 지사 지낼 곳이 읎어서 자기 그, 지구
대니는 지게 밑이다가, 지게 받쳐 놓구서 그 밑이다가 나식 캐 가지구 죽
을 쒀 가지구서, 그 나시 넣구 죽 쑤구, 그래서 거기다 놓구 지사를 지냈
다구.

그 소리여. 그르게, 지사 안 지낼라구 허는 사람보구 허는 소리여 그게.

그 사람은 그렇게두 했단다. 잉, 그 사람은 그렇게두 했단다. 근게 지살
왜 안 지내느냐, 그게 그 소리여.

엉터리 일본말 잘하는 아들

자료코드 : 08_14_FOT_20110409_HID_KBR_0001
조사장소 : 충청남도 태안군 근흥면 정죽4리 다목적회관

조사일시 : 2011.4.9
조 사 자 : 황인덕, 김기옥, 백민정, 김미정
제 보 자 : 김복례, 여, 81세
구연상황 : 노래를 몇 곡조 부르다가 문득 아래의 내용을 구연하였다. 말의 속도가 빠른
        편이다. 청자들 모두 한바탕 웃었다.
줄 거 리 : 초등학교 2학년인 아들이 있었다. 하루는 일본어를 말해 보라고 하니, 아는
        바가 없어서 "술뚱까라 말뚱까라 야마산이 슈뚱까라, 안방까라 건너방까라…"
        라고 하면서 말장난을 하였다. 이 또한 대견하여 아버지는 아들 자랑을 하고
        다녔다.

열 살 먹어서 근디 아들이 공부를 못했어.

그래니께 인제 ○○○ 종대,

"야, 너 일본말 좀 해 봐라, 핵교 댕겼은께."

2년 대녔는디 뭐 아나, 그때?

(청중 : 그럼.)

그러니께,

"술뚱까라 말뚱까라 야마산이 슈동까라, 안방까라 건너방까라."

마실 가서 누구더러,

"야, 아무개야!"

"예?"

"우리 종대 공부 갈칠 때 일본말 참 잘하더라."

"뭐라구요?" 헌께,

"야, 술뚱까라 말뚱까라 자는디 막 쭐쭐 잘하드라." 그래.

그기 일본말이라구 했어.

(청중 : 그런 소리가 재미나. 웃구.)

비석길의 도깨비

자료코드 : 08_14_FOT_20110409_HID_PMJ_0001
조사장소 : 충청남도 태안군 근흥면 정죽5리 다목적회관
조사일시 : 2011.4.9
조 사 자 : 황인덕, 김기옥, 백민정, 김미정
제 보 자 : 박명자, 여, 68세
구연상황 : 귀신, 도깨비에 대한 이야기가 이어지자 박명지 회지기 이야기편에 끼어들
         었다.
줄 거 리 : 어떤 남자가 총각 때 술을 마시고 밤새 도깨비를 따라다니다가 묘 옆에서 잠
         이 들었다. 마음이 약하면 도깨비에게 홀려서 죽지만, 마음이 강하면 살아남
         을 수 있다.

저기, 총각 때요, 술을 너무 먹어 갖고 잉. 저 비석길 있잖아, 비석길.
그 거이 얼마나 무서운 딩가?

무조건 그냥, 막 그 도깨비한티요 지먼은요 그 사람이 죽어요.

(청중 : 혼을 다 빼내 부러. 도깨비가 혼을 다 빼내 분다고.)

이겨 내야 해요.

그냥 막 막, 그냥 따라갔었대야. 그냥 따라가 보니께 암 깟도 없드랴.
밤새도록 따라가 봤디야. 그래구서 인제 그 뭐이 옆에서 잡더먼.

또 이 아배가, 그래 얼마나 냥 저기 저 쎄요.

자구 일어나니께 산소더랴.

(조사자 : 자고 일어나니까요?)

잉, 산소. 산소 있는 데서 잔 거여. 밤이.

도깨비, 도깨비한테 인자 따라가 갖구선.

이게 도깨비를 이겨 논 거지.

(청중 : 이겨 났지. 마음 약한 사람 같으면 혼을 다 빼가.)

잉, 맘이 그만큼 뭐 허니께 이겨 낸 거여.

그믄 아주 남편, 아이고 어트게 술을 얼마나 먹었깐. 힉, 세상 그렇게

그냥 비석거리 가 갖구 그.

(청중 : 산소 쓸 자린디.)

도덕고개 귀신

자료코드 : 08_14_FOT_20110409_HID_LSS_0001
조사장소 : 충청남도 태안군 근흥면 정죽5리 다목적회관
조사일시 : 2011.4.9
조 사 자 : 황인덕, 김기옥, 백민정, 김미정
제 보 자 : 이사순, 여, 75세
구연상황 : 조사자들이 경로당에 도착했을 때 이사순 화자 혼자 누워 있다가 방문을 열
　　　　　어 주었다. 7살 때에 호랑이를 본 이야기를 잠시 하더니 아래의 내용을 구연
　　　　　하였다.
줄 거 리 : 어떤 사람이 차를 타고 도덕봉 고개를 넘어오는데, 빨간 치마에 노랑 저고리
　　　　　를 입은 젊은 여자가 나타나 태워 달라고 하였다. 자세히 보니 아랫도리가 없
　　　　　었다. 마을에 도착하자, 개가 마구 짖었다. 다음 날 새벽이 되니 모습이 보이
　　　　　지 않았다.

걸음을 걸으니까, 걸음을 걸그롱 오는디 그냥 아까시아 나무, 아주 무
순 데여.

고리 빨간 치마를 입고, 노랑 치마저고리다 입고 딱 나스드래요. 금서
잉,

"아이, 저기 저, 아자씨 나 좀 타고 가자."고 그러드랴.

근디 사람을 쳐다본게 아랫토린(아랫도리) 없드랴, 형님.

근게 그게 도깨비야. 도깨비대요.

아랫토리가 없는데 빨간 치마에 노랑 저고리 딱 입고,

"아자씨, 나 좀 가자."고.

타고, 게 그냥 타라고 했대요.

거가 도동 고개라고 최고 무순 데여. 거기는 진짜 귀신 나오는 데여. 근게 거거 귀신이지. 도깨비여 한마디로.

그라 갖구 인자, 태와서 인자 태와서 인자 인자 동네, 잉. 동네 와 갖고 얼마큼 된게로, 그냥 막 개가 짖으니까, 개가 막 짖으니까.

"아유 아자씨, 저 개 좀 말려 달라."고 막 그러드래요.

잉, 좀 자고 가자고. 잉.

그서 인제 그 개를 좀 붙잡으라고 허드랴. 인자, 인자 개를 붙잡어야지. 그라구 인자 조 방을 가 자라고.

인자 거이는 인자 싹 씻고 인자 안방으로 인자 들어갔는디. 이, 고로 들어가라 했디야.

근디 새벽에, 새벽엔 없어져 버리드랴.

인제 그게 도깨비여, 쉽게 말해서.

개가 막 왕왕 거리고, 막 장 뒤진 저기를 허고 막 그니까, 개만 막 잉, 막 잡으라고 허드랴, 그이가.

근데 자다가 새벽에 가 부렀어. 말하자믄.

인제 그게 도깨비여. 빨간 치마에다가 그러고 노랑 저고리다.

죽기 전 집안을 둘러본 지희 아버지

자료코드 : 08_14_MPN_20110409_HID_KBS_0001
조사장소 : 충청남도 태안군 근흥면 정죽4리 다목적회관
조사일시 : 2011.4.9
조 사 자 : 황인덕, 김기옥, 백민정, 김미정
제 보 자 : 김봉순, 여, 75세
구연상황 : 바다에서 사고가 난 이야기는 없느냐고 물으니 아래의 내용을 들려주었다. 이
          야기를 마치고도 또 다른 사고에 대한 이야기가 청자들 사이에 오갔다.
줄 거 리 : 지희 아버지라는 사람이 배를 타고 나가는 날 준비를 마치고 집을 나섰다.
          그런데 나갔던 사람이 다시 집으로 돌아와 집안을 한 바퀴 돌아보고 나가는
          것이었다. 이상한 일이라고 여겼는데, 그날 배 사고로 지희 아버지는 죽고
          말았다.

지희 아버지 죽는데 씌는가봐.

그날에 아침에 밥 다 잘 묵고, 옷을 다 준빌 해 가지고 옷을 그 메칠씩
입겄다고 옷을 다 준비해가 나가야 돼요.

그래 선원들 허고 다 그 방에서 밥 묵고, 옷을 준빌 딱 해 가지고, 배
나간다고 인자 준비해가 나갔시요.

그래 인자, 그, 지희 엄만 인자 하구 내하구 인자 모욕 갈라꼬. 인자 모
욕 갈라꼬 준빌 했는데. 한집이사 있게, 그래 지희 엄마는 먼첨 가고, 난
모욕허루 좀 뒤에 간다꼬 쫌 있다 가게 가라했는데.

(청중 : 언니가 누구랑 한집이야, 성안서 살 땐데 언니가.)

아이구, 지희 아버지를. 나캉 같이 살았지 여기서. 한 집에.

그래 가지고, 한, 같이 살았지. 그럼 그 뭐슨, 그거 왜.

그래 가지고 우리 집을 떡, 베낭 같은 사람 들어와 가지구 서서, 우리

집을 한 바퀴 삑 돌아보고 가는 겨.

그래 난, '희안하다, 왜 저러지. 배 나간다칸 사람 저래 들어왔나.' 아래면서 내가 그랬어. 그랬는데, 인제 모욕을 갔다. 모욕을 가니께는 지희 아버지 들어왔다 갔다구 내가 그랬어.

갔는데, 그날에 나가 가지고 사고 나 죽어 버렸잖아.

그게 그게, 그럼 내가 그랬다고 용케 건져 들어와 가지고 껀졌어.

그물에 걸려가 건져 들어와가 집에서 인자 거시기 해 가지고 무시 장사 지냈지.

그러믄서 그때, 그래 죽을라꼬 함 뭐 씌이는가봐.

콩서리해 먹으려다 뱀 때문에 놀란 일

자료코드 : 08_14_MPN_20110409_HID_PMJ_0001
조사장소 : 충청남도 태안군 근흥면 정죽5리 다목적회관
조사일시 : 2011.4.9
조 사 자 : 황인덕, 김기옥, 백민정, 김미정
제 보 자 : 박명자, 여, 68세
구연상황 : 다른 화자들이 어릴 때 서리를 한 기억들을 떠올리며 자신들의 경험을 이야기하였다. 이후 박명자 화자가 아래의 내용을 구연하였다.
줄 거 리 : 어릴 때 콩서리를 해서 그것을 삶아 먹으려고 다발로 솥에 쪘다. 그 안에 뱀이 들어 있었는데 뱀이 기어 나오려고 하는 바람에 서리한 콩을 하나도 먹지를 못 했다.

처녀 때 저기 저 콩 콩서리 허잖유.

콩 이렇게 저기 벼 노믄, 벼 노믄 인제 이제 다발로 이렇게 해 놓잖아잉.

(청중 : 딱 그래 해 놓지.)

장콩을 이렇게 해 놨드랴. 이 처녀 땐디.

밤이 그놈을 그냥, 저기 저기 저, 서리를 해 갖구 그 변 놈을 갖다가 막, 큰 이른 가마솥이다 쪘디야. 그눔을 갖다 싹 다.

(청중 : 뱀이 들었구만.)

쪘는디, 뱀이,

[웃음소리에 알아들을 수 없음]

이르구, 뻐드러 졌드랴.

솥, 그 살라구. 그 뜨근 뜨근 불을 불을 때니께 그 얼마나 뜨겁겠어요. 나올라구 뱀이.

한참 뭐 허다가 막, 그그 막, 콩 위에가 막 냥, 쭉 뻗뜨러져 갖구. 나 살리라구 막, 그냥 그냥.

홍은 각시랑 몇 명이 친구들끼리 하나 못 먹었디야, 아주.

그래 갖구 이걸 버려야 하는디. 서로, 서로가 서로가 못 버린다고 했디야. 그러다 워트겠구 막, 저 한 다섯 명이 그걸 다 갖다 버렸디야. 뱀이랑.

용난굴 귀신

자료코드 : 08_14_MPN_20110409_HID_PMJ_0002
조사장소 : 충청남도 태안군 근흥면 정죽5리 다목적회관
조사일시 : 2011.4.9
조 사 자 : 황인덕, 김기옥, 백민정, 김미정
제 보 자 : 박명자, 여, 68세
구연상황 : 뱀을 보고 죽인 사람이 결국에는 병이 들어 죽었다는 이야기에 이어서 구연
　　　　　하였다.
줄 거 리 : 새벽 기도를 위해 세 사람이 길을 나섰다. 용난굴 근처를 지나자 돌 굴리는
　　　　　소리가 나기도 하고 우는 소리가 들리기도 하였다. 모두 무서워서 말을 못 하
　　　　　고 서로 가운데에 서서 걸어가려고만 하였다. 교회에 도착하고 보니 온 몸이
　　　　　땀에 젖어 있었다.

인제 새벽교회에 나가는디요. 아마요, 새벽교회면 아마 한 3시, 4시 이르케 나가는가봐.

겨울이 새벽 3시니까 캄캄허잖유.

그랬는디 바울이 할머니 이제 저 쪼끔 젊었을 때. 인제 바울이 할머니 몇 명이 이르기, 셋인가 이르기 간디야. 교회 저쪽이가 있을 때. 밖에 있을 때.

인제 싯이가 가믄은, 용 나온 건, 거기 저 산 너머, 저저저 누구 충길이 아버지 저 목매 자살헌 디.

(청중 : 목맨 디.)

거기서 막, 뭘라가 쾅! 하믄서 돌맹이를 갖다가 막, 둥구는 소리 나드랴.

그런께 싯이가 인제 가자니, 가니께 서로가 냥 가운데 갈라믄 얼마나 미섭겄어요? 그런께 또 한 사람은 우는 소리까지 다 듣고 또.

우리 교회 대니는 사람들은, 믿는 사람들은 대개 미섬을 안 타잖어요.

그른게 시 사람이 다 들은 모양이여. 근껜 싯이가 걸어가면서 서로가 무서워. 무서워서 그냥 앞장 걸고 가운데로 갈까봐 그걸 얘기를 못했디야.

그르구선 교회를 인자 샛길 막 해서루 어트게 어트게 해서 막 가니께 막, ○○○ 갈란게 막, 막 또 집어 던지더랴. 큰 돌맹이를.

그른께 월마나 이 땀이 젖었어. 이 머리서부텀 다. 싯이가.

그 교회에 들어가 놓구서, 인자 새벽교회 들어가니께 이자 싯이가 다 그 얘기를 헌 거네요. 근께 막, 위에 옷이 다 젖었어.

숨겨 놓은 신발을 찾아 신고 나가서 죽은 남편

자료코드 : 08_14_MPN_20110409_HID_PMJ_0003

조사장소 : 충청남도 태안군 근흥면 정죽5리 다목적회관

조사일시 : 2011.4.9

조 사 자 : 황인덕, 김기옥, 백민정, 김미정

제 보 자 : 박명자, 여, 68세

구연상황 : 이 동네에서는 배 타고 나갔다가 사고 나서 죽은 일은 없느냐고 물으니 아래의 내용을 구연하였다. 이야기를 마치자 오래 전에 마을에서 일어났던 사고에 대한 여러 이야기가 오갔다.

줄 거 리 : 여자가 남자와 살면서 임신을 하였다. 남자가 배를 타는 기관장이었는데 하루는 남자가 배를 타지 않기를 바라는 마음으로 남자의 신발을 숨겨 놓았다. 그런데도 남자는 기어이 신발을 찾아 신고 배를 탔다. 그날 그 남자는 배를 타고 나갔다가 사고로 죽고 말았다.

각시가요, 그날은 냥. 저기 결혼은 결혼도 않구선, 이 애기 엄마가 임신했어. 총각이거든. 결혼식 안 했은께 총각이지요 잉. 총각 처녀.

요런 초가집서 사는디. 결혼한, 인제 사리, 이 꽃게 배는 사리 때 나가요. 그래서 인제 배를 나갈라구 이 집에선 인제 준비했는디.

이 집이서는 저기 이, 배를, 배 못 나가게 할라구 각시가 신발 갖다 감췄어. 감췄는디두, 이 신 심성이네 심정서 네서 막 그냥 와 갖구선, 배 나가자구 배 나가자구 막, 했단 말여.

했는디, 어트게서 그냥 그 신발을 찾아 갖구선 그예 데꾸 나갔어요.

나갔는디, 나 요기서 살 때여. 난 고 뒤란, 배 나갈라믄 우리 뒤, 그 뒤란 다 봬요. 거기서 쌀 닦으믄.

근디, 그 삼춘이 나가믄서 기관, 기관장이그든.

기관방에 대구서 막 흔들구 나가드라구. 그때가 마지막이었어.

그날 나하구 이렇게 헐 때 가서.

그래 내가 거, 갖다 오라구 나두 이렇게 흔들어 줬는데.

그날, 그날 그르케 사고가 난 거여. 잉, 안 갈라고 막 그냥 끌쿠 나가서.

그래 갖구 아홉 명이 다 죽었어. 아홉 명이.

그래 갖구 어트게 그 여자 혼자 살 수가 있어요? 가야지.

그런께 뱃속에 있는 거 그거 내빌구선, 딴 데 시집간 겨.

(조사자 : 그런데 어떻게 그렇게 나가지 말라고 숨겼어요?)

원래 각시가, 각시가 못 나가게 할라구 그냥 했는디, 벌써 죽을라구 씌였지.

근께 남자두 안 나갈라 허는디, 이 선주네 집에서 자꾸 나가자구 헌께.

기관장이, 기관장이 기계를 늘려야 그 선원들이 데꾸 나간 거 이녀.

이 기관장이 못 가믄 다 배가 못 나가잖유.

응, 그런디 이 아주 이상허게 그냥 막 그렇게 나가기 싫은 걸 데꾸 나가 갖구 그렇게 죽었어.

도깨비에게 홀린 언니

자료코드 : 08_14_MPN_20110409_HID_LSS_0001
조사장소 : 충청남도 태안군 근흥면 정죽5리 다목적회관
조사일시 : 2011.4.9
조 사 자 : 황인덕, 김기옥, 백민정, 김미정
제 보 자 : 이사순, 여, 75세
구연상황 : 다른 화자가 도깨비에 대한 이야기를 하자, 이사순 화자가 연이어 구연하였다.
줄 거 리 : 언니가 7살 때 산에 나물을 캐러 갔다. 어머니가 지어 준 버선을 벗어 놓고 오는 바람에 혼이 난 언니는 그것을 찾으러 온 산을 헤맸다. 한밤중에 공동묘지에서 마을 사람들에 의해 발견이 되어 살아 돌아왔다.

우리 언니가 우리 제일로, 근게 우리 엄마가 열입곱 살에 애기 났디야.

근디 인자, 그 언니, 우리 언니도 부지런허니까, 인자 일곱 살에 나무를 캐러 갔어.

인자 어디로 가 밭에 전라도는요, 여 밭에 나물 다 캐갖고 ○○○ 쌂아 갖고 무쳐 먹음 맛있어.

인제 그 나물을 캐러 갔는디요, 나물을 캐러 갔는디.

인자 우리 엄마가 인자 그때 인자 큰 딸이니까는, 보신(버선)해서 이쁘게 해서 이르군 했는디.

고르기 인자 가, 애들이랑 갔어. 갔는디.

보신을 벗어 갖고, 보신을 벗어 갖고는 어디, 바위틈에다 두고는 잊어불고 왔어.

근게 우리 엄마가 막 때리믄서는 인자 그 저기 저, 보신 안 찾아 갖고 온다고 막 때렸어. 때리니까는 이 어린 것이, 그때는 일곱 살이 지금 애들 같음 발랑 까졌으니까는 찾고도 남지.

얘는 이 밭으루 갔다, 저 밭으루 갔다가 막, 인자 허다가는, 헤매다간 어두워 버렸어. 어둬와 갖고 인자 밤에, 인자 우리 동네사람들을 다 밤에, 깽맹이를 치고, 인자 그러믄 인저 나오까봐.

인자 도깨비가 물어간 줄은 알았지.

그라 갖고는 막, 징, 깽맹이를 막 치고, 다들 막 산 막, 어데로 도니까는 가니까는 밤 한 열두 시나 됐다 허든가. 열두 시가 넘었다고 허던가 하는데.

공도, 공동묘지 안 있나? 촌에는 옛날에 공동묘지가 많이 있어. 공동묘지가 몇 있는 데가 딱, 앉졌드래요.

인제 거기다 물어다 났지. 이게 거기다 공동묘지가 앉졌드래요.

그래갖고 데려왔다 허대.

인자 그것까지는 아는데. 고론 얘길 해서.

우리 큰언니가 항상 불쌍헌 거여.

응, 그래두 어트거 정신은 혼은 안 빼가 갖고.

구렁이 나가자 망한 부자

자료코드 : 08_14_MPN_20110409_HID_LSS_0002
조사장소 : 충청남도 태안군 근흥면 정죽5리 다목적회관
조사일시 : 2011.4.9
조 사 자 : 황인덕, 김기옥, 백민정, 김미정
제 보 자 : 이사순, 여, 75세
구연상황 : 구렁이를 함부로 죽이면 좋지 않다는 다른 화자의 이야기를 듣고, 아래의 내
용을 구연하였다.
줄 거 리 : 어릴 때 동네에서 부자로 살던 사람이 있었다. 하루는 귀가 달린 큰 뱀이 그
집의 마당에 나타나더니, 밖으로 나가 버리는 것이었다. 이후로 그 집이 망해
버렸다.

제일로 부잣집이여.

그때 시절에 나 어릴 때 시절에 조선대학 대녔은게 얼매나 부잣집이
나, 안 그르나. 인게 고로고 부잤는디. 인자 거 집이, 고 우리 동네 최고
부자여.

마당이 얼매나 넓은지 몰라. 잉. 막 나락을 해 오믄 저기다도 눌러 놓
고, 여기다도 놀러고 막 근는디요,

비암이, 구랭이가. 그 집에 구랭이가, 하도 구랭이가 크믄요 귀가 달렸
디야. 귀가.

(청중 : 귀 달렸어.)

(청중2 : 지킴인 달렸어.)

예, 귀가 달려 갖고. 그 놈, 워서 나온고 허믄.

그 뒤에 항아리가 옛날에는 무지무지 커.

그느 항아리, 그 어트게 해서 나와서 마당으로 슬-슬- 해갖고 이러고
나가드란다.

그도 막, 빌어라도. 잉, 집주인이거든 그게. 쉽게 먼게, 옛날 사람들은
집주인이다, 뭐 비손도 잘 혀.

근데 그냥 나가드래요. 나갔는디, 그이가 조선대학 대닌 사람이 국회의원도 나오고 다 긋는디. 요로고 죽었어. 근게 그냥 폭삭.

옛날에 그이가 응, 그러 대학교까장 나왔으니까니, 우리는 다마네기가 뭔지도 몰랐지. 고거를 막 사람을 사 갖고 많이 심었거든요, 근데 다마네기를 요로곰 막, 그거 해갖고는 잉.

그게, 그때 우리는 알았어. 그래 갖고 다마네기도 거 심고, 그래겄는데.

그러게 응, 장개, 그럴 때는 총각인데. 아니 인자, 장개 가고 대학교를 대녔어 그때는.

그래 갖고 지금 걔가 지금 몇 살이나 먹었는고. 내가 업고 대녔거든, 걔를. 내가 하두 애기 업고, 업고 싶어서 막 걔를 업었는디.

학교 대니는, 그 딱 옛날 그 오리가방 탁 들고 학교 가는 거여.

인자 지금 생각허면 토요일날 왔다가 일요일날 가는 거여.

근디 고리케 훌륭히 무지무지 부자루 살았는디 고렇게 폭싹 망했어.

그 샴, 요렇코 살림해 갈라믄 그 아자씨가 안 죽었나. 그러니까 그 망한 거지 뭐여.

출항하기 전 제사하는 여성황당

자료코드 : 08_14_MPN_20110409_HID_LSS_0003
조사장소 : 충청남도 태안군 근흥면 정죽5리 다목적회관
조사일시 : 2011.4.9
조 사 자 : 황인덕, 김기옥, 백민정, 김미정
제 보 자 : 이사순, 여, 75세
구연상황 : 배 타고 나갔다가 죽은 마을 사람들에 대한 이야기가 한동안 이어졌다. 조사
　　　　　자가 출항하기 전에 제를 모시는 일은 없느냐고 물으니 아래의 내용을 구연
　　　　　하였다.
줄 거 리 : 출항하기 전에 쌀 한 가마니를 팔아 정성껏 상을 차린다. 여성황당이기 때문

에 바늘과 실 그리고 백지도 올린다. 배를 타는 동안 바느질을 하고 있으라는 의미이다. 그러고 나서 잠을 자면 선몽을 꾸게 된다.

인자 쌀 한 가마니 파요. 팔아 딱 놔 두면 고 놈을 제일로 밥을 혀.

밥을 허고 그 서낭당, 딱 인자 채려 놔. 채려 놓고. 인자 배 나갈라믄 잠을 딱 자.

그러구 광 열어 놓고 자믄, 인자 여 서낭당인지 남 서낭당인지 안다야. 우리는 여 서낭당이여.

그런게 만날 바느질허고, 인자 거그다가 종이 있잖유.

백 종이 한 장을, 백지 한 장을 해 갖고 가운데로 따 잡고 실 허고, 바늘 허고, 요러고 접쳐.

요러고 안 기나 그믄 가운디다 실을 요러고 딱 해 갖고 딱 요러고 접쳐. 그래 갖고 인저 거그다 바늘 요러고 꼽아놔. 인자 여성이니까, 여자니까 바느질허고 있으라고.

(청중 : 여서낭은 그랬어.)

음, 그러믄 딱 잠을 자믄 안대요. 선명을 딱 하는 거죠. 고것이 여 서낭당이요.

그케 허고, 또 인자 명절 때 있잖어요. 팔월 추석에. 팔월 추석엔 밥, 고사라도 정신껏 허지. 아주.

떡시루 아주 온갖 다 해서 거그다 다 허고. 다 나물 같은 거.

우리는 여 서낭당이라 나물 같은 걸 다 허는데 아주 세상 귀찮여.

옥수수 서리

자료코드 : 08_14_MPN_20110409_HID_LNC_0001
조사장소 : 충청남도 태안군 근흥면 정죽5리 다목적회관
조사일시 : 2011.4.9

조 사 자 : 황인덕, 김기옥, 백민정, 김미정
제 보 자 : 임난철, 여, 77세
구연상황 : 앞의 이야기와 같은 상황에서 이어서 구연하였다.
줄 거 리 : 어릴 때에는 친구들끼리 모여 다니면서 서리를 하곤 했다. 하루는 친구들이
         옥수수 서리를 간다고 하였다. 따라가려고 하니 친구들이 따라오지 말라고 하
         였다. 알고 보니 우리 집 옥수수를 서리해 온 것이었다.

서리만 했지, 지끔 같으믄 도둑이여.

[웃음]

남의 밭에 가서 오이 따고, 수박 따고, 강남, 저기 강냉이 따다 먹구,
배 따고 감 따고 그케 다 고구마 캐구, 그게 서리여.

그르구 나는 언젠간 가만히 있는디.

야, 아덜이, 남자 여자 같이 놀었어 우덜은. 다 집안 애들인께.

"옥수수 따러 가자!"

"그려."

그런디,

"야, 넌 남어, 집 있어, 잉. 넌 여기 집이가 있어. 우덜끼리 따 갖고 오
께."

"왜 나두 다 하께." 그러니께,

"아이 너는 여기 있어." 그래.

누가 그럴 줄 알았나, 그거 드다 보니께 우리 옥수수를 다 땄어.

[일동 웃음]

우리 옥수수를 다 땄어.

[알아들을 수 없음]

옥수수를 다 땄다고 하는디. 나는 아는디 말할 수가 있나? 못 허지. 쨱
소리도 못 허고 있지.

시집살이 노래

자료코드 : 08_14_FOS_20110409_HID_KN_0001
조사장소 : 충청남도 태안군 근흥면 정죽4리 다목적회관
조사일시 : 2011.4.9
조 사 자 : 황인덕, 김기옥, 백민정, 김미정
제 보 자 : 김난, 여, 85세
구연상황 : 앞의 노래와 같은 상황에서 이어서 불렀다.

시어머니 죽었다고
좋다구 했더니,
보리방아 물불으니께
(좋다)
시어머니 생각나네.

조개 캐는 노래

자료코드 : 08_14_FOS_20110409_HID_KBR_0001
조사장소 : 충청남도 태안군 근흥면 정죽4리 다목적회관
조사일시 : 2011.4.9
조 사 자 : 황인덕, 김기옥, 백민정, 김미정
제 보 자 : 김복례, 여, 81세
구연상황 : 다른 사람이 노래를 부르고 난 뒤 바로 이어서 불렀다. 경로당 전체 분위기가
         이야기와 노래를 평소에도 즐기는 곳이라는 것을 알 수 있다. 조개 캘 때 부
         르는 노래라고 하였다..

안흥땅 강물은

때맞춰 밀건만

요내둥 어린가슴

(좋다)

때없이 타노라

굴 캐는 노래

자료코드 : 08_14_FOS_20110409_HID_KBR_0002
조사장소 : 충청남도 태안군 근흥면 정죽4리 다목적회관
조사일시 : 2011.4.9
조 사 자 : 황인덕, 김기옥, 백민정, 김미정
제 보 자 : 김복례, 여, 81세
구연상황 : 앞의 노래와 같은 상황에서 이어서 불렀다.

굴빽을 깔라니

애낭이 무너지고

단오장 저고리

(좋다)

동갈러지노라.

다리 뽑기 하는 소리(1)

자료코드 : 08_14_FOS_20110409_HID_KBR_0003
조사장소 : 충청남도 태안군 근흥면 정죽4리 다목적회관
조사일시 : 2011.4.9
조 사 자 : 황인덕, 김기옥, 백민정, 김미정
제 보 자 : 김복례, 여, 81세
구연상황 : 앞의 노래와 같은 상황에서 이어서 불렀다.

한거리진거리 떽거리

만자만자 주머니끈

똘똘말어 장구채

삐비딱딱 무감주

애쟁이 허리띠

다리 뽑기 하는 소리(2)

자료코드 : 08_14_FOS_20110409_HID_KBR_0004
조사장소 : 충청남도 태안군 근흥면 정죽4리 다목적회관
조사일시 : 2011.4.9
조 사 자 : 황인덕, 김기옥, 백민정, 김미정
제 보 자 : 김복례, 여, 81세
구연상황 : 앞의 노래와 같은 상황에서 이어서 불렀다.

고리짝 대짝

은배 사배

남천 박쥐

모루 감자

시냉이 쨍.

[다시 처음부터]

고리짝 대짝

은배 사배

남천 박쥐

모루 감자

시냉이 쨍!

꼬대각시 노래

자료코드 : 08_14_FOS_20110409_HID_KBR_0005
조사장소 : 충청남도 태안군 근흥면 정죽4리 다목적회관
조사일시 : 2011.4.9
조 사 자 : 황인덕, 김기옥, 백민정, 김미정
제 보 자 : 김복례, 여, 81세
구연상황 : 앞의 노래와 같은 상황에서 이어서 불렀다.

꼬대 각시 불쌍 허다

한살 먹언 어매 죽고

두살 먹언 아범 죽고

시살 먹어 걸음 배여(배워)

차즘 차즘 삼촌이

집을 찾어 갔더니

여기왜 왔느냐구

내쫓드라고

신세한탄 하는 소리

자료코드 : 08_14_FOS_20110409_HID_KBR_0006
조사장소 : 충청남도 태안군 근흥면 정죽4리 다목적회관
조사일시 : 2011.4.9
조 사 자 : 황인덕, 김기옥, 백민정, 김미정
제 보 자 : 김복례, 여, 81세
구연상황 : 앞의 노래와 같은 상황에서 이어서 불렀다.

(쓸쓸한) 이세상

냉정헌 이내몸

누구를 믿고서

(좋다)

한세상을 넘겨보나.

재수(예수)나 믿었이면

천당이나 가지요

유령님 믿었다

(좋다)

나갈곳이 없구나.

시집살이 노래

자료코드 : 08_14_FOS_20110409_HID_KBR_0007
조사장소 : 충청남도 태안군 근흥면 정죽4리 다목적회관
조사일시 : 2011.4.9
조 사 자 : 황인덕, 김기옥, 백민정, 김미정
제 보 자 : 김복례, 여, 81세
구연상황 : 앞의 노래와 같은 상황에서 이어서 불렀다.

옛날 기적이여, 노래.

(시집)을 살어라

계집을 살어라,

시어머니 잔소리만 해서

시집을 못살었네

댕기 노래

자료코드 : 08_14_FOS_20110409_HID_KBR_0008

조사장소 : 충청남도 태안군 근흥면 정죽4리 다목적회관

조사일시 : 2011.4.9

조 사 자 : 황인덕, 김기옥, 백민정, 김미정

제 보 자 : 김복례, 여, 81세

구연상황 : 앞의 노래와 같은 상황에서 이어서 불렀다. 많은 사람들이 아는 것이어서 다른 청자들도 같이 불렀다.

임이라 떠다준

은갑수(은갑사) 댕기는

곤때두 안문어

(좋구나)

내사주 왔더라.

날 데려가거라

자료코드 : 08_14_FOS_20110409_HID_KBR_0009

조사장소 : 충청남도 태안군 근흥면 정죽4리 다목적회관

조사일시 : 2011.4.9

조 사 자 : 황인덕, 김기옥, 백민정, 김미정

제 보 자 : 김복례, 여, 81세

구연상황 : 한 곡을 부르고는 가사에 대한 설명을 하고 이어서 다른 노래를 또 불렀다. 자연스럽게 청자들이 박수를 치면서 동참하였다.

(날 데려)가거라

날 모셔 가거라

백 년의 친구야

(좋다)

날 도려(데려)가거라.

날 데려갈 때는

천간이 높더니

데려다 놓구서

(좋다)

왜 반대허느냐.

님 그리워하는 노래

자료코드 : 08_14_FOS_20110409_HID_KBL_0001
조사장소 : 충청남도 태안군 근흥면 정죽4리 다목적회관
조사일시 : 2011.4.9
조 사 자 : 황인덕, 김기옥, 백민정, 김미정
제 보 자 : 김봉래, 여, 70세
구연상황 : 조사자의 방문 목적을 듣고 주위에서 노래를 청하자 불렀다..

청춘에는 곱던 얼굴이

당신을 연하여 다늙었네.

이몸이 늙고 병들은건

임이 안계신 탓이로구나.

언제나 이노릇 면하고

이세상을 하직을 할까.

댕기 노래

자료코드 : 08_14_FOS_20110409_HID_KBL_0002
조사장소 : 충청남도 태안군 근흥면 정죽4리 다목적회관
조사일시 : 2011.4.9
조 사 자 : 황인덕, 김기옥, 백민정, 김미정
제 보 자 : 김봉래, 여, 70세

펄러덩 펄러덩 삼갑사댕기
곤때도 안묻어 사주가왔네.
사주는 받어서 농속에넣고
눈물은 흘려서 한강이됐네

3. 남면

증편 한국구비문학대계 ● 충청남도 태안군

▌조사마을

충청남도 태안군 남면 당암리

조사일시 : 2011.4.10
조 사 자 : 황인덕, 김기옥, 백민정, 김미정

　당암리는 단구로 이루어진 120여 호의 비교적 작은 마을이다. 넓은 들이 없이 구릉성의 농촌을 이루고 있으며 이를 터전으로 하여 대체로 소규모의 농가가 주민의 대부분을 차지하고 있다. 두드러진 큰 마을이 없이 작은 마을들이 여기저기에 분산된 산촌(散村)을 이루고 있고, 두드러진 토성이 없이 여러 성씨가 고루 분포되어 있다. 당암리는 태안에서 안면도로 이어지는 길과 홍성으로 연결되는 국도를 가운데에 두고 있어 농촌이지만 외지와의 소통이 원활한 곳이기도 하다. 마을이 작은 데에다 산촌이라는 조건은 이 마을에 대한 구비문학을 어렵게 하는 조건으로 작용하였다. 작은 마을들이 여기저기 흩어져 있다 보니 한곳에 모여 있는 주민들을 만나기가 어려워 제보자를 일일이 찾아다녀야 했음이 그것이다. 이로 인해 이번 조사에서 가장 힘이 든 곳이 바로 이 마을이었다.

　남면 당암리의 답사는 4월 10일에 하였으며, 강부춘, 이종득, 정정식 제보자에게서 설화 4편과 현대구전설화 9편, 민요 1편을 채록하였다.

▌제보자

강부춘, 여, 1928년생

주 소 지 : 충청남도 태안군 남면 당암리
제보일시 : 2011.4.10
조 사 자 : 황인덕, 김기옥, 백민정, 김미정

4월 10일에 지관 일을 하는 정정식 화자
를 만났다. 정정식 화자가 자신의 경험담을
들려주던 중 강부춘 화자의 이름이 등장하
였다. 조사자가 장 화자의 주소를 묻자 자신
이 직접 알려 주겠다고 하면서 조사자와 동
행을 하였다. 정정식 화자를 댁에 모셔다 드
리고 다시 강 화자의 집으로 왔다. 대문에
들어서자 강 화자의 남편인 이종득 어르신
을 만났다. 방문 목적을 알리고 마당에서 있다 보니 강부춘 화자가 나타
났다. 집 옆에 설치되어 있던 비닐하우스로 이동하여 바닥에 자리를 마련
하고 앉았다. 처음에는 자신은 아는 것이 없어서 할 말이 별로 없다고 하
였다. 직업과 관련하여 여러 이야기를 들려주어도 좋다고 하면서 이야기
를 청하자, 자신이 신명을 받은 이야기부터 시작하였다.

가난하게 살았던 이야기가 한동안 이어졌다. 무속 일을 하면서 겪은 경
험담도 들려주었다. 자신은 글을 쓸 줄도 읽을 줄도 모른다고 하였다. 지
독하게 가난한 시절, 39살에 울면서 자다가 갑자기 신명을 받아 이 길로
접어들었다고 하였다. 그날 이후 얼굴에 얼룩과도 같은 큰 점이 생기기
시작했다. 보기 싫어서 그것을 빼 버리고 싶지만 신명이 시키는 일이라
그렇게 할 수도 없다고 한다.

깃대도 꽂지 않고 일을 하는데도, 부산 홍천과 같은 먼 곳에서도 사람들이 찾아온다고 하였다. 남편의 건강과 관련해서도 자신이 미리 알려주는 바람에 목숨을 건질 수 있었다고 한다. 여섯 남매를 키우면서 지금까지 이만큼 살고 있는 것도 신명 덕분이라고 하였다.

자신의 삶의 방식을 받아들이는 자세이다. 자신감 있고 우렁찬 목소리가 이를 반영한다. 자신이 하는 일을 '인간 구제'하는 일이라고 표현하였다. 위기를 맞은 여러 사람들을 도와준 경험담을 들려주었다.

제공 자료 목록

08_14_MPN_20110410_HID_KBC_0001 자다가 받은 신명
08_14_MPN_20110410_HID_KBC_0002 원천리 용왕제 공수의 신통
08_14_MPN_20110410_HID_KBC_0003 굴뚝 손대고 목이 돌아간 여자
08_14_MPN_20110410_HID_KBC_0004 아이 낳다 죽은 귀신이 붙은 여자

이종득, 남, 1928년생

주 소 지 : 충청남도 태안군 남면 당암리
제보일시 : 2011.4.10
조 사 자 : 황인덕, 김기옥, 백민정, 김미정

무속인 강부춘 화자의 남편이다. 비닐하우스 안에서 강부춘 화자의 이야기를 듣는 동안 줄곧 옆에 앉아 있었다. 이야기를 듣다 보충 설명도 해 주고, 흥을 넣어 이끌어 주는 역할을 하였다. 먼저 나서지 않고, 이야기의 우선권을 강 화자에게 양보하고 있다가 조사자들이 이야기를 청하자 이야기를 시작하였다. 문화원에서 강 화자에게 글을  요청한 적이 있다. 이때 이종득 화자가 대신 써 주었더니 당선이 되어 소

정의 금액을 받은 적이 있다고 한다. '꿩에게 당한 농부 이야기'가 그것이다. 글을 쓰는 작가들은 어느 정도 거짓말하는 기질이 있어야 가능한 것이라고 하였다.

오래 전 사랑방에서 명심보감, 소학, 맹자 등을 가르친 적이 있다고 한다. 먹고 살기 위해서 공부를 하면서 가르친 것이라고 한다. 자식은 6남매를 두었다. 신이한 꿈에 대한 이야기를 하면서 과학적으로 풀 수 없는 신기한 일들이 많다고 하였다. 현재 풍수에 대해서도 관심이 있다. 우리나라 정세에 대한 언급을 하면서 일본과의 관계가 앞으로 쉽지 않을 것이라고 하였다. 일본이 여러 자연 재해를 겪는 이유는, 그들이 지금까지 지어온 죄가 많아서라고 해석하였다.

제공 자료 목록
08_14_FOT_20110410_HID_LJD_0001 꿩에게 당한 농부
08_14_FOT_20110410_HID_LJD_0002 석분여금을 실천한 아이

정정석, 남, 1932년생

주 소 지 : 충청남도 태안군 남면 당암리 209-14
제보일시 : 2011.4.10
조 사 자 : 황인덕, 김기욱, 백민정, 김미정

현재 지관 일을 하고 있다. 30대부터 이 일을 하였다. 14살 때 해방이 되었다. 집안의 할아버지가 다른 사람은 몰라도 집안의 장손인 자신은 공부를 해야 한다고 하였다. 아버지는 학교를 다니지 말고 한문 공부는 하라고 하였다. 한문 공부를 한 것이 있어서 남에게 무시당하고 살지는 않는다고 하였다. 군에 갔다 와서 주경야독하였다. 풍수지리 관련 책을 여러 권 보았다고 한다. 거의 독학한 셈이다. 친구들은 잘사는데, 자신은 기어들어 가는 집에 사는 처지였다. 나중에 자식이 창피해 할까봐 열심히

살다가 이 집터를 얻게 되었다. 풍수를 아는
사람들도 터가 좋다는 이야기를 많이 한다
고 하였다.

자신이 공부한 내용을 집안의 아저씨와
함께 다니면서 확인하였다. 공부를 하고 나
니 주상의 산소가 안 좋은 것을 알게 되었
다. 이후 부모님의 산소를 안면도에 있는 좋
은 곳으로 이장하였다. 이후 형편이 조금씩
풀리기 시작하였다. 자신은 독자인데, 아들 삼형제를 두고 있다. 현재 손
자들도 잘살고 있어서 집터를 무시할 수 없는 것이라고 하였다. 5대 후에
진짜 발복이 되는 터라고 한다. 자신이 집터를 잡으며 좌향을 약간 들어
놓은 것에 나름의 자부심도 있다. 집주인과 좌향이 맞아야 발복하는 것이
라고 하였다.

얼마 전 척추 수술을 하여 퇴원한 지가 며칠 되지 않는다. 자신이 산소
일을 봐 주다가 지관이 해를 입어서 그런 것이라고 믿고 있다. 여기저기
붓으로 써 놓은 글씨가 보인다. 서를 한 지도 오래 되었다고 한다. 주변의
사람들이 달라고 해서 주기도 하였다고 한다. 힘이 있고 방정한 글씨이다.

한 편의 서사적인 구조를 갖춘 이야기라기보다는 단편적인 사건이나
줄거리 위주로 언급하고 마무리하려는 경향이 있다. 따라서 조사자들이
구체적인 내용이나 예화에 대해 지속적으로 질문을 해야 이야기가 이어
지는 경향이 있다. 평소에도 필요 이상의 말을 많이 하지 않는 성격임을
알 수 있다.

조용하고 차분한 성격이다. 이야기 도중 언급된 무속인의 이름과 주소
를 묻자, 아픈 몸임에도 불구하고 조사자들과 동행하여 그 집을 일러 주
었다.

제공 자료 목록

08_14_FOT_20110410_HID_JJS_0001 옮겨도 명당 잡은 머슴

08_14_FOT_20110410_HID_JJS_0002 지영대사 묏자리 잡아 주기

08_14_MPN_20110410_HID_JJS_0001 아무나 들어갈 수 없는 명당

08_14_MPN_20110410_HID_JJS_0002 묏자리 잘못 잡고 망한 집안

08_14_MPN_20110410_HID_JJS_0003 시간을 지켜야 하는 제사

08_14_MPN_20110410_HID_JJS_0004 아무나 못 들어가는 명당

08_14_MPN_20110410_HID_JJS_0005 금정을 잘못 놓아 해를 입은 지관

꿩에게 당한 농부

자료코드 : 08_14_FOT_20110410_HID_LJD_0001
조사장소 : 충청남도 태안군 남면 당암리 저드래마을
조사일시 : 2011.4.10
조 사 자 : 황인덕, 김기옥, 백민정, 김미정
제 보 자 : 이종득, 남, 89세
구연상황 : 강부춘 화자의 이야기가 이어지고 난 뒤, 이종득 화자에게도 이야기를 권하자
아래의 내용을 구연하였다. 태안문화원에서 글을 지어 보내라고 한 일이 있
다. 그때 자신이 알고 있는 아래의 내용에 조금 덧붙여서 문화원에 제출하였
더니 입선을 하였다고 하였다. 문학가는 다 거짓말쟁이라고 하였다. 이야기를
마치고 속담과 꿈 해몽에 대한 이야기를 하였다.
줄 거 리 : 농부가 한창 바쁜 계절에 일을 하러 가는데, 꿩 한 마리가 그 앞을 왔다 갔다
하였다. 잡으려고 하면 자꾸 달아나는 바람에 쉽게 잡을 수가 없었다. 날아가
지도 않고 앞에서 왔다 갔다 하면서 농부를 놀리는 바람에 일을 하러 가지
못 하고 시간을 보내고 말았다.

(청중 : 외로워서, 오는 손님 다 우리 식구여 다.)

(조사자 : 예, 고맙습니다.)

요새 마을 점장이라고 해 가지고서 사기꾼이 너무 많은게.

내가 문화원에서, 태안 문화원에서 글 좀 지어내라고. 이 할매게로. 문
화원 회원여, 이 할매가. 나는 암 것도 아니고.

그런디 할매보고 글 지라고 허니 할매가 글을 질 수 있나? 그래서 내가
대신 져 봤지. 그랬더니 입선이 돼서 돈 오만 원인가, 원 십만 원인가 돈
줘서 받어 있는디.

(청중 : 또 지라고 혀서 또 왔어.)

이건 뭐냐 허믄 그짓말쟁이덜이 책을 많이 내는 거여. 그짓말 잘허는

사람들, 사기꾼들이 책을 많이 내서 책을 많이 만들어서 팔고 이러지, 아주 정직한 사람은 책 안 맨들어.

거 워째 그러냐, 읎는 것을 있는 것처럼 가정해서 맨드는, 꼭 영화 보듯이 그렇게 맨드는 것이, 이게 그짓말쟁이지 뭐여. 그래서 말허자믄 이 사회허고 맞지 않는 거여. 그래서 책 그런 것도 안 봐 별로.

골렸다고 했지. 워티게 게 골렸느냐.

어. 한참 가을에 바쁠 시기, 삼종 바쁜 시절에 가는디 꿩 한 마리가, 큰 놈의 장끼 한 마리가 질바닥이서 데굴데굴 딩굴고 있다 이거여.

(조사자 : 길바닥에서?)

그거 다 그짓말이라니께. 왜 딩굴것나? 병도 안 든 꿩이.

그런디 농부는 바쁜디 담박질 허다 말고서 꿩부텀 줏으야것다 이거여. 그 쪼끔 가다가 줏을라고 보니께 깡충 뛰어서 저기로 가고, 또 깡충 뛰어서 저기로 가고, 이놈한티 한없이 곯는다 이거여.

일두 못 가고 해가 중천에 올랐는데 아 이 꿩이 푸르륵허고 널러가면 좋겠는디, 내가 담박질허믄 꿩도 담박질허구 내가 찬찬히 가믄 꿩도 찬찬히 가고. 맨날 고 거리를 유지허고 가는 겨.

그래 작대기를 냅다 집어던지니께 작대기가 여기 떨어지고 꿩은 깡충 뛰어서 옆이가 앉고 얼마나 많이 걸었겄어.

그래서는 보니께 해는 중천이 떴지, 그 바쁜디 일꾼 안 온다고, 저기서는 일꾼 하나 빠졌다고 벼락 야단법석이 났을 거 아녀.

그런디 이놈의 꿩이 도망을 가지 않고서 맨날 그 근처이서 맴돌어. 그 사람 골리는. 오래 묵으면 뭐이고 다 그렇다는 겨. 사람 골린다는 겨.

미물 짐승도 오래 살면은 이 영롱한 만물의 영장이라고 하는 사람도 골리고 사는 거여.

모든 짐승도. 그러니께 이제, 하도 속은 상하지, 일도 다 틀렸지. 욕은 많이 먹게 생겼지 동료들헌티. 꿩은 그대로 그 근처이가 자빠져서 데굴데굴 뒹굴지.

"예라 이노무 꿩, 오늘 너허고 나허고 겨뤄 보자!" 하고선 힘을 있는 대로 담박질하고선 쫓아가서 잡을라고믄 살짝 피허고 피허고 허다간, 결국은 이 농부가 아주 지쳐 버렸어, 꿩한티.

지쳐서 포기하고선 빨리 일 장소로 가야 겄다. 그리고 보니 꿩은 화드득 널러서 창공에 높이 떠서,

"꿩꿩꿩 나 잡아라 이놈아."

욕헌단 말여 꿩이, 사람보고. 그 얼마나 속상하겄어.

또 일장소로 가 보니께,

"무슨 지랄을 허다 인제 오냐!"고.

거기 가서 책망을 받고 이 농부가 아주 고전을 했다 꿩 때미.

이런 것을 했더니 그냥 대번이 입선시켜서 이력 허더라고.

그래서 내가 진 것이지먼, 이 문학가라고 허는 건 그짓말쟁이가 문학가다, 이렇게 생각을 허는 겨.

꿩한티 농부가 무척 곯고 그날 욕을 보고 애를 썼다는 거지.

석분여금을 실천한 아이

자료코드 : 08_14_FOT_20110410_HID_LJD_0002
조사장소 : 충청남도 태안군 남면 당암리 저드래마을
조사일시 : 2011.4.10
조 사 자 : 황인덕, 김기옥, 백민정, 김미정
제 보 자 : 이종득, 남, 89세
구연상황 : 한문 공부를 한 이야기를 잠시 하고 아래의 내용을 구연하였다. 본문의 내용에 이어 우리나라와 일본의 관계에 대한 이야기를 하고 일본이 여러 자연 재해를 겪는 이유는 지금까지 지은 죄가 있어서 그런 것이라고 언급하였다.
줄 거 리 : 똥 아끼기를 금을 아끼듯이 하라고 가르친 훈장이 있었다. 하루는 수업을 하

려고 절을 받고 앉았는데 똥냄새가 진동을 하는 것이었다. 알고 보니, 한 아이가 똥을 아낀다고 통에 담아 놓은 것이었다.

똥을 애껴라 그랬거든. 말하자믄 석분여금하라.

똥 애끼기를 금과 같이 하라, 이런 문자가 있어.

그래 옛날에는 요새처럼 비료도 없고 암것도 없으니께는 가이똥이나 사람똥이나 분뇨를 갖다가 거름을 만들잖었어.

그래 성가지아(成家之兒)는 석분여금(惜糞如金)하고, 집을 성공시키는 아이는 똥 애끼기를 금과 같이 허라, 이런 걸 선생님이 가르쳐 줬거든.

아 그런디 선생님이 탁자를, 이렇게 책상을 놓고서 공부를 가르칠라고 식전이 절을 받고서, 아침이 절을 받고서 나니께 여기서 구른내가 똥내가 무진장 난다.

[웃음]

그래 오쩐 일이냐, 떠들러 보니께 쪼고만한 성냥각이 있넌디, 아 요 성냥각이 선생 똥으로 꽉 찼다 이겨.

선생님이 화가 나서,

"야 이놈들! 누가 이런 장난 했느냐?"

그러니께 쬐끄만 놈이,

"예, 지가 했습니다." 아주 낮짝 좋게 이놈이 나서.

"왜 이렇게 했니?"

"선생님 나도 부자 될라고 그랬슈. 똥 애끼기를 금과 같이 허는디 똥을 내분질 수가 있슈? 금인디 그게. 그래서 선생님허구 나하고 같이 맛볼라고 거기다 갖다 놨슈."

내가 가르치고 내가 욕보는 겨. 똥 애끼기를 금과 같이 허라고 했응게. 걔는 잘된 거여 그게.

옮겨도 명당 잡은 머슴

자료코드 : 08_14_FOT_20110410_HID_JJS_0001
조사장소 : 충청남도 태안군 남면 당암리 당미마을
조사일시 : 2011.4.10
조 사 자 : 황인덕, 김기옥, 백민정, 김미정
제 보 자 : 정정석, 남, 79세
구연상황 : 앞의 이야기와 같은 상황에서 이어서 구연하였다. 아는 것이 하나도 없는 머
        슴이 명당을 잡은 이야기는 없느냐고 물으니 아래의 내용을 구연하였다.
줄 거 리 : 어떤 머슴의 어머니가 죽었다. 머슴이 산소 잡는 것을 본 한 지관이 자신이
        먼저 그 자리를 잡아 놓은 것이라고 하면서 빼앗아 버렸다. 머슴은 자리를 옮
        기더니 더 좋은 자리를 잡는 것이었다. 운이 좋으면 아무 데나 묏자리를 잡아
        도 명당을 얻게 된다.

그런 얘기 내가 들었죠.

(조사자 : 예, 그 얘기 좀 들려주세요.)

머슴 살고 그런 사람이 암것도 없신게 넘 머슴 사는 것 아니겄슈.

그런디 자기 어머니 돌아가셨는디 지구, 이제 산소 쓸라고 가는디, 거
기 아는 지관 놈이 있는디 말여.

그놈도 못된 놈이지, 허허. 아이 그거 내가 잡어 놓은 자리라고. 갖다
받쳐 놓은 디 보니께는 지, 지대로 이렇게 해서 좌향도 제대로 파거든요.

그런께 이거 내가 잡아 논 자리라고 그른께,

"그러믄 헐 수 없지" 허고, 또 지고 또 그 너머로 넘어가더니 더 좋은,
더 좋은 자리다 묻더라고 그료.

그런끼 그 집 운이 터지면 그렇게 돼요. 허.

어머니, 돌아가신 어머니도 착했다고 봐야고, 손자들 다 착해야 명당이
얻어지는 거지, 악허게 허는디 명당이 얻어지들 못요.

난 그렇게 생각허구 있어요.

지영대사 묏자리 잡아 주기

자료코드 : 08_14_FOT_20110410_HID_JJS_0002
조사장소 : 충청남도 태안군 남면 당암리 당미마을
조사일시 : 2011.4.10
조 사 자 : 황인덕, 김기옥, 백민정, 김미정
제 보 자 : 정정석, 남, 79세
구연상황 : 앞의 이야기와 같은 상황에서 이어서 구연하였다. 풍수와 관련된 전설이 있는
　　　　　지를 물으니, 아래의 내용을 구연하였다.
줄 거 리 : 지영대사가 묏자리를 잡아 주러 나가면서 정승 자리를 잡아 주러 간다고 하
　　　　　였다. 하관을 하기 전, 검은 황소 한 마리를 주기로 한 상주에게 약속을 다시
　　　　　한 번 확인하자, 상주는 중이 검은 황소를 어디에 쓰겠느냐고 하면서 송아지
　　　　　한 마리를 주겠다고 하였다. 그래서 지영대사는 분금을 살짝 틀어 놓아 송아
　　　　　지 한 마리만큼의 복이 들어오게 해 놓았다.

　저기 저, 산소자리 잡으러 갈 때는 조 정승네 자리 잡으러 간다고 그랬
데요. 정승. 정승이면 지금 장관급들 아니겠슈. 그런디 지내고 올 때는 조
정승네 산소 써 주고 온다고 그러드래요.

　근디 거 가서, 잉. 거먹 암소 한 마리 주기로 했는디, 또 하관허기 전이,
그이도 저 뭐허지 않겄슈, 능글맞은께 웃어 가면서,

　"어치게 실지로 검은 소 한 마리 줄뀨, 안 줄뀨?"

　저 상주보고 그러니께, 중이 저 뭐, 중이 거먹 암소 갖다가 뭣허느냐고
"송아치 주께." 했던 모양요.

　그러니께 송아치 한 마리 값 내기로 살짝 틀어 놨지.[웃음]

　그래 가꾸 영장밲이 못 난다고들. 그런 수가.

　이이, 분금, 분금을 허는디. 분금이라고 있슈, 살짝 틀어 놓는 거. 그것
도 순위분금이 있고 영위분금이 있슈. 영위분금으로는 안 되지. 저 사람
네 절단낼라믄 영위분금으로 했으야죠. 허.

　그러고 순위분금, 분금으로 해도 순위분금으로 해야 잘되쥬. 그게 있슈.
군위인가 어디 소원이라는 것 같대요. 근홍이라는 것 같대요.

(조사자 : 응, 근홍. 그럼 그 분이 지영대사예요?)

옛날이 지영대사.

(조사자 : 지영대사라고 그래요? 조선시대요?)

그게 지영대사가 살았은께 계산해 보면 나올 테지요, 몇 년 전이라는 거.

뭐, 거먹 암소 한 마리 갖다가 뭣 헐느냐고 송아지 한 마리 주마고 그러니께,[웃음] 인제 지영대사도 거 뭣 허지. 아주 꾀가 많은께, 웃어 가믄서, 아주 너그럽게 웃어 가믄서,

"아, 내가 거먹 암소 허느라고 그랬지. 한 마리 갖다 뭐 허느냐고, 송아지라도 좋다."고 그렇게 허면서 송아지 한 마리 준다고 허니께, 그거 값어치로 살짝 돌려 났잉께.

아나 저 사람네들이야. 몰르지.[웃음] 해 줘도 영위분금허믄 그 사람네들 안 되거든, 그러니께 그 사람 안 되게 허믄 적악하는거 아니겄슈. 그러니께 그렇게 주믄 안 되지, 절대로.

명당, 명당대지를 구하려 하지 말고 현명한 지사를 구허기가 어렵다고 그랬거든. 누가 현명헌지 몰른께, 지술공부 누가 많이 헌 줄 몰르니께 아무나 데려다 허는규.

자다가 받은 신명

자료코드 : 08_14_MPN_20110410_HID_KBC_0001
조사장소 : 충청남도 태안군 남면 당암리 저드래마을
조사일시 : 2011.4.10
조 사 자 : 황인덕, 김기옥, 백민정, 김미정
제 보 자 : 강부춘, 여, 89세
구연상황 : 집 옆에 마련되어 있는 비닐하우스 안으로 들어가서 바닥에 자리를 마련하
였다. 집안에 들어서자 먼저 맞이해 준 남편 이종득 어르신도 같이 앉았다.
자리에 앉자마자 무속인의 길을 걷게 된 내력부터 이야기가 시작되었다.
줄 거 리 : 결혼해서 사는데 너무 가난하다 보니 안 해본 장사가 없다. 남편은 돈 벌러
멀리 가고 없는 상태였고, 혼자 세 아이를 키우고 있었다. 하루는 사는 것이
너무 힘이 들어 울면서 잠이 들었는데 갑자기 신명이 내렸다. 이후 깃대를 꽂
지 않고 이 일로 먹고 살고 있다. 신명을 받은 이후 얼굴에 큰 점이 하나 생
겼는데, 신명으로 받은 것이어서 그것을 뺄 수도 없다.

나도 옛날 역적이 참, 참 곰저리고 배가 아프고 뭣도 읇고 쌀도 읇고,
애들은 나서 밥 달라고 울지, 밥거리는 읇지, 내가 광주리 장사고 떡봉더
리고 안 헌 것이 읇습니다.

여기 할아버지도 있응게 허는디.

정 울으니께 천지신명이 내려졌어.

(조사자 : 그게 서른?)

서른아홉이 내렸어. 정 울으니께 천지신명이 내려서 널랑 불쌍헌게 많
은 인간 너 구제일랑 시켜줘라. 그려서 천지신명서 내려서 연태까지 이렇
게 헙니다.

(조사자 : 그러면 그날 고런 뭐가 있었나요?)

신명 읇었는디 자다가 내렸어.

(조사자 : 자다가요?)

자다. 신명은 내렸는디, 이저 할아버지도 없구 아이덜만 싯 데리꾸 닛 데리꾸 살었어. 할아버지 서울로 돈 벌러 간다고 가고.

그렸는디 막 갑자기 밤이 자다 막 내리는 거여.

그러니께 뭐 횄느냐, 사과장사, 미역장사, 빵장사, 안 헌 것이 없습니다. 이, 그거 이고서 갔다 오다 뭐가 있나. 그러니께 그냥 오너서 갖디 놓고 우는 겨. 울구 자는디 냅다 신이 내리더라고.

내려서 내가 안노라고 내려 갖고 막 뛰고 난리피고, 큰아들이 울 것 아녀? 올이 환갑여, 큰아들이. 그런디 막 울고 야단피닌께 나는 뛰어서 그 이튿날 시장으로 간 거여. 미쳤은께 이제, 완전히 미쳤어.

그때는 머리 짤러 팔 땝니다. 머리. 머리 짤러서 팔으니께. 에, 사고지라는 거 알 거여. 그것 사고 쌀 한 되 팔고 갖고 오너서 무조건 한 거여 이거를.

머리는 다 터서 읎어, 낭자했는디. 그려서 무조건 허고서 정꾼들 싯닛 데려다 불쑥 저거 엄니 미쳤다고, 배가 아퍼서 미쳤다고 난리가 났네. 그 려도 난 꼿꼿이 그걸 내려서, 막 뛰고 질질이 하눌하눌 뛰니께, 버스서도 들왔어, 우리집이를. 이 집이 클났다고. 버스 기사두고 다 들왔네. 포장 안 했으니께.

그러고서 막 신을 받었어. 받었는디, 막 별안간이 막 하늘이서 벼락을 쎄리더라고. 불뎅이가 이만헌 놈이 문구녕으로 들어오더니 벼락을 쎄려. 쎄려서 보니께 협따 다 신령님들이 싹 다 이러믄서,

"빨리 나와 천전 받으라, 이. 빨리 나와 북두칠성 내려서 빨리 받으라!"고.

막 나가 보니께, 막 하늘이 막, 빨겨. 빨간 불뎅이가 방문 앞이다가 불 쓰더라고. 비추면서 싸게 받으라고 혀서 받어 보니께 빨건기, 노란기, 하 얀놈, 시 개가 다르르르 내려오더니 내 앞으로 들오더라고. 그 눔을 받어

서 들고 들어눠서 들고 뛰고 허는디, 나 이거 또 허믄 한이 읎어.

에, 군인이 왔더라고, 군인. 군인 하나가, 꿈이.

이거만한 쪽박이다가 명주실이 하나여. 명지. 누에고치 허믄 그거. 한 바가지를 갖다 노믄서 창고지로 가믄서,

"이거 감으시오." 그러더라고. 오나서 사뭇. 그리고,

"이건 부처님이다, 하나님이다, 신장님이다." 작 필름 도는 거여. 그려서 그놈을 감었어. 명주실을. 덩신 덩신 덩신 덩신 덩신 덩시루마 밤새 감으니까 수도 읎어.

○○ 그거 갖고 연태 먹는 거여. 기도 안 꺼졌어. 그려서 나라는 사람은 밴 것도 없고 무식자여. 전화번호도 몰러. 전화도 물르고. 내 이름도 물르고 나 직인다 혀도 몰라. 써 논 것도. 무식혀서 무식하게 점을 쳐 내가. 그려서 신 내림을, 이게 나왔다 이거.[점을 가리키며] 이게.

신 내리머부터 이게 나오나 갖고 뵈기 싫지. 빼고 싶어 나도.

그렇지머는 신벌 받어서 못 빼요. 뵈기 싫어도 헐 수 없는 거유. 이게.

그럭혀서 이날 이때까장 자손, 아들 삼형제, 딸 삼형제, 다 이렇게 질르고 이렇게 늦게 잘-삽니다.

원천리 용왕제 공수의 신통

자료코드 : 08_14_MPN_20110410_HID_KBC_0002
조사장소 : 충청남도 태안군 남면 당암리 저드래마을
조사일시 : 2011.4.10
조 사 자 : 황인덕, 김기옥, 백민정, 김미정
제 보 자 : 강부춘, 여, 89세
구연상황 : 앞의 이야기와 같은 상황에서 이어서 구연하였다.
줄 거 리 : 작년 정월에 용왕제 터제를 지내러 간 일이 있다. 용왕제를 마치고 사람들의 신수를 봐 주고 난 뒤 한 가지 예언을 하였다. 며칠 안으로 큰 사고가 일어날

것이라고 하였다. 며칠 뒤 바닷가 바위 쪽으로 질주를 하던 차 사고로 8명이
죽는 일이 생겼다. 텔레비전 뉴스에도 나왔던 사건이다.

정월, 작년여. 정월 열나흘 날 용왕제 지내러 갔습니다.

터제허고. 그런디 돈이 없다고 돈을 쪼금만 허래. 용왕젠디 터제 지내
고 거기 그런다고. 그래 가보자고.

허연 옷을 다 해서 입고서는 갔어요. 저 어디 무슨 바위?

(청중 : 구멍바위.)

거북이 있잖어. 거기. 가서 차렸는디, 비는 구질구질 오고 천정대 걸고
허는디. 사람은 먹자판이지 거기 오너 보는 사람 없어 굿허는 디는. 그냥
고기 궈서 꿰 갖고 대니며 먹는 판이지.

혀서 여기서 정을 읽고 나는 막 큰 대를 모셨어. 신장을. 모시고 나서
기를 다 뽑으라고 혔어.

"몇 살 몇 살 오쇼." 긍께, 돈 만원씩 걸고 허드라고.

그눔을 다 신수를 봐주고 막판이 이,

"느덜 먹자판 터졌다 허믄 메칠 읆어 사고나. 대사고가 날틴게 느덜 두
고봐라. 그러치면 두루두루 나. 여기서 두루두루 난다."

당장이 굿허라고, 막 해서 고함을 치며 두 주먹 들퀴 쥐며 이렇게 했는
디, 메칠 있다 여덟 명, 아홉 명 죽었잖여.

(조사자 : 왜요?)

차가 대질러서.

(청중 : 차 타고 가다가 바위 쪽으로 대질러 버렸어. 여덟 명 그 자리서
몰사했어.)

(청중 : 급사했어. 한꺼번에 죽었어.)

다 한꺼번에 죽었어. 그것을 사고 나기 전에 알아냈다 이거지.

널 모레면 대사고가 날틴게 잘 챙기라고 내가 헌 거여. 서서 고함을 막

지르며, 이렇허며. 그러더니 여덟 명 죽었잖어. 서울사람들 모두 죽었잖어.

(조사자 : 어, 작년에 뉴스났던 그 얘기구먼.)

예, 그때 내가 헌 거요.

(청중 : 테레비도 나고 그랬어요.)

그런디 그 사고가 큰 사고지, 그렇게 죽었으면.

그런디 그 사고 나면서 천안함 사건이 나서, 그 큰 사고에 밀려서 테레비에 한 번밖이 안 나왔지. 그려서 못 했습니다. 그게.

그려서 저기 대전서도 오고 우리 집이 많이 왔어요. 우리 집이.

대전서 산 위허는 남자들이 많이 왔더라고. 오너서 나허고 만담도 많이 허고, 애기도 잘 허고 갔는디, 한 번 온다고, 올히도 오라고 했는디 안 갔습니다.

나는, 나도 바뻐서, 우리집이도 바쁘고. 나는 단해 안 가. 안 가니께, 헐 시간 어딨어. 안 가니께 거기 사고 나서.

(청중 : 사고 나기 전이 미리 예언을 했으니께. 그이 신기헌 일 아녀. 틀림없이 사고.)

뉴스에 나왔어 그게. 벌싸 사고 나기 전이 보름 앞두고 내가 헌 거여. 사고 날 것이, 느덜 정신차리라고.

거북이가 물로 갔어. 내 말이. 토끼 잡으러 물로 갔는디 물고나 놓쳐서 이리 큰 사고 남겼어. 그런기 그 사람들 박수를 치잖어.

"그러나 이 여기 원청리 주민들은 잘 썼고 잘 먹고 잘 산틴께 걱정을 말어."

그랬거든. 괜찮어 거기는.

서울 인천 사람이 다 죽었어. 여기 사람은 안 죽고.

(청중 : 여기 사람 하나 죽었지, 하나. 하나 죽었어, 하나. 군청이 다니는 사람.)

굴뚝 손대고 목이 돌아간 여자

자료코드 : 08_14_MPN_20110410_HID_KBC_0003
조사장소 : 충청남도 태안군 남면 당암리 저드래마을
조사일시 : 2011.4.11
조 사 자 : 황인덕, 김기옥, 백민정, 김미정
제 보 자 : 강부춘, 여, 89세
구연상황 : 신명을 받은 이야기에 이어 자신의 구체적인 경험담을 일러 달라고 하자 아
래의 내용을 구연하였다. 본문의 내용을 마치고 본인은 전화로 상담을 해 오
더라도 문제 해결이 가능하다는 말을 덧붙였다.
줄 거 리 : 거제도에서 한 여자가 목을 제대로 세우지도 못하고 찾아왔다. 점을 쳐 보니,
집안 굴뚝을 잘못 손대는 바람에 그렇게 된 것이다. 3일 간 기도를 해 주고
나니 고개를 바로 세운 채 집으로 돌아갔다.

거제도서 이런 각시가 하나 왔더라고. 거제도서.

(조사자 : 거제도에서요?)

거제도서. 모가지를 요렇거고 왔어.

여기 하나 여렇게도 못 해. 요렇거고 왔는디, 전질로 왔지 지란 못 허
지. 친정이 여기니께. 여기로 오너라, 잘 맞춘다. 요렇거고 왔는디, 각시
여. 요렇게 앉었는디.

내가 점을 쳤어. 굴뚝 모가지 잘러 놨구면 그랬거든.

옛날 굴뚝 있잖어 굴뚝. 짤렸다고. 굴뚝. 대장다 지금 모가지 비틀어 그
랬거든.

그래서 여기서 삼 일이서 허느라고두, 내라 밥히다 먹이고 다 해서 가
는 날 이러구 갔어.

아이 낳다 죽은 귀신이 붙은 여자

자료코드 : 08_14_MPN_20110410_HID_KBC_0004

조사장소 : 충청남도 태안군 남면 당암리 저드래마을
조사일시 : 2011.4.11
조 사 자 : 황인덕, 김기옥, 백민정, 김미정
제 보 자 : 강부춘, 여, 89세
구연상황 : 앞의 이야기와 같은 상황에서 이어서 구연하였다. 경험담을 더 들려 달라고
하자 아래의 내용을 구연하였다.
줄 거 리 : 대산면에서 사는 한 남자가 여자를 데리고 들어왔다. 여자는 기어 다니면서
남편에게 다른 여자가 있다고 한바탕 소동을 벌였다. 아이 낳았다 죽은 귀
신이 붙어서 그런 것이라고 일러주고는 귀신을 떼 주었다. 여자는 정상적으
로 걸어서 집으로 돌아갔다. 서로 운이 맞으면 다행히 병을 고칠 수 있는
것이다.

(조사자 : 그 얘기 좀 더 해주세요.)

대산면 옹산리서 뚱뚱헌 어매 하나 데리고 왔어. 아배가.

막 기어 다니며,

"이 노무 새끼, 이 노무 새끼 지집질 했다!"고 막 여펀네가 들구 매여.

들구 매면은 남자가 원체 순허드라고, 워쳤헐 수 없는 모양여.

그러믄은 내가 점치기를,

"아이 낳다가 죽은 귀신 들왔어." 그렸거든.

아이 낳다가 남은 귀신 들왔은게 이게 떼야여.

배 아퍼 죽는다고, 여노무 새끼 직인다고능게 막 떼굴떼굴 뒹굴어.

"아이 낳다 죽은 요귀 들렸구만."

그랬어. 그런께 그렇다고 허대.

그려서 일주일을 팠어, 일주일을. 일주일은 밤낮 일주일.

갈 적이 걸어갔으믄 됐지, 뭐 더 거칠성이 읎어.

(조사자 : 아, 그러고서 나았고만요?)

예. 그렇고선 걸어갔어.

그런디 이것도 그 집 운이고.

참, 선생님들도 아다시피 이것도 그 집들 운여. 내가 잘났다는 것도 아

니고. 이, 나슬라믄 그날 일진이 좋은 날 오너.

그 사람 일진허고 나허고 맞는 날 오면 들어오기 전에 내가 탁 맞추거든.

눈 이상하잖유, 확 비추거든. 사람 보믄 눈이 미섭대나잖어. 그러니께 눈이 번득 그럴 적이는 귀신 보느라고 그러는 겨.

아무나 들어갈 수 없는 명당

자료코드 : 08_14_MPN_20110410_HID_JJS_0001
조사장소 : 충청남도 태안군 남면 당암리 당미마을
조사일시 : 2011.4.10
조 사 자 : 황인덕, 김기옥, 백민정, 김미정
제 보 자 : 정정석, 남, 79세
구연상황 : 풍수에 대한 일반적인 이야기가 한동안 이어졌다. 예를 들어 구체적인 이야기를 들려 달라고 하자 아래의 내용을 구연하였다.
줄 거 리 : 안면도에서 살던 사람이 타 지역에서 살다가 다시 안면도로 들어와서 살게 되었다. 어느 날 묘를 잡아 달라는 부탁을 받고 같이 길을 나섰다. 그런데 마침 그날 안개가 끼어 앞이 잘 보이지 않아 헛걸음을 하였다. 이후 다시 가 보니 명당자리가 있어 집안의 어른을 그곳에 모셨다. 좋은 자리는 아무나 얻을 수 있는 것이 아니다.

아이 안면도 우리 할아버지 산소 선디께 했는디, 그이 공주이서 살다가 나치라고 허는 디가 있어요, 저기 나치. 저 서해 바다 거 앞이 저저 밑으로 벌써 이쪽으로.

거기서 살다가 안면도로 나왔는디 나보고 좀 묘 좀 잡아 달라고 그료. 젊었을 땐디.

갔더니 그기, 쌀썪은여라는 디를 갔더니 안개 쪄서 뵈, 뵈야지.

볼 수가 없슈. 그려서 인저, 못 본다고, 오너서 근처끼서 되돌어다 본께 싹 벌어졌대요. 그래서 내가 속갈량이 그랬쥬.

'아하 산이서 못 보게 눈을 개리는구나. 이 집이 암만해도 공주에서 잘 못허고 나치로 들어갈 땐 무슨 죄 지고서 나치로 도망간 거지, 이거 옳게 들어간 거는 아니로구나.' 그런 생각을 했쥬.

근디 그 사람이 나를 길 가르쳐 준 셈유. 거길 갔기 때미 제 처에 갔죠. 제 처에 갔는디 그 때는 뭐 창창 맑어서 잘 보이더라고요.

그래가꾼 어 여기 산소자리 있구나 허구선 갖다 써 버렸쥬 뭐. 썼더니 점쟁이들도 그료, 검판사 나올 자리라고, 허.

묏자리 잘못 잡고 망한 집안

자료코드 : 08_14_MPN_20110410_HID_JJS_0002
조사장소 : 충청남도 태안군 남면 당암리 당미마을
조사일시 : 2011.4.10
조 사 자 : 황인덕, 김기옥, 백민정, 김미정
제 보 자 : 정정석, 남, 79세
구연상황 : 앞의 이야기와 같은 상황에서 이어서 구연하였다.
줄 거 리 : 집안에 서자 출신의 아저씨가 있었다. 나이가 많은 조카라는 사람이 서자라는 이유로 평소에 이 아저씨를 무시하였다. 그 조카라는 사람이 상을 당했다고 해서 가 보니, 안장을 잘못하는 것이었다. 옆에 서 있던 아저씨는 아무 말도 하지 말라고 하였다. 묏자리를 볼 줄 알면서도 평소에 무시당한 일이 있어서 모른 척한 것이다. 나중에 보니 그 집안이 망해 버렸다.

이 집안인디, 집안인디 우리 저 나 공부혔다는 집.

아저씨가 서적이거든. 옛날이는 원적 서적 무져게 개릴 때 아녀?

근디 손이 없은께 할머니 또 읃어 갖고 낳은께 서적 아니것시오.

이, 지금은 그런 거 안 가리는 시대지만. 그려 갖고 경장히 이제 뭐 저기 재당숙인디도 그냥, 연령은 그이가 많쥬, 조카뻘 되고 그저 재당숙뻘

되는디 연령은 즉지. 근디 경쟁히 멸시했거든. 멸시했슈.

그려 갖고선 상을 당했는디, 자기 헌 갈량이 있어서 딴 사람을 데려다 쓰는디 그때도 나 조금 알 때거든요, 그런 건.

가서 보니께, 이 무슨 좌향이다 합장허믄 안 된다는 것 대략 알고 있잖요. 그런디 합장허거든요. 그래서 오먼서,

"아저씨 이렇혀도 된녀요?" 하니께,

"야야, 조카 암말도 허지 마."

오지거든. 자기보고 막상 해 달라믄 못 해주죠. 못 해 주는디 딴사람 데려다가 인제 참 그렇게 허는 거 보니께는 오지거든. 그런께 암말도 말라고 그러더라고요.

그러더니 얼마 안 가서 그냥 터도 없어지데요. 자기도 그냥 죽어 뻐리고. 목 달어 매 죽고, 그눔벨. 허, 허허.

그것 보믄 희한허죠? 허. 얼마 안 가서. 몇십 년 안 가서 그렇게. 절딴 나더라니께요.

그래서 넘 죽일라믄 그렇게 허믄 죽이겠지요. 그래서 죽이기도 쉽지요. 그렇게 죽이믄 쉬운디 그 죄가 누구게로 와요. 내게로 오기 때미 그러믄 안 되지. 절대. 허허.

그렇혀도 되느냐고 헌께 그 양반 말이,

"아이, 암말도 말어, 암말도 말어." 그러드라고요.

시간을 지켜야 하는 제사

자료코드 : 08_14_MPN_20110410_HID_JJS_0003
조사장소 : 충청남도 태안군 남면 당암리 당미마을
조사일시 : 2011.4.10
조 사 자 : 황인덕, 김기옥, 백민정, 김미정

제 보 자 : 정정석, 남, 79세
구연상황 : 좌향이나 형국에 대한 풍수 일반에 대한 이야기가 이어지고 난 뒤 아래의 내
용을 구연하였다.
줄 거 리 : 제사를 모시는 시간이 있다. 돌아가신 날 하루 전 밤 12시를 넘기면서 지내
야 한다. 그런데 한 번은 늦은 시간에 식구들이 제사에 참석하고 난 뒤 각자
집으로 돌아가기 어렵다는 이유로 돌아가신 날 저녁에 지내기로 하였다. 그런
데 제사 지내기로 한 새벽꿈에 어머니가 나타나는 것을 보고는 이번 제사는
잘못 지냈다고 느꼈다. 어머니가 미리 왔다 가신 것이다.

우리 어머니 아버지 기고허는디, 할머니 할아버지까지 다 기고 모시고
있는디 애들이 천안 어디서 올라믄 기피시럽지 않아요. 또 제사 지내고
갈라믄 그렇고.

그래서 온젠가는, 말하자믄 오늘 작고허셨으면 어제 저녁이가 제사여.
어제 저녁이가 제사라고 허는디, 열두 시 땡 친 다음이 오늘 날짜로 지내
는 거요, 그게. 어제, 어제가 제사라고 해도. 어제 저녁이가 제사라고 흔
히 허지만 열두 시 넘어 지내기 때미 오늘이거든요.

근디 그렇게 지내고, 열두 시 넘었는디 지내고 갈라믄 거 잠도 못자고
어렵게 생겨서 한번 저 뭣해 봤쇼. 초저녁이. 그런께 오늘 초저녁이 지내
봤쇼.

(조사자 : 하루 전에?)

예예. 그런디 오늘 저녁이 지닐라고 저, 뭐 제사를 안 지내고 잤는디.
아이, 어머니가 자는디 오셨쇼.

그래서 깨고 나서,

'아하 이거 벌써 이번, 이번이는 잘못 지냈구나.'

벌써 고인이 왔다 간 뒤로 그날 저녁이 초저녁이 지내면 뭐 소용없는
기죠. 벌써 새벽이 왔다 가셨는디.

허, 그래선 저 뭐허죠. 그담부터는 꼭꼭 그전이 지내던 식으로, 그냥 왔
다가 가기 어려워도 그렇게 지내고 있쥬.

(조사자 : 꿈에서 뭐라고 하시는 말씀은 없었고요?)

그건 다 잊어 버렸쥬. 그런디 그냥 그렇게 오셨드라니께요.

아무나 못 들어가는 명당

자료코드 : 08_14_MPN_20110410_HID_JJS_0004
조사장소 : 충청남도 태안군 남면 당암리 당미마을
조사일시 : 2011.4.10
조 사 자 : 황인덕, 김기옥, 백민정, 김미정
제 보 자 : 정정석, 남, 79세
구연상황 : '좋은 묏자리를 얻기가 쉬운 일이 아니다.'라는 말을 하고 아래의 내용을 구
연하였다.
줄 거 리 : 묏자리를 잡으러 가면 일부러 못 보게 하는 수가 있다. 두 번 겪은 적이 있
다. 어떤 사람이 산소 자리를 잡아 달라고 해서 간 적이 있는데, 안개가 끼어
서 앞을 볼 수가 없었다. 그리고는 내려오면 앞이 보이는 것이었다. 지은 죄
가 있으면 명당을 얻기가 어렵다.

산소 가믄 산소자리 못 보게 헌다니께요, 산신이.

내 두 번 봤어요. 두 번.

저 서산 쉰질 바위 밑이 거기 갔는디, 뵈야지, 눈이 대박 캄캄해서. 내
려오니께 씻은 듯 가시듯 허잖유. 그냥 왔다가 나중에 그 분이 또 초청했
슈. 또 오라고, 안 갔슈. 벌써 알음장 다 해 줬는디 뭐더러 그 집이 또 가.

그리고 그 영감이라가 나 길 가르쳐 준 심이지.

그래서 내가 언젠가 가니까 아주 휘헝청 맑게 잘 보이잖유. 그래서 우
리 할머니 할아버지 갖다가 모셔 버렸지.[웃음]

나 길 가르쳐 준 것밖이 안 됐지. 그 집이선 안개 쩌서 안 보이드라고
요. 그 다시 가 봤죠. 그런 게 있슈 있기는.

그렁께 내 생각해 봤다니께요.

옛날이 공주서 살 땐 나치로 들어가서 살았는디, 거기서 왜 나치 섬이믄 나치섬, 몰르슈? 있나요? 저 강화도 밑이, 저기 여기서 뵈여.

나치섬이이라는 게 뚝 떨어졌거든. 거기 가서 그 전이 내가 저 뭐 6·25 때 참 피난도 허고 있다 왔고먼서도. 왜 공주서 살던 사람이 나치 가서 사느냐고요. 무슨 죄졌슨게 그런디 가서 살지. 내가 그런 생각을 했다니께요.

그래서 나중이 또 오너 달라고 그러는디 안 갔쇼. 아 저 사람은 안 된다고, 그러잖았으면 딱 가서 보믄 알죠.

(조사자 : 그 자리 가서 보믄 알아요?)

예.

금정을 잘못 놓아 해를 입은 지관

자료코드 : 08_14_MPN_20110410_HID_JJS_0005
조사장소 : 충청남도 태안군 남면 당암리 당미마을
조사일시 : 2011.4.10
조 사 자 : 황인덕, 김기옥, 백민정, 김미정
제 보 자 : 정정석, 남, 79세
구연상황 : 몸이 불편하여 자리에 누워 있다가, 조사자들의 방문으로 앉아서 이야기를 하는 상황이었다. 앞의 이야기와 같은 상황에서 이어서 구연하였다.
줄 거 리 : 장례를 하기 전 개토를 하고 금정을 놓아야 하는데, 한번은 그렇게 하지를 못했다. 금정을 못 놓는 날 하게 되면 지관에게 좋지 않은 일이 생긴다는 말을 들은 적이 있다. 설마 했는데 과연 그 일 이후에 갑자기 아프기 시작하여 병원에서 큰 수술을 받게 되었다. 미신이 없다고 할 수 없다.

가서 내일이 장례믄 오늘 개토허고 금정을 넣어야 되는디, 비 오고 어쩌고 해서 않고서 그냥 설마 워떠랴 하고서, 그냥 금정 못 넣는 날 넣고서 장사를 지내 줬어요.

그런디 그 소릴 들었거든 나도. 금정 못 넣는 날 너믄 지관이 탈을 본다하는 소릴 듣긴 들었쥬. 듣고서도 설마 워떠랴 하고 그냥 했더니, 내 전 됐슈. 내가 전 됐다고.

(조사자 : 자세히 얘기해 주세요. 그 얘기, 상황을.)

내가 전 됐다니께요. 허.

(조사자 : 구체적으로 그런.)

그래 가꼬요 그냥 무대뽀로 아프드라고요. 그래서 암만해도 껄적지근해서 포 하나하고 술허고 우리 집 애허구 안식구 시켜서 한 잔 부어 놓고 오라고 혔쥬. 그 뒷날 내가 안식구 데리꼬 가서 또 한 잔 붜 놨죠.

그려도 워치게 노여움을 탔는지 ○○도 안 혀. 그래서 헐 수 읎이 점쟁이네 가서 하룻저녁 불공했슈.

(조사자 : 그랬더니 괜찮아지셨어요?)

불공허고 나서, 저, 뭐여, 가서 척추 수술 받고 왔죠.

허, 얼마 전 얘기요. 그게 금정 못 넣는 날 어기고 논 거요. 여길 이렇게 허여 놓는 거요. 했죠 그냥, 안 되는 날.

(조사자 : 예, 안 되는 날.)

그 집도 내가 가서 헐 수는 없고 누구 일꾼 데리꼬는 삽이라도 갖고 나서 이렇게 해야 되지 않겠죠. 비 오고 오쩌고 해서,

'에이 내버려두고 내일 그냥 워떠랴 허고…' 놔 놨으야 허는디 않고 어겼다 당했다니께요. 엊그제요, 수술허고 온 지가 엊그제요.

"아이 워치게 그렇게 잘 아는 양반이 어기고 그렇게 했느냐."고 다 허드래요.

그러니 뭐, 금정을 못 넣는 날이믄 그 전이 했지요. 전이 넣고 했으니까 별 탈 없었는디, 이번이는 그렇게 될라고 마음이 새됐던 모양이요.

그것 보믄 미신이 없다구 해쌌는디 읎는 것도 아녀 보믄.

4. 안면읍

▌조사마을

충청남도 태안군 안면도 승언리

조사일시 : 2011.4.24
조 사 자 : 황인덕, 김기옥, 백민정, 김미정

　승언리는 안면읍의 중심 마을이다. 이곳은 국사봉(109미터)을 중심으로
하여 오륙십 미터의 구릉성 야산 아래에 자리 잡은 마을로, 이 일대는 일
찍부터 대규모 목장과 농지로 개발되어 왔다. 또한 호수가 많은 데다 동
쪽으로 평지가 넓어 농사에도 좋은 조건을 갖추고 있다. 이러한 조건으로
하여 일찍부터 인구가 집중되고 시장이 발달했다. 또한 그로 인하여 이곳
은 안면도에서 배로 육지와 통하는 중심 마을이 되어 왔고, 이 점이 마을
의 발전을 더욱 발전시키는 중요한 추동력이 되어 주었다. 현재 승언리는

안면도의 상업, 행정, 문화의 중심지 역할을 하고 있으며 좁은 마을에 인구가 많아져 아파트도 여러 동 지어져 있다. 그리고 이로 인하여 서쪽으로 우회 도로를 새로 냈으며, 이곳 주변까지 공원으로 잘 가꿔짐으로써 주민들의 쾌적한 생활공간이 더욱 넓어지게 되었다. 이번에 구비문학 조사팀이 조사를 한 장소도 이곳 공원에 있는 게이트볼장 휴게실이었다.

　여러 면에서 살기에 좋은 여건을 갖춤으로써 승언리는 일제 강점기와 6·25를 거치면서 외지 사람들이 많이 이주한 마을이라는 특징도 지니고 있는데, 실제 조사를 통하여서도 이러한 특징을 볼 수 있었다. 바로 이러한 특징은 이곳의 자료 조사에서 앞으로도 더 주목할 필요가 있다고 여겨진다.

충청남도 태안군 안면읍 창기리

조사일시 : 2011.4.17
조 사 자 : 황인덕, 김기옥, 백민정, 김미정

　안면읍 창기리는 안면읍에서 두 번째 큰 마을로 1~7리까지 나뉘어 있다. 지역이 넓은 만큼 마을의 성격도 다양하여 1, 2리는 주로 해물 채취가 주업이고, 5리는 해수욕장에 면해 있으며, 다른 자연마을은 대개 농사를 주업으로 하고 있다. 창기리는 근래 펜션이 가장 많이 세워진 곳이기도 하다. 전에는 민박이 많았으나 십여 년 전부터는 급속도로 펜션이 많아져 상대적으로 민박은 많이 위축되고 있다. 이러한 추세 속에서 주민들이 펜션을 새로 짓기도 하며, 외지인으로서 펜션을 지어 영업을 하는 사람들도 많아졌고 그로 인해 최근 외지 인구의 유입이 많은 편이다. 그러나 펜션은 외양이 화려한 반면 내구성이 떨어지는 단점이 있다. 그나마 요즈음에는 펜션이 너무 팽창하여 안정적인 수익을 유지하기가 쉽지 않은 실정이라고 한다. 창기리는 전에는 양, 염, 편 씨가 많이 살았으나 지금은 각 성이 골고루 분포되어 성씨의 지역적 특색을 찾기가 어려워 졌다. 농사는 재래 방식과 큰 변화가 없으나 최근 상품용 특용작물로 호박 고구마를 많이 심고 있다. 또한 일부 농민들은 친환경 농법에도 깊은 관심을 기울여 소득 증대를 꾀하고 있기도 한데, 하우스 속에서 소득을 하지 않고 재배한 고추를 고가에 출하하는 경우가 그런 예이다.

박병태, 남, 1922년생

주 소 지 : 충청남도 태안군 안면읍 승언리 장터로 210-4
제보일시 : 2011.4.24
조 사 자 : 황인덕, 김기옥, 백민정, 김미정

조사자들이 길에서 동네 사람들을 만나
제보할 만한 사람에 대해 물으니, 박병태 어
르신을 소개하였다. 교직에 있었던 사람으
로 유식한 사람이라고 일러 주었다. 조사자
들이 박병태 화자의 집을 방문했을 때 집에
계시지 않아, 아들이 운영하는 한식뷔페 식
당에서 만나 이야기를 들었다. 오후에 편완
범 화자를 만나 이야기를 듣던 중 그곳을
우연히 찾아왔다. 오전 오후 2번에 걸쳐 많은 자료를 제공하였다. 8대조
때 안면도에 낙향을 하였다. 조부가 군수를 지냈다. 박병태 화자는 전직
교장이었다. 보령, 원산에서 산 적도 있다. 해방 후에 다시 안면도로 왔다.
말의 속도는 느리지만 정확한 발음으로 구연하였다.

지명이나 인물에 관한 이야기를 할 때에는 정확한 위치를 일러 주려고
애를 썼다. 다양한 종류의 이야기를 들려 준 화자에 해당한다. 집안 선조
에 얽힌 이야기, 안면도 지명에 얽힌 이야기, 그리고 인물 전설 등 구전되
는 자료에 대한 기억력이 높은 편이다.

1970년대에 서산시에 대한 자료를 모아 책으로 펴는 일에 동참한 적이
있다고 한다. 그때 돌아다니면서 들은 이야기들을 많이 기억하고 있다.
현실성이 약한 내용일 경우에는 "그런 전설이 있어"라는 말로 마무리하였

다. 중간 중간 정확한 정보 제공을 위해 생각하는 시간이 필요하다. 보다 많은 정보 제공이 가능한 화자이다. 어릴 때 보았던 박첨지 놀이나 마을에서 몇 번이나 만났던 남사당패에 대한 기억을 되살려 당시의 여러 정황을 묘사해 주었다. 세부적인 것까지는 기억이 잘 나지 않으나, 당시 마을 사람들의 분위기나 다양한 공연 등을 느낀 감회를 들려 주었다.

제공 자료 목록

08_14_FOT_20110424_HID_PBT_0001 쌀썩은여 유래와 판목

08_14_FOT_20110424_HID_PBT_0002 신에 묻은 흙을 턴 신털이봉

08_14_FOT_20110424_HID_PBT_0003 고목나무 아래에서 태어난 무학대사

08_14_FOT_20110424_HID_PBT_0004 조개산과 탕건봉

08_14_FOT_20110424_HID_PBT_0005 말장터, 마장터, 마당터

08_14_FOT_20110424_HID_PBT_0006 안면도 호랑이를 쫓은 당산말

08_14_FOT_20110424_HID_PBT_0007 초등학교 구렁이 지킴이

08_14_FOT_20110424_HID_PBT_0008 승언리 그네들

08_14_FOT_20110424_HID_PBT_0009 굶어 죽은 박씨 집안 열녀

08_14_MPN_20110424_HID_PBT_0001 안면도 여우 보고 놀라 죽은 사람

08_14_MPN_20110424_HID_PBT_0002 강원도에 물 갈아 먹으러 간 할아버지

양덕근, 남, 1928년생

주 소 지 : 충청남도 태안군 안면읍 창기리 6구 국사봉길 208번지
제보일시 : 2011.4.17
조 사 자 : 황인덕, 김기옥, 백민정, 김미정

현재 창기리에서 장원민박을 운영하고 있다. 이층에 살림집을 마련하고 기거하고 있다. 선조 대에 공주에서 살다가 이곳으로 낙향한 지가 250년이 되었다고 한다. 처음에는 조사자들의 방문 목적이 정확하게 전달이 되지 않아 광범위하고 다양한 이야기부터 시작하였다. 6·25 전쟁이 일어나기 전, 안면도 일대에 주역의 대가인 야상 이달 선생을 따르는 무리가 왔

었다는 이야기를 한동안 하였다. 집안의 형
이 그들에게 많은 도움을 주었다고 한다. 야
산 선생에 대한 이야기를 한동안 들려주었
다. 자신도 그들과 함께 한동안 공부를 하다
가 중도에 그만두었다고 하였다. 그 맥을 잇
고 있는 대산 김석진 선생과는 여전히 친분
을 유지하고 있다.

  자신이 공부한 것을 바탕으로 지금도 지
관 일을 하고 있다. 부탁을 거절하기 어려운 사람들의 묏자리를 봐 주는
정도라고 하였다. 현재 부인이 아픈 것도 지관으로서 지은 죄 때문이 아
닌가 생각한다고 하였다. 부인이 방안에 누워 있는 상태라 이야기를 하는
중에도 수시로 일어나서 상태를 점검하고 돌아와 앉았다. 자식들이 요양
원에 모시자고 하나 부인이 싫다고 해서 양 화자가 손수 대소변을 받아
내고 있다.

  30여 년 전의 일을 이야기하면서도 등장인물들의 이름을 정확하게 기
억해 내고 있다. 기억력이 상당히 좋은 편이다. 자신이 묏자리를 잡아 주
면서 겪은 일화가 많다. 꿈의 영험함이나 관상에 대한 믿음이 있다. 동물
을 함부로 죽이면 안 된다는 생각도 지니고 있다. 조사자들이 자리에서
일어나자 부인이 아파서 점심을 대접하지 못 해서 미안하다고 하였다.

제공 자료 목록
08_14_FOT_20110417_HID_YDG_0001 나물바구니 물어다 놓은 호랑이
08_14_MPN_20110417_HID_YDG_0001 상어에게 물려 죽은 여자
08_14_MPN_20110417_HID_YDG_0002 유골을 팔아먹고 죽은 남자
08_14_MPN_20110417_HID_YDG_0003 1년 만에 찾은 시신
08_14_MPN_20110417_HID_YDG_0004 고목 건드리고 당한 횡액
08_14_MPN_20110417_HID_YDG_0005 꿩을 위해서 잘산 부부
08_14_ETC_20110417_HID_YDG_0001 학질을 떼는 방법

이휘생, 남, 1928년생

주 소 지 : 충청남도 태안군 안면읍 승언리 1구 동아하이츠 빌라
제보일시 : 2011.4.24
조 사 자 : 황인덕, 김기옥, 백민정, 김미정

　24일 오후 3시 즈음에 승언리 조각공원 게이트볼장에 도착하였다. 여러 어르신들에게 조사자들의 방문 목적을 알리고 이야기를 청하였다. 여러 사람들이 짧은 이야기를 들려주었으나, 채록에 적당한 자료를 얻기는 어려웠다. 이때 일행 중 한 사람이었던 이휘생 화자가 자신이 이야기를 들려주겠다고 하여 실내로 장소를 이동하였다.

　적극적이고 활달한 성격의 소유자이다. 이야기하기를 즐기고 좋아한다고 하였다. 서산이 고향으로 안면도에 산 지 50여 년이 되었다. 지리를 잘 본다는 소리를 듣고 있다고 한다. 현재에도 묏자리를 봐 주고 다닌다고 한다. 구연한 설화도 풍수에 관한 것이 대부분이다. 발복을 믿을 것이냐 노력이 중요한 것이냐에 관한 언급도 하였다. 지금은 어른들의 말을 들으면 퇴보하는 시대라는 이야기를 하면서 젊은 사람들의 말도 따를 필요가 있다고 하였다. 이야기 말미에 "내가 봤나?"라며 들어서 아는 것이라고 하는 것으로 보아 전설의 허구성을 부정하지는 않는 듯하다.

　기억력이 뛰어나고 언변도 있어, 이야기를 즐긴다는 본인의 표현이 무색하지 않은 인물이다. 나이에 비해 목소리에 힘이 있고 말의 속도가 빠른 편에 해당한다.

제공 자료 목록

08_14_FOT_20110424_HID_LHS_0001 자식 차별하는 어머니

08_14_FOT_20110424_HID_LHS_0002 명당을 빼앗긴 지관

08_14_FOT_20110424_HID_LHS_0003 바로 발복하는 명당

08_14_FOT_20110424_HID_LHS_0004 천인은 못 들어갈 묏자리

08_14_FOT_20110424_HID_LHS_0005 천우가 날 뻔한 명당

08_14_FOT_20110424_HID_LHS_0006 구천십장 남사고

08_14_FOT_20110424_HID_LHS_0007 생밤 찾다가 죽은 토정

08_14_FOT_20110424_HID_LHS_0008 토정을 살린 신

08_14_FOT_20110424_HID_LHS_0009 배 다른 셋째 아들을 알아차린 지관

08_14_FOT_20110424_HID_LHS_0010 피는 못 속이는 천륜

08_14_FOT_20110424_HID_LHS_0011 30년만 유효한 토정비결

08_14_FOT_20110424_HID_LHS_0012 팔자 도망은 못 가는 관상가의 아들

08_14_FOT_20110424_HID_LHS_0013 명당 잡아 준 가짜 지관

08_14_FOT_20110424_HID_LHS_0014 우연히 맞은 엉터리 점

08_14_FOT_20110424_HID_LHS_0015 곶감 100개 먹기 연습하고 온 사람

08_14_FOT_20110424_HID_LHS_0016 보리밥을 먹어도 글은 좋은 사람

08_14_FOT_20110424_HID_LHS_0017 사돈에게 보낸 답장

08_14_FOT_20110424_HID_LHS_0018 말무덤재

08_14_MPN_20110424_HID_LHS_0001 게 잡으러 갔다가 도깨비에 홀린 아내

08_14_MPN_20110424_HID_LHS_0002 복신이 벌을 준 여자

쌀썩은여 유래와 판목

자료코드 : 08_14_FOT_20110424_HID_PBT_0001
조사장소 : 충청남도 태안군 안면읍 승언리 장터로 210-4
조사일시 : 2011.4.24
조 사 자 : 황인덕, 김기옥, 백민정, 김미정
제 보 자 : 박병태, 남, 89세
구연상황 : 안면도가 육지와 이어져 있었는데 어떻게 끊어지게 된 것인지에 대해 물으니
아래의 내용을 구연하였다. 이야기 도중 지도를 가지고 나와서 정확한 위치를
일러 주려고 하였다.
줄 거 리 : 안면도는 원래 육지와 이어져 있었다. 세곡선이 다니면서 근처에서 사고가 잦
자, 목이 좁은 곳을 끊어 지금의 판목이 생기게 되었다. 또한 세곡선이 다니
면서 근처에서 파선되는 일이 많았는데, 이때 쌀 썩은 곳이라고 해서 쌀썩은
여라는 명칭이 생기게 되었다.

(조사자 : 안면도가, 그전에 혹시 이렇게 연육이 됐었는데 끊어졌나요?)

그랬다 그러지. 에.

(조사자 : 그걸 누가 끊었다, 뭐 그런 얘기가 있나요?)

누가 끊었다는 것은 인저 그 당시의 영의정, 지금 말하믄 이저 국무총
리. 김유라고 허는 으른이, 김유.

김유라고, 김유 영의정님께서 이 옛날은 그 세곡선, 저 나라에 바치는
그 세곡선이 인저 운행을 하다가 여기 안면도 신안리 쌀썩은여라고 허는
그러헌 바위가 있습니다.

그이 그 쌀썩은여 옆이를 지나다가 그 해저 내용을 모르니까, 거기서
그만 추돌해 가지고 거시기 뭐라구 해야 하나, 파선을 했어요, 파선.

그렇게 인저 뭐 수차 누차 이렇게 그러헌 그 수난, 수난을 겪으니까,

이거 안 되겄다, 그래서 이저 여기를 저렇게 돌어서.

인저 또 저기 요그 가믄 또 저 안위라고 허는 디가 있슈. 거기두 그렇게 또 사고가 많이 나는 곳이여.

그서 그 목을 지날라믄 그냥 그렇게 배들이 많은 그 피해를 보고 파손허고, 인명 손실허고, 또 가지고 가던 모든 그 첨, 귀중헌 그 쌀이라든던지, 그 쌀이라던지 세곡이니께.

그러헌 물자들을 모두 다 그냥 다 물루 다 모두 희생시키구 그랬지.

그래 그런 연유루 해서, 여기 여길 안면도 판목을 거기를 짤르자.

지금 거가 지명이 판목이요. 예. 옛날부터 아주 철철 내려오는, 내려오는 지명입니다. 그게 판목이여, 그게. 팠다고 해서.

판개라고도 해요, 판개. 개라는 건 인저, 개 포자, 포구라고 허는 그 포, 판개. 그거 보고 판목이라 그래요, 판목. 그 목을 짤랐다는 기지, 거기.

거가 아주 이 목이 좁었던 안 했는데, 다행히 좁었대요, 이렇게.

안면도허고 저 근너 남면 그 뿌리 허고가 여가 이 목이 좁어서 그래 다행이유. 그걸 짤러 절단을 행기유, 인저.

그럭허고서 인저 배들이 여기 안면도 이, 쌀썩은연가, 거기를 인제 피해서, 내해루 해서 천수만 천수만 내해루 해서 이르케서 올라가 가지구.

이 지도가 있으믄 좋을 텐디.

[지도 가져오느라 잠시 중단]

이게 이게 쌀썩은여라고 허는 여가, 이게 아주 말하자믄 그냥 암초, 암초 잉, 이 일대가 이 암초여, 여가 여기. 신야리, 신야 거리 쌀썩은여.

요고 요, 요고 요그께가 있어, 여. 지점이 요기여.

여기 안 맞네 여기는, 아 여깄네. 쌀썩은여. 여 일대가 이게 암초여.

여기 일대 이, 암초를 이르케 가야 할 텐데, 멀리 가야 할 텐데, 옛날 어른들은 그 배, 뱃길을 이르케 멀리를 못했디야.

그래서 이 갓으루 이르케 그냥 이 위험허니까 이래, 갓으루 가다가 여기서 고만 그 여에 파선했더니 쌀썩은여여.

아이 이름났슈, 이 쌀썩은여.

왜 이름이 쌀썩은여냐, 이 글자 그대로 쌀이 썩었다 거기서.

여기에 여기에 말하자믄, 에, 저 부딪혀 가지고, 배가 엎어져서, 쌀썩은 은여로 이제 아주 바위 이름까지도 인저 쌀썩은여여.

신에 묻은 흙을 턴 신털이봉

자료코드 : 08_14_FOT_20110424_HID_PBT_0002
조사장소 : 충청남도 태안군 안면읍 승언리 장터로 210-4
조사일시 : 2011.4.24
조 사 자 : 황인덕, 김기옥, 백민정, 김미정
제 보 자 : 박병태, 남, 89세
구연상황 : 앞의 이야기와 같은 상황에서 이어서 구연하였다.
줄 거 리 : 서산 팔봉면 진장리 쪽에 가면, 인부들이 일을 하고 난 뒤 신에 묻은 흙을 털
           었다고 해서 신털이봉이라고 하는 곳이 있다.

거기 인저 그, 봉두리 고개 가믄.

저 사람들이 그때 옛날 짚신을 신구, 신었지 않았습니까? 인제 우리 신발이라는 게.

그 짚신을 신구 그 언절, 그 일을 허구 작업을 허구서, 그 산봉우리에 올라와서 짚신을 털고, 흙 묻은 거 털구. 어 그러구 거서 점심 잡숫구. 이랬다는 그 신털이봉이 있슈.

에, 거가 그이 신털이봉이여 거기.

거기서 점심두 잡숫구, 거기 지끔 나무 조금 서 있어.

있다 가시다가 이렇게 가시다가 좌편 쪽으로 이렇게 돌려, 이렇게 머리 돌려 보믄 거기 나무가 몇 그루 서 있는 게 있슈. 그게 산이 조금 높았었

는데 깎었드라구 다.

(조사자 : 그 남면 쪽으로요?)

아니 저, 저 아래, 바다 쪽으로. 바다 쪽으로.

(조사자 : 안면도 쪽으로요?)

안면도 가서. 이 안면도, 말하자면 저 막 끝에.

(조사자 : 아 예. 남면이 아니라.)

남면이 아니라 안면도의 저, 남쪽. 안면도의 남쪽.

고목나무 아래에서 태어난 무학대사

자료코드 : 08_14_FOT_20110424_HID_PBT_0003
조사장소 : 충청남도 태안군 안면읍 승언리 장터로 210-4
조사일시 : 2011.4.24
조 사 자 : 황인덕, 김기옥, 백민정, 김미정
제 보 자 : 박병태, 남, 89세
구연상황 : 토정 전설에 대해 물으니, 그것은 보령 쪽에 가야 들을 수 있을 것이라고 하
　　　　였다. 무학대사와 간월암에 대해 물으니 아래의 내용을 구연하였다.
줄 거 리 : 무학대사의 어머니가 간월도에 살았다. 하루는 장을 보러 가다가 부성면과 인
　　　　진면 사이에 있는 큰 나무 아래에서 무학대사를 낳았다.

무학대사, 무학대사. 그 간월도에 와 계셨다 그루 계셨다 그러지요.

[잠시 중단]

(조사자 : 그 분이 태어날 때, 태어날 때 무슨 뭐 무슨 특별하게 태어났
다는 얘긴 없으세요?)

예, 그런 말씀 있으요.

그이 간월도에 사시는데, 어머니가 그 뭐, 장을 보라구. 선생님. 그저
그때만 해두 저 승산장이지 인저.

장 보라. 인저 고향이루 이렇게 가시다가. 뭐 하두 그 소리, 그 말 들은

지도 오래돼서.

거기 또 뭐 저, 부성면과 인진면 거 사이, 경계. 거기에 그 큰 나무가 있죠. 그 나무, 제일 밑에서 낳았다는 말씀이 그런 전설이 있슈.

부성면과 인진면과의 그 사이, 경계선에 큰 나무.

그 나무 그 이름, 나무 이름을 좀 깜빡 잊었네. 하야간 그 고목나무여. 고목나무 밑에서 낳았댜.

조개산과 탕건봉

자료코드 : 08_14_FOT_20110424_HID_PBT_0004
조사장소 : 충청남도 태안군 안면읍 승언리 장터로 210-4
조사일시 : 2011.4.24
조 사 자 : 황인덕, 김기옥, 백민정, 김미정
제 보 자 : 박병태, 남, 89세
구연상황 : 앞의 이야기와 같은 상황에서 이어서 구연하였다. 아래의 이야기를 마치고 탕
        건봉이 삼해봉으로 개명된 것이 문제가 있다고 하였다. 또한 어릴 때 마을에
        들어왔던 박첨지 놀이패와 남사당패에 대한 자세한 이야기가 한동안 이어졌다.
줄 거 리 : 조개산이라는 산이 있다. 아침이 열린다는 의미를 지니고 있다. 조개산의 제
        일 높은 봉우리의 이름은 탕건봉이다. 안면도에서 제일 먼저 아침 햇빛이 와
        닿는 곳이 조개산이다.

휴양림 전시관을, 전시관이 있는 그 뒷산이 산이 대단히 높아요.

근디 그 산 이름이 아침 조(朝)자, 열 개(開)자, 열 개, 개성이라구 허는, 아침, 이 아침 조, 열 개, 뫼 산. 그러니께 인저 우리말로 인제 풀이해서 아침이 열린다는 게지요 잉.

그 이름이 어째 그렇게 지어졌느냐.

어 첨 옛날 할아버지들 존경해야 참 할 문젠데요. 그 지명 진 것 보면.

안면도 그 조개산이라고 허는 산, 산 상봉에 올라가면은, 그 산 상봉

이름이, 그 이름두 좀 적으세요.

산 상봉 이름이 에, 이 갓을, 갓을 쓰기 위해서 갓 밑에다가 쓰는 게 있죠? 탕건이라구. 이렇게 생긴 거, 잉.

탕건봉이요. 그게 탕건봉.

조개산이라고 허는 그 산 명, 산의 최상봉이 탕건봉.

그 왜 탕건봉이냐. 내가 현지를 가보니께, 그 산이, 이렇게 산이 되구 또 한 번 이렇게 됐드라구.

아래서 처다보니께 영락없는 탕건이야.

게 참, 그런 이름으루 지었다는 그 지명 그, 그 할아버지들이 참 슬기라는 게, 참 존경할 만허데요.

그 탕건봉이유. 제일 높은 봉이. 그 탕건봉이 그게 인저 그것을 인저 말하자믄 그 조개산을 상징허는 인제 봉, 봉이고, 그 일대의 본명은 조개산이다 이 말이여.

조개산이 왜 조개산이냐, 그 말씀을 내가 드릴라는 거요.

조개산서 조개산 상봉 그 탕건봉에 올러서서 이렇게 동쪽을 바라보면, 광천에 오서산 알죠? 오서산.

그 오서산으루 바루, 아주 이렇게 직면 돼 있습니다.

아 직선이여, 이렇게.

게 내가 지도를 보니까, 세밀헌 지도를 한번 봤어요. 봤더니, 그 직선이 말하자믄 위도가 똑같어. 36도 선이여. 예. 그 선이. 36도 선.

내 그거 그것까지는 내가, 내가 인저 찾아본 거. 그래 36도 선이드라구.

고기서 해가 뜨면은 잉, 안면도에 제일 먼저 햇빛이 와 닿는 디가 이 조개산이다 이기야.

잉, 에 참, 뜻 깊은 얘기죠. 그 조개산이요.

아침 해가, 해를 맨 먼저 매양 먼저 받아들이는 곳이 이 조개산이다.

그 조개산이여. 그것도 인저, 탕건봉에 올라가서 봐야 한다.

말장터, 마장터, 마당터

자료코드 : 08_14_FOT_20110424_HID_PBT_0005
조사장소 : 충청남도 태안군 안면읍 승언리 장터로 210-4
조사일시 : 2011.4.24
조 사 자 : 황인덕, 김기옥, 백민정, 김미정
제 보 자 : 박병태, 남, 89세
구연상황 : 길에서 서서 이야기를 들었다.
줄 거 리 : 옛날에는 학교 근처에 말 장터가 있었다. 그것이 마장터로 불리다가 이후 사
          람들이 마당터라고 부르게 되었다.

그래 가지구서 에, 그 말들은 인저 제주도로 많이 보냈디야. 제주도로 많이 실려 보냈어.

그 장터가 어디냐. 말 그, 장 스는 말. [잡음]

그게 여, 그게 이 동네 핵교, 핵교 있는 고, 그 언저리. 이 밭이 그게 말, 말 멕이 말 장 섰는 디유, 그게.

그래서 그게 인제 마장터여. 인제 옛날 말장터.

그게 그냥 마장터로 됐다, 그래 인저 어느 와전이 됐어. 에 그게 마장터여. 그래 마당터여. 그게 인저 부르다 부르다 보닝께 인저 마장터라고. 어데께는 또 뭣허고 그런께 그냥 마당터 했버렸어.

(조사자 : 말장터, 마장터, 마당터 이렇게.)

잉, 마당터.

다 통허는 얘기요.

안면도 호랑이를 쫓은 당산말

자료코드 : 08_14_FOT_20110424_HID_PBT_0006
조사장소 : 충청남도 태안군 안면읍 승언리 장터로 210-4
조사일시 : 2011.4.24

조 사 자 : 황인덕, 김기옥, 백민정, 김미정
제 보 자 : 박병태, 남, 89세
구연상황 : 아기장수나 호랑이에 대한 전설은 없느냐고 조사자가 물으니, 아래의 내용을
구연하였다.
줄 거 리 : 150년 전까지도 안면도에서 호환을 당해 죽은 사람들이 있었다. 집안의 할머
니도 호환을 당해 돌아가셨다. 마을 사람들은 호환을 막기 위해 당산에 말을
3마리 만들어 세워 놓았다. 어느 날 말이 한 마리 없어져서 찾아보니, 벌판에
한쪽 다리가 부러진 채 발견되었다. 사람들은 말이 마을에 들어온 호랑이를
내쫓고는 다친 채 쓰러진 것이라고 믿었다.

안면도 호랭이가 지끔으로부터 150년 전에 있었어.

우리 일가집 할머니가 그 호랭이한티 말하자믄 저걸 당했어.

(청중 : 습격당했어?)

예. 그랬어. 저 건너, 저 건너 박작래네 할머니여. 바루. 우리 일가 할머
니여. 할머니가 호환당, 호환으루 돌아가셨어. 에 그려.

(청중 : 박작래는 작 자가 지을 작(作)자여. 올 래(來)자.)

(조사자 : 그 얘기 좀 더 자세히 좀 들려주세요.)

자세히 뭐 고것뿐이요. 토막 소식이지 뭐 무슨.

(조사자 : 어디서 어떡하다가 호환을 당하셨는지.)

이 마을 가다가, 마을에 가다가 길에서 낮이 밤이구, 그건 또 시간은
몰르구.

(청중 : 옛날엔 안면도에 송림이 막 우거지니까.)

우리 집안에 집안에 일가에서 그런 일이 있구, 우리만 당한 게 아녀.

안면도 내에 몇 분 다 그런 호환으루다가 저 변을 당했디야.

(청중 : 물려서 죽으, 돌아가셨어요?)

아이, 응? 물려 죽었어. 아 틀림없어. 아주. 150년 전에. 지금으로부터.
그래서 그걸 방해한다구 이 당산에다가 저 무얼 딱 세웠었댜. 말. 말.

(청중 : 호랑이가 말 무서워해요?)

그러, 그렇다누면.

그 말 세 마리를 거기다가 당산에다 모셨드랴. 저, 저, 정당리 당산에다. 그랬는디 하루는 그 말 하나가 읎어졌드랴.

그때 그것은 그렇게 비과학적인 얘기지 인저. 무언가 인저 과장해서 허느라고 한 말일 테지.

게 가보니께, 저 아래 도게. 그땐 여그가 저, 거그가 저, 물 들어왔을 때여. 이제 안면도. 그 도게 벌판 거가, 거가 그 말이 다리 한 짝이 부러져 가지구.

그 말이라가 그러니께 얘기, 얘기 들으니께 말이라가 호랭이를 쫓었디야. 추방하다가 끝내 호랭이를 참 물리치구서는 다리를, 다리가 부러졌다는 겨.

그런 전설이 있었어. 여기 저 그게 여기 여 당산이여.

(조사자 : 그럼 만든 말이죠? 만든 말. 진짜 말?)

아, 말은 만들었지. 말은 만들었지.

(청중 : 목마. 나무로 만든 말이여. 목마.)

말을, 말을 만들어서 그 세 마리를 갖다가 여 당산에다 세워 났디야. 느들이 안면도 저, 호환이 없도록큼 이 범을 좀 내쫓아 다구.

그런디 그게 인저 또 실지, 첨, 말 한 마리가 읎어졌드라는 겨. 그 뒤루.

그 만들은 참, 그 저 조작, 조작마가. 게 찾어, 찾아가 보니께 도께까지 쫓아갔드래는 겨.

그래서 그 마, 그 호랭이가 물 타구서 그냥 근너갔다는 그런 얘기여.

내쫓구서 저는 다리 부러지구. 응. 그 전설이 있어.

초등학교 구렁이 지킴이

자료코드 : 08_14_FOT_20110424_HID_PBT_0007
조사장소 : 충청남도 태안군 안면읍 승언리 장터로 210-4
조사일시 : 2011.4.24
조 사 자 : 황인덕, 김기옥, 백민정, 김미정
제 보 자 : 박병태, 남, 89세
구연상황 : 박병태 화자가 알고 있는 이야기는 1970년대에 지료 조사를 다니면서 들은
         자료라고 하였다. 조사자가 집임자인 구렁이나 족제비 등에 대해 물으니 아래
         의 내용을 구연하였다. 이어 초등학교에서 구렁이를 위해 공을 들이기도 했다
         는 말을 하였다.
줄 거 리 : 초등학교에 한옥으로 지은 교사가 있었다. 그 집 가운데 교실의 지붕에 구렁
         이가 살았다. 구렁이가 난동을 부리면 학생들에게 안 좋은 일이 생기곤 했다.
         당시 일본인 선생은 학생들의 담력을 시험해 보려고 일부러 그곳에 물건을
         숨겨 두고 가져오게 하기도 하였다.

  초등핵교에, 초등핵교에 위 윗집에 한국 한옥으로 지은 교사가 있었슈.
그 집 그 가운데 교실의 지붕에 그게 살았 살았어. 그게 학교 임자여.

  그래 가지구 이것이 한번 난동허믄, 학생들에게 뭐가 그때 피해 있다
그랬어.

  애들이 다쳤다던지 뭐 그런. 그때, 내가 참, 내가 거서 교편졌으니께.

  (청중 : 여러 번 보셨어요? 그 구렁이 여러 번 보셨어요?)

  아유, 보들 보믄 다행이게. 못 보지. 못 봐.

  (청중 : 이야기만 들으신.)

  잉, 그냥 지라가 이렇게 슬-슬- 이러구 그냥 산보를 헌대. 산책헌대.
이렇게 지가.

  (청중 : 근데 한 번두 못 보셨어요?)

  어, 못 봤어. 보든 못 했어. 그 가운데 교실이가 있다는 겨. 가운데 교
실 교실 지붕에.[웃음]

  그래서 그 전이 그 일본 선생이 하나가, 그 제자들을 이저 데리구서 인

저 진학공부를 시키구. 시키다가, 아이들 아이들 보구서 인저 그 담력을 길르느라구 그 얘기를 인저 허구서, 선생님이 허구서 거 가서 자기라가 갔다가 뭘 놓구 왔어.

"아, 그것 좀 가져오너라."

그 담력 시험, 시험두 보구 했다는, 아주 그, 재미있는 얘기가 많유. 거기 그 안면도 안면 핵교.

저 윗집, 윗 교사 그 교사 이름두 윗 교사여.

(청중 : 위에 있다고 웃교사여.)

위에 있다구 윗교사.

[웃음]

가운데 교실.

(청중 : 언덕 위에 있었슈. 안면 초등학교.)

구렁이 대감집. 아주 그, 그랬어.

승언리 그네들

자료코드 : 08_14_FOT_20110424_HID_PBT_0008
조사장소 : 충청남도 태안군 안면읍 승언리 장터로 210-4
조사일시 : 2011.4.24
조 사 자 : 황인덕, 김기욱, 백민정, 김미정
제 보 자 : 박병태, 남, 89세
구연상황 : 앞의 이야기와 같은 상황에서 이어서 구연하였다.
줄 거 리 : 승언리에 있는 학교 앞에 들이 있는데, 이곳은 안면도 일대에서는 제일 넓고 유서가 깊은 들이다. 또한 이 동네에는 편씨, 박씨 성을 가진 부자가 살았다.

우리 서태안에서두 이 들이 제일 큰 들이유. 넓은 들이유. 이 서태안에서. 잉. 이 그네들이라구 허는 들이 제일 넓어.

(청중 : 옛날에?)

응, 옛날에. 그러구 역사가 깊어, 오래됐어, 오래됐어.

(청중 : 지금은 아니지만 옛날에는 넓은 들.)

안면도에 이거 하나지 뭐. 유일의 들녘이여, 이게, 안면도의.

(조사자 : 그네들이라고요?)

잉, 그네들이라고 허는 들이.

아주 안면도에서 아주 유일의 역사 깊구 큰 들이여.

(청중 : 천연 들로는.)

그러구 이 동네에 그 부자가 있었어. 그렇게 편씨, 박씨.

(조사자 : 그네들이 그럼 한 곳이에요, 아니면 둘레 전부를 말하는 거에요?)

하나요, 여게, 요렇게. 한 들녘이여.

(조사자 : 어디께에요?)

요, 여 앞이 저 들, 다 저렇게.

(조사자 : 요 서쪽에요?)

에, 핵교 앞, 앞 들. 핵교 앞 들. 요 아래 저 밖에 해수욕장 가는, 가는 들녘.

(청중 : 옛날에 그 들판 안에 집이 없었어요. 근데 근래 논을 돋아 가지고 집들 지었지. 그전인 그렇게 허허벌판이었어.)

백 한 사십 정보 되지 아마.

(조사자 : 승언리 서쪽 바다 쪽에 들이요?)

음. 학교 앞 바다 들. 핵교앞들이라 그러지. 핵교앞.

바다가 안 들어가고. 그냥 학교앞들.

굶어 죽은 박씨 집안 열녀

자료코드 : 08_14_FOT_20110424_HID_PBT_0009
조사장소 : 충청남도 태안군 안면읍 승언리 장터로 210-4
조사일시 : 2011.4.24
조 사 자 : 황인덕, 김기옥, 백민정, 김미정
제 보 자 : 박병태, 남, 89세
구연상황 : 열녀에 대한 전설은 없느냐고 물으니 아래의 내용을 구연하였다.
줄 거 리 : 박씨 집안에 남편이 죽자 식음을 전폐하고 굶어 죽은 열녀가 있다. 자손은
　　　　　없었다.

　열녀 이야기 있어요. 열녀 이야기 있어.

　지금두 그 무덤이 상존허고 있어요. 여기 공동묘지에.

　남편이 죽구서 그 여자가 부인이 이레, 아흐레를 굶어서 죽었어.

　그러, 그런 일이 있슈. 지금두 그 무덤, 무덤이 그냥 그대루 있고, 거기
에 묘비가 서 있어. 그 내용이 거기 있슈. 거, 직혀 있어.

　(청중 : 남편이 누군데요? 박씨에요?)

　박씨여. 우리 일가여. 일가. 에, 편생들 동창으루 말하믄 누군가[생각하
시다] 나보다는 광욱, 광욱이가 또 그 집 그집허고 더 가까워.

　(청중 : 거기 비문에 그렇게 써 있어요 다?)

　잉?

　(청중 : 비문에 써 있어요?)

　응, 비문에. 약기에 약기. 간단하게, 약기가 돼 있어.

　군지, 구 군지에도 올러 있구. 구 군지.

　(청중 : 예, 옛날 군지.)

　에, 올러 있어.

　(청중 : 남편이 죽자 아흐레 굶어 죽었다.)

　남편, 남편 이름은, 남편 이름은 박정래, 그 여자는 내가 성을 알었는디
몰르겠네. 그 내 내 족보, 우리 집 족보에도 있어.

어 그건. 그 기록이 남아 있어. 그 저, 열녀요.

그냥, 그냥 굶어 죽었어. 음. 내 살아서, 살아서 뭣하리, 뭣하랴 허고.

(청중 : 요새도 그런 사람 있는데. 어젠가 뉴스에 나오더면.)

(조사자 : 그냥 사고로 죽은 거에요? 아니면.)

응, 병사. 병사.

(조사자 : 자식이 없었나요? 어떻게 그냥 후사가 없었어요?)

그냥 그기 저, 뭣이 없어요. 예. 후예도 없고.

나물바구니 물어다 놓은 호랑이

자료코드 : 08_14_FOT_20110417_HID_YDG_0001
조사장소 : 충청남도 태안군 안면읍 창기리 6구
조사일시 : 2011.4.17
조 사 자 : 황인덕, 김기옥, 백민정, 김미정
제 보 자 : 양덕근, 남, 84세
구연상황 : 마을에 특이하게 생긴 사람에 대한 이야기는 없느냐고 물으니, 아래의 내용을
구연하였다. 이야기를 하는 도중에 방 안에 누워 있는 할머니를 간호하기 위
해 왔다 갔다 하였다.
줄 거 리 : 처녀들과 남자들이 딸기를 따러 갔다. 고양이 새끼 같이 귀엽게 생긴 것이 있
어서 예뻐해 주고는 내려오다 보니, 호랑이 소리가 들렸다. 알고 보니 호랑이
새끼였던 것이다. 신이며 망태를 다 벗어버리고 정신없이 마을로 내려왔다.
다음 날 집집마다 그 물건을 호랑이가 가져다 놓았다.

그런디 그거 어머니가 그 얘긴 한 번 들었어. 옛날에 딸기를 따 먹으러
갔는디, 처녀들허고 남자들허고 가서 딸기를 따먹는디.

딸기를 많이 따 가지고 먹고 이런 옹탱이다가 따 가지고 오는디 그
내려오다가 괭이 새끼 같은 것이 두 마리가 딱 있는 것을 보고 참 귀엽
다고,

"그 눔을 가지고 가자" 이러니께

"야, 안 되여, 나중에 애 에미 오면 안 되어."

근디 호랭이도 몰렀던가보드라고. 근디 이쁘다고 자꾸 씨다듬고서 잘 놓고서 왔어요. 한 대여섯 발짝 대들이다 오니까,

"어훙" 허고서 어디서 짖는 거 보니까 호랭이여.

그려 딸기구 뭐이구 집어 내빌고 그냥 집으로 도망왔쥬.

그 다음 날 딸기 밧주 딸기 짚새기 다 물어다 본인집이다 났다는 그러한 얘기는 제가 들었습니다.

(조사자 : 어머님 처녀 적에요?)

그러니께 그 딸기, 신도 다 벗어내빌고 왔지. 미서서 도망오느라고.

그런디 그 다음 날, 밤이 자고 일어나니까 그 신 옹탱이 집집마두 헌 사람 다 갖다났드래요.

그것도 말하자믄 그짓말이 그렸을 것 같어. 내가 볼 적이는. 아 짐승이 뭘 알어서 집집마다 알겠어요?

(조사자 : 이 동네서 그랬다고 했나요?)

아뉴, 옛날이 그런 디가 있다는 얘기를 어머니가 말씀하시더라구요.

(조사자 : 아 어머님이 겪으신 이야기가 아니고, 말씀으로?)

겪은 게 아뇨. 말씀 들어서, 그러한 말씀을 들은 것뿐이지.

자식 차별하는 어머니

자료코드 : 08_14_FOT_20110424_HID_LHS_0001
조사장소 : 충청남도 태안군 안면읍 승언리1구 동아하이츠 빌라
조사일시 : 2011.4.24
조 사 자 : 황인덕, 김기옥, 백민정, 김미정
제 보 자 : 이휘생, 남, 83세

구연상황: 먼저 자신에 대한 이야기를 잠시 하였다. 요즈음에는 세상이 많이 바뀌어서 젊은 사람들 이야기도 많이 들어야 한다는 말을 한 뒤, 아래의 내용을 구연하였다.

줄 거 리: 아들 삼형제가 있었다. 어머니가 한 아들과 살고 있는데, 머슴살이하는 가난한 아들이 찾아오자 식은 밥이라도 내어 주라고 하였다. 공무원을 하는 잘 사는 아들이 오자 반찬이 없는 것을 걱정하며 술이라도 받아 주라고 하였다.

가 아들이 삼사형제 되는디, 같이 사는 아들이 있구, 어머니기.

한 사람은 없이 살아서 분가했는디, 나머지 공군으로 헌다 이기여. 아들 하나가. 한 사람은 공군 대녀.

머슴 사는 오니께 며느리 같이 사는 며느리보구,

"야, 며늘 아가!"

"예."

"찬밥 안 남았니? 아무개 아비 왔다."

아들 줄라구, 어머니가.

공군 대니는 자식이 왔다 이기여.

"아이구 야, 어측헌다니 뭐 참 에미 찾어 보라. 왔는디 반찬두 워쩐다니. 아무 데 가서 탁주 좀 하나 사오너라."

이것이 우리나라의 실정이여 잉.

그니께 그런 분들은 부모두 괄새할라 근다 이기여.

명당을 빼앗긴 지관

자료코드 : 08_14_FOT_20110424_HID_LHS_0002
조사장소 : 충청남도 태안군 안면읍 승언리1구 동아하이츠 빌라
조사일시 : 2011.4.24
조 사 자 : 황인덕, 김기옥, 백민정, 김미정
제 보 자 : 이휘생, 남, 83세

구연상황 : 앞의 이야기와 같은 상황에서 이어서 구연하였다.
줄 거 리 : 어떤 사람이 밤에 자는데 무슨 소리가 들려 밖을 보니, 웬 지관이 땅을 파서
무엇인가를 묻는 것이었다. 알고 보니 백골이었다. 그는 그 자리가 좋은 곳이
라고 여겨 그것을 파내고 자신의 아버지 유골을 묻었다. 이후 잊어버리고 잘
살다가 유골이 없어진 사실을 알게 되었다. 옛날의 지관을 찾아 헤맨 끝에 다
시 만나 서로 잃어버린 유골을 찾고, 지관도 잘살게 되었다.

그게 뭐이냐 하믄, 어떤 사람이 산소자리를 골를라구, 허다 허다 못 골
루구선. 에이고 어트게 쓴다구, 즈아버지 집 뒤에다 썼는디, 용케 그 대지
를 썼다드라 이런 소리구.

또 인저 무슨 소리는 있나 하믄, 밤에 잠을 잘라니께 뒤랑에서 딱딱 소
리가 나. 요렇케서 인제 문틈으로 내다보니께 누가 뭘 갖다 놓구서 뭘 파
거든?

"아하, 요게 요게 저 놈이 저거 지관놈이구나." ○○○께라구.

아 ○○○ 같으믄 냅다 소리 질를 것 아뉴.

그냥 두구서 그 이튿날 일찌감치 가서 보니께, 깜짝같이 해 났어. 살살
파 보니께 백골 갖다가 요 밑에 묻었거든. 그래구선 비기○○○,

"니가 잘될 줄 알아, 내가 잘되겄다." 그러구선.

거기 갖다 어따 묻구선 즈이 아버지 산소를, 거 갖다 묻었다, 이기여.

그런디 월마 있다 보니께 그걸 파서 대청 밑이루 들어가거든? 자기네
대청 밑으루.

음, 그래두 그 우리 아버지 산소니께.

그래서 참 그 뒤루 인제 잘두 되구 해서 인저 생각도 안 허구 보니께
파서 읎어졌다 이기여. 자기 아버지 산소를 잊어 버렸거든.

허니 자꾸 참 이르케 돼 가지구서 인저 그때두 막 괴로운 게 없어.

그래서 가만히 생각허니께 참 억울혀.

그래서 인저 엽전 꾸레미 인저 말에다 싣구서 그 놈을 타구서, 덮어 놓

구 방향 없이 돌아대니며, 여기 허구, 늙으신 지관 안 나왔냐구.

오래됐으니께 늙었으려니 허는 거지.

그러니께 워딘가 가니께,

"여기 있긴 있는디 지끔 안 해요."

어디냐니께 저기 누가 이사 왔대, 움막 짓구 사는디, 어렵게 사는디, 지금 이거 안 해요.

그래 거기를 찾아갔어. 찾으니께,

"누구시오." 허니께.

뭐, 손님이 오셨는디, 집두 이래서 들어오라구두 못 하고,

"웬일이슈?" 허니께.

"좀 쉬어 갈라구 합니다."

"뭐 허시는 분이요?" 허니께.

"산 좀 보러 다닌다."고 허니께.

"산 그거 소용없수다." 거 얘기허는데, 보니께 틀림없이는 거 같어, 그분 같어. 그래서,

"여보슈 무슨 말씀허시냐."구 말이여.

내가 아무 데 아무 데 사는데 이리이리 했다고 허니께, 눈을 둥그렇게 듣더니 탁! 치면서 바로 나올시다.

그래 찾았다 이기여. 찾았는디, 그러믄 우리 아버지 산소 좀 너 달라 그러니께, 여기라구. 그래 이제 써 줬는디.

그러냐구, 그러믄 나두 댁의 그 아버지 산소를 잉, 내가 퍼다 실은 디가 일려드려야 하니 가십시다. 인제 데리구 가는데 가서,

"여기여."

그러니께 고갤 끄덕이더만 무릎을 쳤다 이기야.

과연 내가 이렇게 여기 내 줬구나, 그런께. 그러믄 재주껏 잘 모신게 늘려지구. 에, 우리 집이서 좀 쉬었다 나가시라구, 꼭 붙잡아 놓구선 잘

대접을 헌 겨.

왜 대접을 했느냐. 거기다가 집 짓느라구. 거기다가 인제 사람 시켜서 부작으루 인제 집 하나 잘 지어서, 가는데 봉투 하나 주는 겨.

이놈 가져가믄 너 노자두 넉넉히 살 테니 가서 산소나 잘 늘리구 살으라구 허는디 한번 원망 않어. 문서 다 든 거지.

잉, 그러니께 자기 이익인께. 거럭해서 또 살았더랴.

그것은 풍수지리헌 사람이 자기 들여다 묘 쓰라구 맨든 소리여. 그거 인정허지.

내 믿지는 안 합니다. 그런 전설이 있슈.

바로 발복하는 명당

자료코드 : 08_14_FOT_20110424_HID_LHS_0003
조사장소 : 충청남도 태안군 안면읍 승언리1구 동아하이츠 빌라
조사일시 : 2011.4.24
조 사 자 : 황인덕, 김기옥, 백민정, 김미정
제 보 자 : 이휘생, 남, 83세
구연상황 : 앞의 이야기와 같은 상황에서 이어서 구연하였다.
줄 거 리 : 한 지관이 지나가다 보니 웬 총각이 혼자 하관을 하고 있었다. 겨우 자리를 맞추어 놓는 것을 보니, 사시에 하관을 하면 오시에 발복하는 명당이었다. 그 총각을 따라가 보니 가난하게 살고 있었다. 지관은 자신의 뒤를 이어 비를 피하기 위해 들어온 여자와 총각을 맺어 주었다. 과연 금방 발복이 되는 명당인 셈이다.

참, 발복헌 사람인디.

어딜 가노라니께, 누가 ○○○ 파거든?

그러니 참 대진○○이여, 요놈을 요렇게 써야 할 텐디, 요렇게 써야 할 텐디, 이렇게 갖다 쓰거든?

하 저걸 일러주랴 말랴, 메릇메릇허고 있다가, 가만히 지켜보느라니께, 혼저 뉘서 지게다 짊어지구서 송장 갖다 늫구서는, 갖다 늫구서 파는 겨.

그르더니, 이르케 너 보더니, 으이구 안 맞느다, 귀 맞추믄 어떠 죽은 송장이지. 이렇게 귀 맞추니께, 이렇게 파니께 여는 긜 거 아녀요. 좀 ○ ○○○.

요렇게 귀 맞추거든. 게 법이 딱 맞는다 이기여.

야, 저게 이상하다고 말이야, 저게 잉, 사시왕오시발복지인디 당장 발복을 해야 할 텐디 좀 따라가 볼 테라구.

그 사람 가는디 살살 따라가 보니께, 참 오막 짓구 살아요.

떼를 다가 해 놓구선 휘장 하나 치구선, 저건 주방이구 여긴 방이구 어줍지 않게 허구 사는디, 막 가자 비가 오구서 좀 피해 가자구 그러니께 들어오쇼 허는디, 자기 들어오자마자 보따리, 소복 든 보따리 해 가지구서 어떤 여자가 뛰어 들어온다 말이여.

비가 건하게 오는디. 허, 앉으시라 그러더니.

손이, 귀헌 손님이 오셨다고. 뭘 그래 하는디, 요 옹택, 저 옹기그릇에 쪼그마한 저 ○○짜리 전부 고거여.

고거 톡 썰어서 죽을 쒔는지 손님을 대접허는겨. 그 자기 이제 그 아버지 산소 쓴다는 그 총각이.

그러더니 인제 거기께 여자가 인제 남자 있은게 안 들어오고 섰다가, 아이 자기가 푼다구 헌게, 아이구 손님보구 일 시키느냐구 그만 두라구 그러믄, 인저 벗어 인저. 저 뭐이 허구서.

자기 인제는 뭣 허면서 이, 참, 이 쪼금씩 떠 먹구서 있는디.

가만히 얘길 들으니께,

"여기 이 쌀 좀 살 수 없느냐."

한 먹장이만 사달라구. 먹장이라면 지금 못 알아듣는 분들. 먹장이가 뭔지. 먹장이라구면 모두 충청도 말로 허면, 먹구리 업듯이 이렇게 커다랗게 맨든 거 있어.

솜이 아니구, 가마두 아니구. 옛날에 먹장이라구 그런 게 있었쥬.

그걸루 하나씩 이저, 하나만 사 달라구 허니께. 뭣 헐라구 허니께,

"아이 쓸 디가 있다."구 그랬데니, 그럭허라구 인저, 쪼끔만 기다리라고 비 그치니까, 그놈을 사 갖고 왔거든.

사 갖고 오니께 에, 그 산 재재에 그 풍수지리 잘한다는 사람이 얘기를 헌 거여.

어트게 돼서 젊어서 어디 다니냐니께, 자기두 자란 만큼 사는 사람인디, 남편이 죽었습니다 말이여.

그래서 옛날에는 충신은 불사이군(不事二君)이요, 열녀는 불경이부(不更二夫)라구.

결혼도 허기 전이려니 처녀 총각이요, 결혼도 허기 전이 허다가 죽으믄 그냥 처녀로 혼자 늙었다는 거 아뉴. 살다가 인저 혼저 됐으니께.

너 혼저 사는 거 못 보겄다고. 너 이눔 가지고 너 어디 가 살든지 죽든지 멋대로 하라구,

집이서 내쫓어서, 이걸 읽으믄 뭐하냐 이기여.

그눔을 이제 주구 왔는디, 이 총각허구 결혼허면 어떠냐, 지관이라기에 아이구 총각이 나, 벌써 처녀도 아닌디 살것느냐구.

요롷게 돼 가지구서 인저, 살살 얘기해서 인제 결혼을 시켜줬다 이기여. 그래서 결혼도 허고 보니께, 사시오시 발복이 됐다 하드라.

그게 다 그짓말이유 그게.[웃음]

그러헌 전설이 있어요.

천인은 못 들어갈 묏자리

자료코드 : 08_14_FOT_20110424_HID_LHS_0004
조사장소 : 충청남도 태안군 안면읍 승언리1구 동아하이츠 빌라
조사일시 : 2011.4.24
조 사 자 : 황인덕, 김기옥, 백민정, 김미정
제 보 자 : 이휘생, 남, 83세
구연상황 : 앞의 이야기와 같은 상황에서 이어서 구연하였다.
줄 거 리 : 어떤 자리에 시신을 묻었더니 시신이 자꾸 튀어 나오는 것이었다. 영정에다
가 정석부인이라고 쓰고 나니, 더 이상 시신이 튀어 나오지 않았다. 천인이
들어갈 자리가 아니기 때문이다.

전설이 어떤 사람이 여다 묘를 썼는디, 자구 나와 보믄 튀어 나와.

그것두 전설이지. 거 뭐 누가.

그 인제 그 아는 사람한테 가니께, 저기가 첩년이 들어갈 디냐? 여잔
모냥이지. 그거 허자믄 술이라두 두툭이 사면 나가 해주께.

그러니께 이게 술을 가져 오니께 그걸 얼마 안 된다. 네 복인 게다, 그러
구선 연정을 정석부인이라구 써놨다 이기야.

그래 정석부인이니 정부인이니 허는 게 누구간디.

상놈의 부인이루 써 있더냐? 남편 벼슬이 높아야 부인소리 듣지, 부인
이라구 엮이야 하거든.

그런께 높은 위치 있는 사람이나 들어가지, 천인은 못 들어간다는 뜻이지.

그래서 그 뒤루 괜찮다 해서 잘됐다 하더라. 이러헌 전설이지.

천우가 날 뻔한 명당

자료코드 : 08_14_FOT_20110424_HID_LHS_0005
조사장소 : 충청남도 태안군 안면읍 승언리1구 동아하이츠 빌라
조사일시 : 2011.4.24

조 사 자 : 황인덕, 김기옥, 백민정, 김미정
제 보 자 : 이휘생, 남, 83세
구연상황 : 명당에 대한 앞의 이야기에 이어서 구연하였다. 명당의 종류에도 여러 가지가
　　　　　있다는 말을 한 뒤에 아래의 내용을 구연하였다.
줄 거 리 : 어떤 명사가 죽을 때가 되었다. 큰아들만 남으라고 한 뒤에 유언을 하였다.
　　　　　이를 괘씸하게 생각한 어머니가 몰래 엿들었다. 큰아들은 아버지가 시키는 대
　　　　　로 시신을 처리하였다. 나중에 어머니가 이 사실을 동네 사람들에게 알려 그
　　　　　장소를 파 보았다. 하늘로 올라가려고 버둥거리는 천우를 발견하였다. 비밀은
　　　　　어머니라도 몰라야 한다.

어떤 사람이 자기가, 자기 아버지가 세상이 참, 천하명산디.

인저 자꾸 늙구 그러니께 인저 모든 신령이 잡아가실 거 아뉴.

그러니께,

"일러줘요." 했는데,

"그래라, 그래라 일러주마, 일러주마." 하다가.

인제 누워서 앓아, 곧 죽어, 죽어지게 생겼어. 그러니께 다 자다가,

"그 큰애만 하나 남아라."

자기 부인이 얼마나 미운지, 자기 남편이. 같이 난 자식인디.

자기두 물론 집이서 큰 아들 하나 남으라 하는디 어찌 섭섭다 이기여.

살그마꾸 엿들었어. 그러니껜, 뭐라구 하냐믄,

"내가 죽거든 에 목을랑 짤라서, 내가 아무 날 언제 죽어. 죽으니께 아
무 날, 무슨 시에 아무 데 공동 땅에다가 넣어라. 그러구 이 나머지 신첼
랑은 어뜩하던지 아무 데나 묻어라."

이럭케서 인저 시키구서 인저, 운명했다 이기여.

그러니께 인저 슬그막큼 고대로 실행을 했어. 했는디, 얼마 지나다가
인저, 큰 아들하구 그 어머니허구 무덤 가지구 뭣 허는데,

"저 눔의 자식, 지 아들 목까지, 목까지 짤라다가 명둥산에다 넣구서
저런 놈의 자식!"이라구 냅다 소리쳤네.

그 소리를 들은 동네 사람들이 이게 웬일이냐구 냅다 두레를 대고 푸니께, 천우가 돼 가지구 하늘로 올라가라구, 쪼끔만 참았으면 이게 되는 긴디. 뒷다리를 그 발 밖으루 일어날라 허다 걸렸드라 하는.

그러니께 그 여자가 아, 옛날부터 여자가 알면 못쓴다. 비밀을 여자가 몰라야 한다.

어머니라두 소용없다 한 거지, 그런 전설이.

구천십장 남사고

자료코드 : 08_14_FOT_20110424_HID_LHS_0006
조사장소 : 충청남도 태안군 안면읍 승언리1구 동아하이츠 빌라
조사일시 : 2011.4.24
조 사 자 : 황인덕, 김기옥, 백민정, 김미정
제 보 자 : 이휘생, 남, 83세
구연상황 : 앞의 이야기와 같은 상황에서 이어서 구연하였다.
줄 거 리 : 남사고가 묘를 쓰는데 구천십장을 하였다. 하관을 하려고 하는데 웬 동자가
        나타나서 생사축와 명당자리를 어디에 두고 고사괘목 자리에 묘를 쓰느냐고
        하고는 사라졌다. 남사고 같은 천하 명지관도 좋은 묏자리를 제대로 잡기는
        어려운 일이다.

에 남사고 같은 사람은 한국서 최고의 이거라 그러는디.

남사고가 묘를 쓰는디, 구천십장(九遷十葬)이라는 거. 아홉 번 밀례했으니께 열 번 장사 아녀? 순장한 뒤에.

그런디 삼사추가에다 쓴다는 게 고사괘목(枯蛇掛木)에다 썼으니 어트게 되겠어. 고사괘목이 뭐냐, 죽은 나무다 꿰달아 놓는 거.

그런께 어떤 거기다 인저 하관하구서, 지끔 하관하면 포크레인이루 꾹꾹 눌러 가며 하지. 옛날에는 펄쩍 없이 뛰었단 말야. 달구소리 지어 가면서. 북 치구 이렇게 가면서.

그른디, 어떤 초록대기가 하마 나오더니 내가 ○○○ 주겠다고.

그러데니 아 그럼 주라, 그러니껜.

"천하명산 남사고야, 음, 상사추가 어따 두구 구천십장에 고사괴목이 원말이냐."구 요래 요래.

아 이르케 보니께 없어졌거든, 그 사람은.

없어졌는디, 그때서 남사고가 보니께 고사괴목이더라는 거야. 뱀 죽어 잡어서 나무에다 꿰다 맨 것.

그런게 그런 명사두 자리 못 쓰는디, 상사추가 찾는다는 게 고사괴목에 다 쓸 수가 있다.

그러기 때문에 덮어놓고 아무디나 그냥 아무나 그, 대지 잡어 주지 말 라 소린디.

생밤 찾다가 죽은 토정

자료코드 : 08_14_FOT_20110424_HID_LHS_0007
조사장소 : 충청남도 태안군 안면읍 승언리1구 동아하이츠 빌라
조사일시 : 2011.4.24
조 사 자 : 황인덕, 김기옥, 백민정, 김미정
제 보 자 : 이휘생, 남, 83세
구연상황 : 풍수에 대한 이야기가 이어지자, 조사자가 토정 선생에 관한 전설은 없느냐고 물었더니, 아래의 내용을 구연하였다.
줄 거 리 : 토정이 다니다가 금이 있는 곳을 알게 되었다. 토정이 경솔하게 이 사실을 말하는 바람에 아랫사람도 알게 되었다. 토정이 지네를 먹고 나면 해독시키기 위해 생밤을 먹곤 하였는데, 이때 아랫사람이 생밤 대신에 버드나무를 깎아서 바쳤다. 그래서 토정이 "생률 생률" 하다가 죽었다.

가만히 생각하니께 토정을 죽어야겠어. 그러믄 제 꺼 되거든?

게 이저, 지네 생즙을 먹고 나믄,

"생률 드려라."

그럼, 생률이라는 게 날밤이여.

그런디 버드나무루다 고대로 깎아서,

"여기 있습니다."고 허니께, 보믄 아녀.

그런께 지네는 생즙을 마셨거든 얼른 밤을 먹어야 해독이 되는디.

생률, 생률허도 안 주니께 자꾸 그것만 갖다 주니께, 생률 생률허다 죽었다 허는 얘기.

그러니께 그 양반두 너무 경솔했다, 입이 가벼웠다 이기지.

그것을 거기다 안 뵀으믄은 자기가 저 찾을 넘은 아니니께. 하인들 안 들었으믄 안 죽었을 거 죽은 거 아니냐, 이런 전설은 있습디다.

(조사자 : 그래, 처음에 금을 일부러 보여준 거에요, 하인한테?)

그런께 다니다가 산이 이렇게 다니다가, 뵈니께, 아무라구 뵈 주러 간 게 아니다, 다니다가 뵈니께 그것 참, 대단하다 이렇게 기적을 이루었다 이기지.

저도 그걸 내가 직접 봤어야 말이지 얘길 허죠. 어른들이 허는 소리 들은 것뿐이니께 뭐.

그래서 생률 생률 생률허다가.

그러니께 우리 같으믄 밤이라구 헐 텐디, 그분들은 생률이라구 했던 모냥이여. 아 이, 날밤이 생률이니께.

[웃음]

토정을 살린 신

자료코드 : 08_14_FOT_20110424_HID_LHS_0008
조사장소 : 충청남도 태안군 안면읍 승언리1구 동아하이츠 빌라
조사일시 : 2011.4.24

조 사 자 : 황인덕, 김기옥, 백민정, 김미정
제 보 자 : 이휘생, 남, 83세
구연상황 : 앞의 이야기와 같은 상황에서 이어서 구연하였다. 토정에 관한 이야기가 이어
졌다.
줄 거 리 : 토정이 내일 오시에 마을에 물이 들어올 것을 알고 있었다. 잠을 자려고 하
는데, 누가 정신없이 왔다 갔다 하는 것이었다. 내일이 아니라 오늘 자시에
물이 들 것이라는 이야기를 하고는 나가 버렸다. 이에 토정이 자신이 실수를
한 것을 깨닫고 하인과 함께 피신하여 목숨을 건질 수 있었다. 일러준 이는
토정을 살리기 위한 신이었다.

그것은 그, 그 전설도 있죠.

그래 인저 그것은, 워서 잠을 자는디, 거기가 무너지게 생겼어. 거기가.
그래 자다가 음, 내일 오시에 터질 거를 토정이 알았거든.

그래서 인저 뭐 헌데, 누가 들랑 날랑혀.

왜 잠두 못 자게 들랑거리냐구 그러니껜,

"헹, 여기가 절단나게 생겨서 그럽니다."

그러니께, 그래 그렇게 성급허다고 말이여.

그래 오시에 물 올 턴디. 그러니껜 뭐라구냐믄,

"○○○○ 맘대로 허쇼. 자오가 상충두 몰르구."

아 그러구서 나가버리거든.

깜짝 놀라 보니께 자오가 상추여. 그닥 자시에 터지게 생겼는데 그 이
튿날 오시가 아니라. 그래서 깜짝 놀라서,

"야이, 이거 봐라. 내가 이거 큰 실수했구나."

하구서는, 이르케 가는데 인저 그 하인이 뭐 좀 짐 좀 지구서 이르케
인저 가는디, 백방이 인저 산이루 올러가는 거. 올러가는디. 가서 인자,

"야, 고만. 고만 가자. 야, 한참 갔다."

하구선 인제 장대를 받쳐 놓구서 쉬는디. 아 고 시간 되니까 갖다 캉!
하고 무너 나가는디, 작대기 받친 소리허고 똑같이 쭉 들어갔다 그러잖어.

그런디 그거 누가 봤나 아주.

응, 그래 가지구서 에, 그 저 데리구 다니는 하인두 살리구.

그 전, 토정을 살릴라구 자오상충도 모르겠다헌 건, 신이었지, 사람이 아니었다, 이런 전설이드라구요.

토정을 살릴라구 허니께 신이 일러줬다 이거지.

음, 그렇게 전설로 들었수다.

배 다른 셋째 아들을 알아차린 지관

자료코드 : 08_14_FOT_20110424_HID_LHS_0009
조사장소 : 충청남도 태안군 안면읍 승언리1구 동아하이츠 빌라
조사일시 : 2011.4.24
조 사 자 : 황인덕, 김기옥, 백민정, 김미정
제 보 자 : 이휘생, 남, 83세
구연상황 : 도깨비에 대한 전설은 없느냐고 물으니 아래의 내용을 구연하였다.
줄 거 리 : 유명한 지관이 있었는데 가난하게 살았다. 큰아들에게 한 군데 일러 주면서 하룻밤 자고 오라고 하였다. 큰 아들은 도깨비가 우글거린다고 하면서 못 자고 도망 왔다. 둘째 아들도 마찬가지였다. 그러나 셋째 아들은 그곳에서 잠을 자고 왔다. 그래서 가족들은 그곳에 집을 짓고 살았다. 이후 집안이 번성하자 지관은 부인에게 셋째 아들이 누구 자식인지를 물었다. 자신의 성을 가진 이 는 그 터에 맞을 리가 없다는 것이었다.

그른게 으른덜이 전부, 전설에 이런 말이 있었거든.

자기 아버지가 명산디 읊이 살어. 그러니께 대꾸 얘기하니께,

"야, 글쎄 말이다. 정히 그렇다믄 암디 암디 가서 막 치고서 하룻저녁 만 자고 오너라."

그러니께 이저 못 자고 도망해 왔어.

"아이구, 도깨비들이 우글우글해서 못 자요."

그래 이제 또 한 놈 가서 보낸게, 그 눔도 못 자고 오고. 막내를 보낸게 막내는 잘잘 자고 오거든.

"야 그럼 됐다. 거기다 집 짓고 살자."

집을 지어 놓고서 참 대번이 번창을 혀. 그러니 자기 부인 보고서,

"이 눔 누구 새긴가?"

하하하하. 무슨 소리를 허냐고 말여. 아무 성은 거기 안 맞어. 그러니까 틀림없이, 김이라고 했던지 박이라고 했던지 그건 물러. 아무성인디.

"그러지 말어, 내가 지금 퇴박치건나? 당신 아는 얘긴 내가 지금 못 혀 줘"

이랬다는 겨.

그러니까 이리이리 혀서 아무허고 하룻저녁 잤다고. 알믄 그렇게 알으야 이게 지관인디, 음. 그게 진짜 명사거든.

그러니께 보야 자기네허곤 안 맞은께 자기가 좋은디 있어두 말을 못 했는디 자꾸 성가시니께 우티게 되나 허믄, 큰 아들 가서 못 자고, 둘째 못 자고, 셋째 아들은 자고 온다고 그 눔은 지 아들 아녀.[웃음]

피는 못 속이는 천륜

자료코드 : 08_14_FOT_20110424_HID_LHS_0010
조사장소 : 충청남도 태안군 안면읍 승언리1구 동아하이츠 빌라
조사일시 : 2011.4.24
조 사 자 : 황인덕, 김기옥, 백민정, 김미정
제 보 자 : 이휘생, 남, 83세
구연상황 : 앞의 이야기와 같은 상황에서 이어서 구연하였다.
줄 거 리 : 어떤 여자가 남편이 없는 사이에 다른 남자와 관계를 맺어 아들을 낳았다. 이 사실을 자신만 알고 살았다. 남편이 죽고 한참 뒤 아이의 아버지도 죽었다. 이때 그 아들이 하는 말이 이상하게도 아버지가 죽었을 때보다 더 슬프다고

하였다. 핏줄은 당기는 법이다.

오떤 사람이 자기 남편 어디 간 뒤 누가 사자니께, 이웃이서 누구허구 지났던지 마침 그 때 어린애가 들었네. 그려서 낳은게 모르지.

자기 남편도 모르고 자기만 알지.

그런디 자기 남편이 먼저 죽고 야중이 그 사람이 죽었는디 자기 아들이,

"히히, 벌꼴 다 보깄네. 아무개 아버지 돌아가셨느니, 어째 우리 아버지 돌아가셨을 때보덤 더 섧댜. 자꾸 눈물이 나오네."

했다는 이런 전설이 있거든.

그러니께 피는 댕긴다. 팔이 안으로 굽는 식으로.

그것도 모르는 일이고. 인저 일 읎은 게 누가 맹글었지. 사실이 그런지 아닌지 내가 지켜봤으야 알지.

30년만 유효한 토정비결

자료코드 : 08_14_FOT_20110424_HID_LHS_0011
조사장소 : 충청남도 태안군 안면읍 승언리1구 동아하이츠 빌라
조사일시 : 2011.4.24
조 사 자 : 황인덕, 김기옥, 백민정, 김미정
제 보 자 : 이휘생, 남, 83세
구연상황 : 토정 전설은 없는지 물으니 아래의 내용을 구연하였다. 왜 그렇게 되었는지를
　　　　　물으니 그 이유는 들은 바가 없다고 하였다.
줄 거 리 : 토정이 토정비결을 만들 때 30년 동안만 맞게 만들어 놓았다. 그래서 30년이
　　　　　지난 후에는 잘 맞지 않는 것이 많다.

에, 전설의 고향에 있었을 전설로 나올 이야기요.

에 토정이 그걸 맨들고서, 유효기간을 삼십 년으로 했다는 거유.

삼십 년만 됐느냐 지금 그거지. 삼십 년 동안이는 잘 맞았다는 겨. 삼

십 년 동안이. 그려 유효기간이 넘어서 안 맞는다 이렇게 얘기를 혀.

그걸 맨들 적이 몇천 년 가게 만든 게 아니고 삼십 년 간 유효기간이 돼 있다는규. 일세 삼십 년이거든.

(조사자 : 아, 일세 삼십 년 간요?)

일세는 삼십 년이유. 보통 잡기를.

(조사자 : 아, 일세대가요?)

일세대. 일세대가.

(조사자 : 아, 일세대.)

'대'자 안 느도 일세면 일세라고 해요.

(조사자 : 일세만 맞도록 했다고요?)

예.

팔자 도망은 못 가는 관상가의 아들

자료코드 : 08_14_FOT_20110424_HID_LHS_0012
조사장소 : 충청남도 태안군 안면읍 승언리1구 동아하이츠 빌라
조사일시 : 2011.4.24
조 사 자 : 황인덕, 김기옥, 백민정, 김미정
제 보 자 : 이휘생, 남, 83세
구연상황 : 죽을 팔자는 독 안에 들어가도 못 피한다는 소리가 무슨 의미인지를 물으니
　　　　　아래의 내용을 구연하였다.
줄 거 리 : 관상을 잘 보는 사람이 있었다. 하루는 자신의 아들을 보니 오시에 물에 빠
　　　　　져 죽을 상이었다. 그래서 아들을 방안에 가두어 놓고는 꼼짝 못하게 하였
　　　　　다. 오시가 지나자 아내가 문을 열어 보니 아들이 물 수자를 써서 코에 붙이
　　　　　고 벼룻물에 손을 담그고 죽어 있었다. 팔자 도망은 못 가는 법이다.

그게 워치게 난 소리냐 허믄, 자기가 관상을 잘 봐.

관상을 잘 보는디. 그런디 뭐냐 하믄은 저, 그날 오시에 자기 아들이

죽게 생겼어.

그래서 인저 자기 부인 보고서 절대적, 오시 되문은 저 뭣 헐테니께 개를 내보내지 말어라. 물에 빠져 죽을 팔자여.

그러니께 내보내지 말라고 단단히 부탁허고서 ○○를 들어갔는디 방이다 가두고서 뭇 나가게 허는디, 그때쯤 되니께 야단났어, 나가겄다구.

"어머너, 어머니 쪼끔만 나갔다 들어온다."고.

"바람 쐬고 들어온다."고.

그래 그냥 그걸 뭇 허고서 뭇 나오게 허고선 막었다가, 오시 넘는다고 생각날 적이 참 자기 남편이 잘 알거든, '과연 참 남편이로구나' 허구선 문 열어 보니께 물 수자 써서 코이다 써서, 물 수자 써서 코이다 이렇게 막고 벼룻물이다 손 이렇게 넣고서 죽었드랍니다.

허허허. 내가 봤나.

[웃음]

그려서 물에 빠져 죽을 팔자라면은 그렇게 가둬도, 독 안이다 느 봐도 이, 그렇게 죽는다. 그런디 더위 묻다고 손가락 물 닿은 게 다 물 닿은 것 아니요?

그래서 그런 말이 그렇게 났다 그래요.

명당 잡아 준 가짜 지관

자료코드 : 08_14_FOT_20110424_HID_LHS_0013
조사장소 : 충청남도 태안군 안면읍 승언리1구 동아하이츠 빌라
조사일시 : 2011.4.24
조 사 자 : 황인덕, 김기옥, 백민정, 김미정
제 보 자 : 이휘생, 남, 83세
구연상황 : 앞의 이야기와 같은 상황에서 이어서 구연하였다.
줄 거 리 : 시동생이 지관 노릇을 하면서 돈을 벌어 노는 것을 본 형수가 남편에게도 돈

을 벌어 오라고 하였다. 남편은 아내가 사준 나침반을 들고 부잣집으로 찾아갔다. 그 집 주인이 묏자리를 구하는 중이라 지관들이 많이 모여 있었다. 가짜 지관 행세를 하면서 한동안 잘 얻어먹었다. 하루는 묏자리를 봐 주는 척하면서 도망을 가다가 넘어진 장소를 가리키는 바람에 그곳에 산소를 정하게 되었다. 나중에 보니 그곳이 명당이었다.

그런 말은 어떻게 듣느냐 허믄, 자기 동생은 풍수지리로 해서 돈을 불어. 그런디 자기는, 자기 남편은 통 ○○어도 못 허니께 한 놈이 짰어. 짠게 뭐냐면 두렁 두렁 푸념을 혀.

"누가 그건 못 혀."

내가, 나침반이라고 않고 옛날이는 쇠라고 많이 혔어, 쇠. 나침반 보고서.

"쇠가 읎어서 그렇지, 쇠만 있어봐 혈만 혀. 그러면 그거 못 혀? 내가 안 헐래니께 그러지 동생만 못 헐 줄 알어?"

아이 큰소리를 잘 친겨. 그러니께 아 시동생한티 가서 사정하는 겨.

"아이 형님이 그료 이것 좀 여러 가지 헐랭게 빌려 주쇼."

그려. 자기 시동생한티 가 빌려 갖고 이저,

"아이 여깄슈." 허니께,

"그럭허라"고.

그 놈을 이저 집어 늫고서 방향 읎이로 대니니께. 크고 그란디, 옛날이는 기와집이라고 허믄 최고 부잣집인께. 사람이 왔다 가더니 그루 슬슬 갔어.

가 뵈니께 전부 그 집이서 못자리 구허니라고 지관들이 뫘는디 자기도 그렇다고 허니께 방이다 났는디 아뭇소리 않거든. 다른 사람들은 노마부텀 났다. 어디가 뭐 있고 어디가 뭐 있고 큰 묵 ○○는디 이 사람은 암 소리도, 헐라니 뭐 알으야 허지.

주인사 볼 적이 진짜 만났어. 이 사람이 즘잖고 입두 무구주허니 '저

사람이 진짜 지관이구나' 허구나 다른 사람들은 다 보냈어. 그러고서는 얘기를 허는디,

"내사라 맘이 들 때 해야 합니다."

그려 요령이 있던 모양여.

"글씨도 마음이 쓰고 싶을 때 글씨가 되는 게고, 큰 봉우리도 덮어 놓고 아무 때나 눈에 띠는 기 아니라"고 말여.

"기분이 날 때가 있으야, 내가 날짜 중이서 얘기 허리오리다."

그래 여기서 워티게 그짓말을 할까 허구서, 메칠 은어 먹어가며, 잘 먹어가며 연구를 헌 겨.

그러고서는 옛날이 전부 짚신인게,

"미투리 좀 하나 가져오라"고.

미투리가 천으로 삼은 게 최고급이거든 옛날이.

참 상감들이나 가죽신 신었지, 보통 미투리믄 그만이여. 미투리 하나 신고선 산이를 이렇게 올라가다가 자릴 보방께 도망갈 구멍 찾은 겨.

막 뛰어서 도망갈라고.

냅다 뛰어서 돌망갈라니께 위치께 뒤지게 빠르게 도망가든지, 냅다 넘저졌단 말여. 그런께 칡 걸려서 넘어졌어, 칡 걸려서. 넝쿨. 그렁께,

"칡 걸릉, 칡 걸릉." 허니께,

"아이구 여기요, 여기요?"

허니까 이왕 긍 거 어뜩헐꼬. 요렇게 요렇게 해서 여기다 허라고 혀서인저. 묘를 쓰고서 참 두두룸허게 받아 왔다 이겨, 부자집이라.

그려 이저 동생이 하도 궁금혀서 거길 가보니께 제일 잘 됐더란 말입니다.

[웃음]

우연히 맞은 엉터리 점

자료코드 : 08_14_FOT_20110424_HID_LHS_0014
조사장소 : 충청남도 태안군 안면읍 승언리1구 동아하이츠 빌라
조사일시 : 2011.4.24
조 사 자 : 황인덕, 김기옥, 백민정, 김미정
제 보 자 : 이휘생, 남, 83세
구연상황 : 엉터리 점이 우연히 맞은 이야기는 없느냐고 물으니, 아래의 내용을 구연하
　　　　　 였다.
줄 거 리 : 건너편의 사공을 불러 배를 타고 다니던 시절, 두 사람이 동행하게 되었다.
　　　　　 사공이 보이지 않자, 점을 치기로 하였다. 점괘를 풀이하기를 점심 먹고 난
　　　　　 이후에 사공이 나타날 것이라고 했더니 과연 그렇게 되었다. 그냥 우연히 한
　　　　　 소리가 맞아 떨어진 것이다.

　안면도하고 부석하고 다리 놓기 전에, 나루로 건너야 돼서 저짝이 나
루고 이짝에서 불르야여. '아, 저기 손님 있구나.' 알지.

　그런디 둘이 동행이 됐는디, 저 나룻배가 없어.

　"점이나 한 번 쳐 보야 겄네." 그런게

　"야, 점이나 쳐봐, 점. 칠 줄 알걸랑."

　반시 안 됐나 몰르지. 돼지 띠 나왔네. 묶은 놈, 결조 괘세. 결조가 맺
을 결 자 돼지 조 자.

　"점슨 먹고 나믄 오겠네야."

　"왜?"

　"돼야지, 묶어 놓은 돼야지 점슨 먹고 나믄 집 질라믄 끌러 놀 테지."

　그래 시간이 즘슨 먹고 나니께 그게 온겨.

　그게 무슨 덮어 놓고 헌 소리지, 알고서 헌 소리 절대 아녀.

　그런께,

　"야, 용케 맞추네이."

　그게 내가 무슨 특별히 뭣 헌 게 아니다 이겨. 솔직히 말혀서. 그 사람

은 알 수 없지. 인제

"야, 점 잘 치네야. 용케 맞추네이."

그렇게 그래 엉터리 점이란 게 그래서 그렇지 벼랑게 아녀. 내가 잘못한 겨 그건.

그렇께 인저 꾸며대 가지고서 그짓말헌 게 돼버리니까 용케 가서 맞으니께,

"자네 참 점괘 잘 친다."고 말여. [웃음]

그래 엉터리 점이란 게 그렇게 혀서 누가 될 테지. 무슨 특별한 거 못혀. 그건 내가 엉터리 점 친겨, 그건. [웃음]

곶감 100개 먹기 연습하고 온 사람

자료코드 : 08_14_FOT_20110424_HID_LHS_0015
조사장소 : 충청남도 태안군 안면읍 승언리1구 동아하이츠 빌라
조사일시 : 2011.4.24
조 사 자 : 황인덕, 김기옥, 백민정, 김미정
제 보 자 : 이휘생, 남, 83세
구연상황 : 특별한 재주가 있거나 외모가 특이한 사람에 대한 이야기는 없느냐고 물으니 아래의 내용을 구연하였다.
줄 거 리 : 곶감 한 접 먹기 내기를 하였다. 한 사람이 한참 동안 자리를 비우더니 다시 돌아 와서는 자신이 할 수 있다고 하였다. 곶감 60개를 먹더니 못 먹겠다고 하였다. 그러더니 하는 말이 집에 가서 100개를 먹을 수 있는지 연습해 보고 왔다는 것이었다. 그만큼 우둔한 사람이었다.

근디 곶감, 한 접이라믄 백 개거든.

그것을 먹느냐 안 먹느냐 논의가 나왔는디, 어떤 좀 부족헌 사람이 그 노만큼 가더랴. 한참 있다 오더니

"나 그거 먹겄네."

증말 먹을 건가 술 한 병, 저 한 말, 소두 한 말 내긴디. 먹겄네 해서 주니껜 오무작 오무작 먹더니 육십 개를 먹드니,

"아이고 더 못 먹겄네. 집이 가서 한 접 먹어 봤는디."

[웃음]

집이 가서 시험을 해 봤어. 먹었으믄은, 그 이튿날 했이믄 능히 이기는 디 집이 가서 먹고 그기만큼을 또 먹을 수가 있나.

그렇기 두 눔은 그런 사람이 있고, 그런디 그 사람 말이 먹는 식을 얘기허더라고.

"한 접을 먹을 수가 있다."

"오치게 먹느냐."

"전부 씨를 빼댜. 씨를 빼가지고 절구에다 찌랴. 한데 뭉쳐 가지고서 뭉뚝뭉뚝 베서 먹으믄 대니 먹고, 입으로 씨 발라 가면 세상없어도 못 먹는댜. 달쳐갛고서."

보리밥을 먹어도 글은 좋은 사람

자료코드 : 08_14_FOT_20110424_HID_LHS_0016
조사장소 : 충청남도 태안군 안면읍 승언리1구 동아하이츠 빌라
조사일시 : 2011.4.24
조 사 자 : 황인덕, 김기옥, 백민정, 김미정
제 보 자 : 이휘생, 남, 83세
구연상황 : 앞의 이야기와 같은 상황에서 이어서 구연하였다.
줄 거 리 : 어떤 사람이 서당에 다니는데 다른 사람은 쌀밥이나 좋은 먹을 것을 가져오
        는데 자신은 보리밥만 들고 다녔다. 창피해서 구석에서 먹곤 하였는데, 공부
        를 하려고 하면 방귀만 나오는 것이었다. 서당에서 글을 짓는데 방귀와 관련
        하여 글을 지어 장원을 하게 되었다. 옛날에도 흰 쌀밥에 대한 글은 없어도
        보리밥에 대한 글은 전해 내려온다.

이런 말이 있어.

서당이를 다니는디, 넘은 인저 쌀로 하루 밥도 갖고 오고 했는디 자기 는 꽁보리 밥여.

그래 그게 챙피허니께 구탱이서 그놈을 먹고 나서 인저 서당이 댕기는 디, 저녁 때 갈라믄 글을 짓는디 글 생각만 허믄 방구만 풍풍 나오네.

그러니께 '맥반일기모두식' 허니, 보리밥 한 그릇을 머리를 무릅쓰고 먹었으니 '방비는 탕탕석양풍'이라, 석양풍에 방구만 탕탕 나온다. 그려 장원했다고잖여.

그려서 먹기는 글러도 글이 좋다. 쌀밥이라고, 미반이 백반이기로서니 보리밥이 먹기는 글러도, 응 맥반, 글이 좋다.

그리고 또 주자가 자기 딸네 갔는디, 보리밥을 혀 주고 파국을 끓여 주 면서 참 걱정을 허니께, 주자가 허는 말이, '맥반총탕양상의 총양단전맥요 기'라 '막도차중이 자미박' 하라. '전촌유유에 미취시'라. 보리밥허고 파국 허고 둘 다 다 좋다. 응 총양단전 맥요기라. 파는 단전을 길르고 보리는 요기가 된다.

이 가운데 재미없다고 말허지 말어라. 앞마을의 굴뚝은 연기 안 날 때 가 있는니라. 굶어서 그런게 보리밥이라고 약으지 말어라 헌게.

그런디도 보믄 맥반여. 쌀밥이라는 소리가 없어. 글이.

사돈에게 보낸 답장

자료코드 : 08_14_FOT_20110424_HID_LHS_0017
조사장소 : 충청남도 태안군 안면읍 승언리1구 동아하이츠 빌라
조사일시 : 2011.4.24
조 사 자 : 황인덕, 김기옥, 백민정, 김미정
제 보 자 : 이휘생, 남, 83세

구연상황 : 앞의 이야기와 같은 상황에서 이어서 구연하였다.

줄 거 리 : 사돈에게서 편지가 왔다. 그런데 한문으로 되어 있어서 읽을 수가 없었다. 그래서 답장을 보내기를 붉은 줄과 파란 줄을 그려 보냈다. 사돈이 보낸 편지를 읽을 수가 없어서 얼굴이 붉으락푸르락 했다는 의미이다.

사둔한티 편지가 왔는디, 한문이루 막 써 가지고서 읽을 수가 없어.

그렇게 답장을 했는디 오티게 했느냐믄, 붉은 줄 하나 푸른 줄 하나를 써서 보냈유. 그려 보냈어.

이기 뭐냐. 사둔이 보낸 편지를 내가 뭇 읽어서 얼굴이 붉었다 푸렀다 한다고 그렇게 보냈다는 겨.

[웃음]

말무덤재

자료코드 : 08_14_FOT_20110424_HID_LHS_0018

조사장소 : 충청남도 태안군 안면읍 승언리1구 동아하이츠 빌라

조사일시 : 2011.4.24

조 사 자 : 황인덕, 김기옥, 백민정, 김미정

제 보 자 : 이휘생, 남, 83세

구연상황 : 화자가 알고 있는 이야기를 상기시키기 위해 다양한 화소의 이야기를 언급해 보았다. 그러다가 느닷없이 말무덤재 이야기가 나왔다. 앞의 이야기와 같은 상황에서 이어서 구연하였다.

줄 거 리 : 말무덤재라는 곳이 있다. 전쟁터에 나간 주인이 목이 잘려서 죽자, 말이 주인의 목을 물고 집으로 돌아왔다. 세월이 흘러 말이 수명을 다하고 죽게 되자, 부인은 죽은 남편의 무덤 옆에 말을 묻어 주었다. 그래서 그곳을 말무덤재라고 한다.

말 무덤재.

(조사자 : 에, 말무덤재.)

말을 묻었다는 겨. 재는 거시기여, 능선을 얘기허는 것 아녀. 재라는 것은.

그게 왜 그러냐 하믄 전쟁을 허다가 주인이 죽었어. 목 잘려 죽으니께 말이 주인의 머리를 물고 왔다는 겨.

　그렁게 그 말은, 그게 그렇잖었이믄 머리를 못 찾을 거 아녀. 그래 그 말을, 그냥 주인은 죽었어도 멕이다가 늙어서 죽으니께 자기 남편 머리 묻은 옆이다가 묻어 줬다 이거여. 지명이 말무덤재라고.

　그것두 보든 못 했지만 전부 그렇게 알고 말무덤재라고.

　아 그거 말무덤재 아무개네 말여, 이렇게 얘기허거든.

안면도 여우 보고 놀라 죽은 사람

자료코드 : 08_14_MPN_20110424_HID_PBT_0001
조사장소 : 충청남도 태안군 안면읍 승언리 장터로 210-4
조사일시 : 2011.4.24
조 사 자 : 황인덕, 김기옥, 백민정, 김미정
제 보 자 : 박병태, 남, 89세
구연상황 : 여우에 대한 이야기는 없느냐고 조사자가 물으니 아래의 내용을 구연하였다.
줄 거 리 : 어떤 사람이 고모 집에 갔다가 늦은 시간에 딱공골망이라는 곳을 지나게 되
었다. 허연 것이 나타나 그 사람 주위를 빙빙 돌며 따라다니는 바람에 혼이
났다. 어린 나이에 너무 놀라서인지 몇 년 뒤에 그 사람은 죽었다. 안면도에
여우가 있었다.

안면도서도 여우가, 여우가 있었던 모냥이요.

(청중 : 여우는 있었어요, 많이 있어요.)

나하구 동갑 먹은 앤디, 걔가 이 동네, 저 너머 동네에 살았어. 시장 동
네. 시장 동네서, 나하구 바로 이, 맞은바라기. 이르케 살았는데.

걔 고모네 집이 이제 저,

(청중 : 이름이 누군데요?)

정명수. 몰르셔. 정명팔이.

(청중 : 명팔이 형이요?)

명팔이 형, 형. 장형.

그 사람이 그 즈이 고모네 집으루 심부름 갔다가 저녁, 저녁 때 어실어
실헐 때 갔다가 거기서 인저, 고모네 집이서 밥까지 은어먹구 오다가.

그 간 곳은 워디냐 하믄, 지금 위치로 말하믄 중고등학교 있는 동네여.
딴뚝. 그때 그 이름이 딴뚝이여. 지금은 거기 보고 반포라고 허두먼서두.

그 딴뚝 거기, 고모네 집 저녁 먹고 어실어실헐 때 첨, 즈이 이제 저의 집으로 넘어오다가. 거가 그 집이 없슈, 거기가.

지금, 지금 거기다, 거기다 뭘 지은고 허니, 에 거기 교회가 있대. 교회 안식일 교회가 거기 있고. 그리구 저, 이 저, 독립, 저 유공자 거기 저 거 보구 뭐라거지?

이종원 선생님도 모신, 비석 모신 디. 바로 거께어, 거그께.

거께가 그 전이는 집이 한 채도 없구. 아주 험악해요, 거기가.

(청중 : 거기 딱공골망 이라는.)

딱공골망이여, 말하자믄. 딱공골망.

거껠로 오는디, 허연헌 것이 양, 식컵허드라는 겨. 잉.

그러면서 그 아이를 그냥 빙빙 돌드라는 겨, 이렇게 막.

아 소리 질러도 안 되고, 그 막 이냥 그냥 뛰었다는 거래요, 그래두 그냥. 그믄 또 그냥 쫓아오구.

이렇게 당했다는 그 얘길 허구 걔가 메칠 앓었어. 거 놀라 가지구, 어린 것이.

(청중 : 앓아서 죽진 았앴어요?)

그래, 그래 가지고 얼마, 몇 해 후에 죽었어, 일찍 죽었어.

네. 일찍 죽었어. 거기서 혼 빠져서 죽었는지 몰러두, 하야간 일찍 죽었어, 그 사람이.

그 사람, 그 사람 하나가 여우한테 홀려 가지구 곤역을 치렀다, 허는 얘기는 아주 실감나게 내가 알어, 그건.

즈이, 즈어머니 울어 쌌구 그냥, 즈 아버지 둘이 붙잡구 울구, 헌 걸 내가, 우리 지근하니까.

(청중 : 여우가 싸고 돌아었요?)

내 그건 봤으유. 여우가 있어, 안면도에.

강원도에 물 갈아 먹으러 간 할아버지

자료코드 : 08_14_MPN_20110424_HID_PBT_0002

조사장소 : 충청남도 태안군 안면읍 승언리 장터로 210-4

조사일시 : 2011.4.24

조 사 자 : 황인덕, 김기옥, 백민정, 김미정

제 보 자 : 박병태, 남, 89세

구연상황 : 병이 들어 다른 지방으로 물 갈아 먹으러 간 사람의 이야기는 없느냐고 물으니 아래의 내용을 구연하였다.

줄 거 리 : 물 갈아 먹으면 병이 낫는다는 소리를 듣고 형제가 강원도로 살림을 옮겼다. 강원도 정선에서 다행히 병이 낫자 동생은 고향으로 다시 돌아왔고, 형은 계속 그곳에서 살았다. 마침 작년에 그 할아버지 손자가 찾아와서 안부를 전하는 일이 있었다.

여러 유형이죠, 여러 유형이여.

바로 우리 집안에도 그런 으른이 있었으니께.

내가 그 실담인디. 내가 참, 할아버지뻘, 조항, 조항되시는 어른 형제분이, 형제분이 옛날에 그 몸이 좋지 않아서, 지끔으루 말하믄 그 폐병이여.

음, 그런 병에 걸려 걸려 가지고, 난중에 인저 그 분한테,

"야 자네, 그 병 고칠라믄 강원도로 가서, 강원도로 가서 물 갈아 물 갈아 먹소."

"물 갈아 먹어. 그거, 그것밖에는 도리, 방법 없느니."

이 그 말을 그냥 고지식허게 듣구서는 그 첨, 할아버지 두 분이 형제분이, 참 강원도까지 그냥 그냥 걸어서 걸어서 가는 겨, 옛날에.

지금으로부터니께 한, 백년이 넘은 얘기여, 이게. 백, 백 한 이십, 이삼십 년된 얘긴디.

강원도 정선까지 갔어, 정선. 정선아리랑 허는 디.

거그까지 가서서 거기서 두 형제분이 참, 물 갈아 먹고 나섰는지, 참 의지루 나섰는지, 병이 참 다행히 나섰어, 우연히.

그러니께 형제분이,

"야, 형님, 인저 그만 내려가시죠, 고향으로 갑시다."

인께 형님이 글쎄,

"야, 여기두 살아 보니께 사람 살기 좋으네."

"에, 아이구, 가요. 가서 고향에 우리 사촌, 육촌덜 다 모두 일가, 일가 어른들이 다 걱정허시지 않느냐."구.

가자구 그래두는,

"야, 야, 그렇게도 가고 싶으냐, 그러걸랑 동생 먼저 내려가. 나 뒷날 감세."

그 동생만 내려왔어 인저.

내려오고 싶어서 그 으른은 그냥, 강원도 그냥 정선서 묻혀 살았어. 병다 낫구. 그건 참 실화야, 아주.

그랬는디 작년 끄럭께 그 할아버지의 손주 되는 사람이 어트게 또 이름은 그래두 승(成)자는 그 할아버지나 자 다, 잘 지시를 내렸던지, 우리 덜허고 맞춰서 항렬을 이렇게 다 해 맞춰 가지고 이름 졌드라고.

그 사람이 여기를 찾아왔어. 응. 찾아와서, 그 할아버지 존함을 대면서, 그 족보를 떠들어 보니께, 그 할아버지가 거기 기명된 글자허구 딱 맞어.

야, 그러니 나보고 형님뻘이지 내가 인저. 이럭해서 인저,

"저희는 그냥 거기서, 묻혀 살고 있습니다. 할아버지도 다 돌아가시구, 아버지가 이렇게 여기 내려오신다구 해두는 별루면서도 별르구 별러두 그냥, 그냥 못 내려오구, 지가 이렇게 왔습니다." 이거여.

우리 참, 이런 참, 희구헌. [웃음]

강원도로 물 갈아 먹으러 간 할아버지 사정이 있었다는 거.

그거 아주 실화여. 응, 그런 일이 있었슈.

다른 디서는 안면도루 물 갈아 먹으러 오그든? 안면도에 가서 너 굴 까 먹구 바다 바지락 잡아서 거기서 끓여 먹구. 이러구 안면도에 가 너 병고

쳐 오라는디.

이 할아버지덜은 반대로 강원도 정선으루 가야 네 병 낫는다, 폐병.

그래 올라갔던 할아버지들이요. 형제분.

상어에게 물려 죽은 여자

자료코드 : 08_14_MPN_20110417_HID_YDG_0001
조사장소 : 충청남도 태안군 안면읍 창기리 6구 국사봉길 208번지
조사일시 : 2011.4.17
조 사 자 : 황인덕, 김기옥, 백민정, 김미정
제 보 자 : 양덕근, 남, 83세
구연상황 : 관상에 대한 이야기를 잠시 하고 아래의 내용을 구연하였다.
줄 거 리 : 송복수라는 사람이 해녀들을 데리고 바다에 가서 해삼 등을 잡아 오는 일을 하였다. 하루는 엄청나게 큰 상어가 갑자기 접근해 오는 바람에 한 해녀가 물려 죽고 말았다. 여자의 창자만 건질 수가 있어서 결국은 창자만 놓고 장사 지냈다. 상어는 잔인한 동물이다.

송복수라고, 그 제주 여자들을 데리고서 바다에서 해삼을 잡고, 또 그 뭐여 소라 이런 등등으로 해서 해녀들 있쥬, 제주도 여자들.

그 바다에 가서 허는데, [할머니의 주사를 뽑기 위해 방으로 들어가며] 쪼금만 있슈, 거의 다 했어요.

주사를 지금 하시나.

(조사자 : 복수예요?)

복복 자, 지킬 수자.

(조사자 : 선주가요?)

선주가, 그 분이 사람을 몇이? 닛인가 다섯인가 데려왔다 그러대. 인명이 닛인가 다섯인가 되지.

게 요이 거 혀서 멀리 떨어져서 가서 해녀들 잠수 들어가서 인제 해삼

잡고 허는디, 갑자기 상어가 엄청난 상어가 추격을 허드래요.

거리에서 오랜 먼 디드만. 그래 빨리 오르라고, 다 인제 막 소리 지르고 막 인제 허는디, 상어가 막 접근을 허드래요.

그런디 그 상어라는 게, 그 선주 그러는디, 여자 그 견, 맨스헐 적이 그 피 때민에 온다고 허드라고요. 그런디 그걸 냄새를 멀리서 맡는대요.

그려서 왔는디, 거리가 한 오 메타쯤 되믄 이 배를 올르게 됐는디, 벌써 이 여자가 물렸에유. 게 했는디, 막 먹었는디 창자만 뱉었어요. 창자 가지고 장사지냈슈.

그거 이 사람 수습하느라고 그때 돈 육 억 웂셨다고. 육 억. 아주 쫄닥 망했다고 그류. 막 검찰청 가야지, 경찰서 가야지. 아주 큰 공정을 했다고.

돈 없이고 사람, 그 창자 가지고 장사 지내니, 지금 그 분 살아 가지고 요새 치매 걸려서 말 잘 못해요. 거 우리 회원인데 이건 실화요 아주.

(조사자 : 그럼 이게 언제 적 얘기죠?)

그 연도가 오래 됐는디. 그게,[잠시 생각하다] 몇십 년 됐을 거에요. 한 이십 년 넘었을 거여요. 지금 반 세기가 지났지? 이십 년 넘어, 한 삼십 년 됐겠네.

그래 가지고서 그게 아주 화젯거리였지 여기서는.

그 상어가 그렇게 잔인허던가 봐요. 엄청나게 잔인헌 모양요.

유골을 팔아먹고 죽은 남자

자료코드 : 08_14_MPN_20110417_HID_YDG_0002
조사장소 : 충청남도 태안군 안면읍 창기리 6구 국사봉길 208번지
조사일시 : 2011.4.17
조 사 자 : 황인덕, 김기옥, 백민정, 김미정
제 보 자 : 양덕근, 남, 83세

구연상황 : 앞의 이야기와 같은 상황에서 이어서 구연하였다.
줄 거 리 : 해수욕장에 한 여자가 피서를 왔다가 물에 빠져 죽었다. 동네 사람들이 나서
서 시체를 건져 장사 지내 주었다. 이후 사람의 유골을 구하는 사람이 나타나
자 마을의 한 남자가 그 여자의 유골을 파서 팔아먹었다. 어느 날 일하러 간
그 남자가 돌아오지 않는 것이었다. 오래 전 그 여자의 시체를 건진 장소에서
그 남자가 죽어 있었다. 예사로운 일이 아니다.

근디 워떤 해수욕장 피서객이, 요 위 유나 씨네 집이서 안방이서 있었
는디 우리 집으로 왔어요.

방이 좀 그 집이 비어져 가지고 방 좀 달라고. 방이 좀 찼다고.

그냥 그랬는디 술을 많이 먹고, 여자가 커. 처년가 몰르라고. 수영하다
그냥 죽어 버렸어요. 그냥 익사해 버렸어요. 근디 이제 익사했는디 뭐 도
리 있나요.

그 나가 그 때 새마을 지도자 볼 적이요 내가. 이장이 이현주라는 사람
인디, 이장이,

"형님, 사람이 죽었는디 안 갈 수 없잖요, 가 봅시다."

그래 가 가지고서, 방위들 저렇게 추위혀 가지고서 신체 살릴라고, 신
체가 안 뵈는 거여요. 저 깊이서 죽어서.

그러더니 한참 왔다 갔다 허는디, 너풀 너풀허니 이렇게 머리끄댕이가
뵈더라고요.

용배라는 애가,

"회장님 회장님, 저기 신체 있는 것 같애요."

그런디 이장이,

"형님 들어갑시다." 그려.

나 둘이 들어가다 보니까 신체 올르더라고. 그 눔을 잡어 가지고 하난
다리 붙잡고 끄집어 가지고 왔는디.

그 용배라는 애가 혹시 살려 볼라고 코에다가 막 빨더라고요. 그런디

막 개 용감혀 하여간.

신체에다 약간 못 하거든요. 밥풀 뭐 나오는디 그냥 안 되더라고요.

박원심이라고 의사 있는디, 의사이기다가 연락을 했죠. 한 두 시간 후에, 거리가 멀으니까. 그 때 버스가 있슈, 차가 있슈. 자전거 타고서 이렇게 왔는디.

여자는 그 얘기를 들었어 원. 물에서 죽은 것이 여자는, 자궁을 보면은 아물어 지믄 살고, 살릴 수 있고, 남자는 동정 보믄 안대요. 동정이, 이 그 까만 것이 뵐 정도믄 살릴 자신이 있다고 그러더라고.

그 때만 해도 의학이 암측혀도 발달이 안 됐는디, 결국은 보고서 딱 보더니 안 되겠다고. 그래 여기서 장사 지냈는디.

그 여자를 한 칠팔 년 된 후에, 임자가 읎죠.

어떤 사람이 그게 사람의 뼈를 먹으면 무슨 희귀한 병이 낫는다 혀 가지고 그걸 누가 부탁을 헌 모양이요. 여기 얽민 사람이 있슈. 궁허고. 그 눔 갖다 팔아먹었슈.

동네사람 전부 가서 다 묻어 줬는디, 심지어는 막걸리 받어다 제사까지 지내 줬네요 제가.

그런디 그 사람이 쪼끄만 배를 가지고서 바다에서 그 뭐야 꽂게잡이를 허는디, 배를 그 위다 놓고 뒤이다가 이렇게 놓고서 뒷 걸머져 가지고서 혼저 지고 다니는 쪼그만헌 함석배가 있쇼.

그 눔을 갖다 놓고 꽂게 잡고 뭘 허는디. 저녁 때 잠 그물을 보러 갈라고 바다에 나갔는디 안 들어오는 거요. 밤이.

그려 식구가 난리났쥬. 그 쫓어 나가 보니께 물가에 죽었슈. 바로 그 여자의 그 신체 있던 디서 그렸슈. 그게 예삿일이 아니다. 논의, 저기 그 짓말 같은 이야긴데 이상한 일이 아니다.

그래 그 신체를 팔고 하는 게 아니거든. 그런디 또 딴사람들도 그럴 사람 모르니께.

"그려, 그려." 그료.

이렇게 말로 주고받고 허는 얘기가 많이 있었슈, 우리 동네에서.

얘, 그 사람 그러기 죽었어요.

(조사자 : 예. 몇십 년된 이야기인가요?)

지끔 한 근 오래 됐슈, 이십 년쯤 넘었을 거여요.

내 그 사람 키왈 크고 꽹맥이 잘 치고 그러는디, 아주 멀쩡한 사람이 가서 바다에서 죽었슈.

이 희귀한 일이다 이거여.

1년 만에 찾은 시신

자료코드 : 08_14_MPN_20110417_HID_YDG_0003
조사장소 : 충청남도 태안군 안면읍 창기리 6구 국사봉길 208번지
조사일시 : 2011.4.17
조 사 자 : 황인덕, 김기옥, 백민정, 김미정
제 보 자 : 양덕근, 남, 83세
구연상황 : 앞의 이야기에 이어 갑자기 생각이 난 듯 연이어 구연하였다.
줄 거 리 : 배를 타고 일하러 간 두 사람이 물에 빠져 죽었다. 한 사람의 시신은 건졌으나 다른 한 사람의 시신을 1년이 지나도 찾을 수가 없었다. 1년 뒤 시신 한 구가 발견되었다는 소리를 듣고 가보니 나머지 한 사람의 시신이었다. 뼈만 남아 있었으나, 부인이 지어 준 조끼를 입고 있어서 시신을 확인할 수 있었다. 좋은 자리에 산소를 잡아 주었다.

그런디 여기, 그런 일이 또 하나 있네.

우리 동네 남영관이라고 여기 남당리, 여 건너 배 타고 건너가서, 그 때는 조각배지. 배 타고서 그물일 해 주고서 보리쌀 몇 말 붓기 위해서 거기 가서 일을 하다가 돈을 조금 아마 보리쌀 몇 말 값 붙었을 거예요.

조각배 타고 오다가 바람이 쐐- 불 때 다 엎어져 죽었어요. 둘이 다.

그런디 하나는 찾고, 하나는 못 찾았어서 일 년간 방치했는디. 강동들이 이장네 어머 아버진디. 우리 집이 한 번 왔드라고요.

"아버지, 양 회장님, 우리 아버지가 너무 불쌍하게 죽었는디 좀 얘기 좀 듣고서 우리 아버지 치산 좀 한번, 산 좀 봐 주쇼."

그러걸래,

"야 이거 대니고 싶지 않은디."

"저 하나만 봐 주슈. 양 선생님 안 다니는 것도 제가 안답니다." 그려.

또 인정이 그러혀서, 또 그거 할 수 없이 가겠다고 약속을 허니께 뭐라고 허는고 허니, 일 년간 못 찾는데 신체가 여기 에이 지구 거기가 신체 하나 밀렸다고 소문이 그쪽에서 왔드래요.

그러니께 이 집도 자기 아버지 못 찾는다는 거 아는 사람들이 연락을 했겠쥬. 그리 가 보니께 앙상한 뼉다귀만 남았는데 그 조끼, 그 부인이랑 아들이랑 같이 조끼를 노닥노닥 진 나이롱 그, 자기가 진 조끼드래요.

"이게 느이 아버지 맞다. 조끼가 내가 진 조끼다. 빨리 신체를 모시자."

그려 돈이 없어서 거기다 그냥 쾅해 가지고 묻었대요.

그래 그 묘를 제가 먹고 살만 허니께 산이다 모실라고 산 좀 봐달라고. 그래서 몇 간디 이렇게 좌우 봐서,

"여기 하나 붙일 만허니께 여기다 한 번 써 보게."

여기 가서 보고서 모시는디 치산을 잘 해 놨어요.

그런디 그 묘를 쓰고서 그렇게 잘된대요. 그래 나를 보통 부모같이 여겨주.

고목 건드리고 당한 횡액

자료코드 : 08_14_MPN_20110417_HID_YDG_0004

조사장소 : 충청남도 태안군 안면읍 창기리 6구 국사봉길 208번지
조사일시 : 2011.4.17
조 사 자 : 황인덕, 김기옥, 백민정, 김미정
제 보 자 : 양덕근, 남, 83세
구연상황 : 꿈을 꾸고 해몽을 잘해 보면 맞는 것이 있다는 이야기를 한 뒤 아래의 내용을 구연하였다.
줄 거 리 : 집 옆의 몇 백 년 된 으름나무를 베어 버린 일이 있다. 그날 자신의 손목이 부러지는 좋지 않은 꿈을 꾸었다. 그리고 얼마 있다가 아들의 장에 문제가 생겨 수술을 하는 일이 생겼다. 나무를 함부로 베어 버려서 생긴 일이다.

그건 제가 진실로 봤네요.

집에 그 뒤에 오래된 몇 백 년 된 나무 있잖여요?

그거 함부로 비면 좋질 않아요. 그건 아주 내가.

제가 한번 여기 옆이 으름나무라고, 그렇게 말하자믄 그것더러 으름이라고 있어요. 열매 여서 여는 거. 저기 저 뭐지, 제주에서 사는 게 뭐여, 바나나, 바나나처럼 요만씩 허게 여는 게 있어요.

그 아마, 그 오래 보존헌 건디 그걸 내가 짤라 버렸어요. 짤르고 꿈을 꾸니까 좋질 않더라고요. 꿈을 꾸니까 내 손목이 부러지더라고요. 삐어져 버리더라고. 꿈을 꾸니까.

하 기분이 나뻐 가지고 그러고 깨보니까 흉몽대길이니까 괜찮겠지 했더니, 우리 집 애가 시립대핵교를 대니는 땐디, 단박이 장이 이상이 있어 가지고 수술을 해 버렸어.

(조사자 : 아하.)

대핵교 대니다가 사단본부, 저 뭐여, 박정희 있던 거기가 어디여? 참 저 저 전두환이 있던 디가 어디여. 거기 사단본부 인사과가 있었거든. 우리 집 애가. 거기서 수술을 허는디 내가 쫒어가 보니까 그 장교가 걱정허시지 말라고.

그 나무의 요독으로서 그런 현상이 뵈지 않았나. 꿈자리랑 비슷혀 져서

함부로 하지 않는 걸로, 그런 걸로 내가.

절대로 나무 같은 거 오래되는 거 함부로 허는 거 아니드라고.

꿩을 위해서 잘산 부부

자료코드 : 08_14_MPN_20110417_HID_YDG_0005
조사장소 : 충청남도 태안군 안면읍 창기리 6구 국사봉길 208번지
조사일시 : 2011.4.17
조 사 자 : 황인덕, 김기옥, 백민정, 김미정
제 보 자 : 양덕근, 남, 83세
구연상황 : 집안의 업에 대한 이야기는 없느냐고 물으니 아래의 내용을 구연하였다.
줄 거 리 : 안정원이라는 사람이 있었다. 매일 저녁이 되면 꿩 두 마리가 그 집 앞에 와
서 사는 것이었다. 그 집의 주인도 잘 대해 주었다. 그 집도 잘 살았다.

그 집이 그걸 다치믄 안 된다는디, 내가 이건 봤네.

부여서 사는데, 내가 저 웃집에 사는데. 그 집이 안정원 씨인데 꿩이
두 마리인데 암놈 수놈이에요.

그 망걸이가 있어요. 지붕을 해 일고서 기와집이 아니고 함석집이 아니
고 그 안방 고 망걸이가 저녁이믄 꼭 와요.

그래 내가 하도 그렇다고 혀서 구경을 가 봤더니 두 마리가 이렇게 자
더라고요. 그 집 안방 문 앞이 바로.

그 집이 잘 살았어요. 아주 그걸 말이죠, 손저같이 위해더라고요. 아주
지혜 있는 양반들이죠. 여칸 사람은 잡아먹쥬 그게.

그런디 자는 건 내가 봤에요. 날마두 그랬어, 날마두.

은산면 혜옥리 저수지여 거기. 안승호 씨 댁인디.

그것을 그 내가 봤어요.

그런디 그것을, 에 잡으면 안 된다 이거요.

게 잡으러 갔다가 도깨비에 홀린 아내

자료코드 : 08_14_MPN_20110424_HID_LHS_0001
조사장소 : 충청남도 태안군 안면읍 승언리1구 동아하이츠 빌라
조사일시 : 2011.4.24
조 사 자 : 황인덕, 김기옥, 백민정, 김미정
제 보 자 : 이휘생, 남, 83세
구연상황 : 발복에 대한 이야기가 이어지자 조사자가 도깨비 전설을 물으니 아래의 내용
         을 구연하였다.
줄 거 리 : 안면도에 살던 아내가 하루는 밤에 게를 잡으러 갔다. 여러 사람들과 같이 게
         를 많이 잡았다. 그런데 이상한 불빛이 비치는 것을 보고는 겁이 났으나 참고
         게를 잡았다. 나와서 보니 게가 한 마리도 없었다.

안식구가 친정이 안면도요.

안면돈디 이제, 아까 그것도 있지믄 처가 관련도 있지 내가 이리 온
것은.

그래 들어 보니께 도깨비불을 봤다는 거여.

"그래 우치게 봤느냐?"

허니께, 이게 바다믄은 여기가 나올 디여, 여기가.

여기로 가서 게를 밤이 잡었는디, 아 ○○를 줏어 담었다는 겨. 여럿이
갔는디. 이저, 가자 가자 허는디 엉뚱헌디 불이 이렇게 비추는디, 꼭 예루
빛 봤다는 겨.

여기루 위치가 여기 같어서 선두 입구에 섰는디, 엉뚱헌 디로 꼭 불이
이렇게 찔찔찔찔 흐르는 불이 있었고. 그래 가면히 앉어서 겁이 버쩍 나
는디 같이 있는 사람들, 자기가 겁을 내면 큰일 나더라는 겨. 무서워서 ○
○ 괜찮구먼.

억지로 참고서 그렇혀 가지고서 이로 나오더라니께.

오치게된 게 게는 많이 더 잡었는디 하나도 없더라는 겨. [웃음] 자기
가 그런 일이 있었다는 거지.

죽 죽건 믿으야지. 자기가 뭐 그런 그짓말을 뭐더러 할겨. 안식구헌티 내가 들은 얘기여.

목신이 벌을 준 여자

자료코드 : 08_14_MPN_20110424_HID_LHS_0002
조사장소 : 충청남도 태안군 안면읍 승언리1구 동아하이츠 빌라
조사일시 : 2011.4.24
조 사 자 : 황인덕, 김기옥, 백민정, 김미정
제 보 자 : 이휘생, 남, 83세
구연상황 : 산신이 노한다는 말이 무슨 의미인지를 물으니 아래의 내용을 구연하였다. 이어 잡신이 실린 것이 무당이라고 설명하였다. 종교에 대한 편견을 가질 것이 없다고도 하였다.
줄 거 리 : 수령이 천년이 된 나무가 있었는데 그 앞에서 사람들이 절을 하기도 하였다. 어떤 여자가 그 나무를 보고, "너 잘 있어라. 너 또 볼라는 줄 모르겠다."라고 말하고 돌아서서 오다가 넘어지는 바람에 팔을 다쳤다. 이를 본 내가 천년이나 오래 산 나무에게 너라고 해서 목신이 벌을 준 것이라고 하였다. 그 여자는 그렇게 말한 것이 서운했는지 2년 간 말을 걸지 않았다.

오티게 됐느냐 허믄, 오딘가를 올라갔는디.

그 나무가 이렇게 있는디 천 년 묵었다고 써 놨거든?

그러니께들 가서 남자 여자 할 것 읎이 거기다 절 했쌌고 야단났어. 우덜은 그런 걸 싫어허니께 않는디.

그러고서는 어떤 아줌마가,

"너 잘 있어라. 너 보라는 줄 모르겠다."

고 나오다가 열 발짝 못 오다 넘어졌네. 팔이 좀 다쳤다는 겨.

그래서 내가 좀 뭐이라고 했는냐믄,

"아줌마가 잘못 했네요. 산이는 산신이 있구, 집이는 가신이 있고, 나무에는 목신이 있는디 천년 묵은 걸 번히 알면서 너라고 했으니 죄 받었구

먼 그려."

아 이랬단 말여.

그런디 부러졌드먼 그랴. 이 그걸 몰르고, 부러진 줄 알았으면 말이지.

"아이 우쩌다가 그랬대요? 일쑤가 나뻐서 그랬네요."

위로나 해 줄 거인디, 냅다 그렇게나 해 놨더니 그게 섭섭했던가 이태 동안 나허고 말도 안 혔어.

[웃음]

내가 잔소리 좋아한 탓여.

그런께 그냥 한 소리가 아니라, 산이는 산신이 있고 집이는 가신이 있고 나무에는 목신이 있다 말여. 천년 묵은 나무헌티 이껏 팔십도 못 먹어 가지고, 칠십도 못 먹어 가지고 줄줄줄줄여, 너라고 했으니 가만히 있나.

"그눔 목신이 죄 줬구먼 그려."

이랬더니 위로는 안 해 주고 그렇게 한다고 섭섭했던가 이태 동안 말도 안 혔어.

학질을 떼는 방법

자료코드 : 08_14_ETC_20110417_HID_YDG_0001
조사장소 : 충청남도 태안군 안면읍 창기리 6구 국사봉길 208번지
조사일시 : 2011.4.17
조 사 자 : 황인덕, 김기옥, 백민정, 김미정
제 보 자 : 양덕근, 남, 83세
구연상황 : 처음에는 조사자들이 어떤 자료를 원하는지를 몰라서 이런 저런 다양한 이
야기를 하였다. 조사자가 질문을 하자 아래의 내용을 구연하였다..
줄 거 리 : 학질에 걸리면 이를 떼기 위한 방법이 있다. 아픈 사람을 마당에 눕혀 놓고
그 위로 소가 지나가게 하는 것이다. 눈을 뜨고 이를 쳐다보게 하면 놀라서
학질이 떨어진다는 것이다. 그런데 소가 사람을 밟고 지나가는 일은 절대로
없다.

(조사자 : 학질이 걸리면 주문을 외워서 뗐나요?)

학질이 걸리면 그게 하루 앓고, 하루 욕보거든요.

그런디 옛날이 학질이 워서 생겼는고 허니, 영양실조에서 생겼다고 나
는 봐요. 영양실조에서. 참 무서웠었어요.

그리고 학질이 되게 오래 앓은 사람은 이렇게 뉘어 놓고요, 소가 넘어
가야 혀요. 그 넘어가면 떨어졌쇼. 그걸 우리가 봤어요. 그 말이 소가 밸
브믄 죽는디. 되게 놀래니께 그게 떨어지더라고.

우리 할매도 그래서 떨어졌슈 한 번. 처녀 때.

소가 넘어갔대요. 그런디 영양실조지.

(조사자 : 사람을 뉘어 놓고요? 마당에다?)

마당에다 빤듯이 뉘어 놓고 보지요. 눈 뜨고 보라는 거요. 소가 넘어가
면 소릴 지르는 거지, 밟으면 즉사하니까.

그 뛰어 넘어가요. 절대로 안 밟어요. 사람은 밟지 않으요.

그 거를 내가 보잖어도 자기가 얘기를 해요. 처녀 때 했다고.

눈의 티를 빼내는 방법

자료코드 : 08_14_ETC_20110417_HID_YDG_0002
조사장소 : 충청남도 태안군 안면읍 창기리 6구 국사봉길 208번지
조사일시 : 2011.4.17
조 사 자 : 황인덕, 김기옥, 백민정, 김미정
제 보 자 : 양덕근, 남, 83세
구연상황 : 노루를 함부로 잡는 것도 좋지 않은 일이라고 하였다. 사냥을 다니는 일도 삼
　　　　　가야 한다는 말을 하였다. 조사자가 동티가 났을 때에는 어떻게 하는 것인지
　　　　　를 물으니 아래의 내용을 구연하였다.
줄 거 리 : 눈에 티가 들어갔을 때, 참깨 하나를 눈에 집어넣고 잠을 자고 일어나면 참
　　　　　깨가 티를 밀고 나온다. 목구멍에 작은 가시가 걸렸을 때에는 마늘의 끝부분
　　　　　을 잘라서 양쪽 귀에 꽂으면 가시가 사라지게 된다.

(조사자 : 그라고 동투난 얘기 좀 해주세요. 동투 나서 고생한 얘기 좀.)

가시가 뭐 들어가잖어요.

지금은 안과 가믄 빼지요. 옛날이는 빼지 않앴어요. 그냥 비비고 허다
가 막 멀고 이러는데. 여다 늫고서 참깨 있잖어요.

그건 내가 선생님한티서 뱄어요. 참깨를 하나 집어넣고 자요. 그럼 참
깨를 밀고 나와요. 안 아픕니다 그거.

수십 명 제가 해 봤어요. 신기혀요.

눈이 티 들어가는 거 참깨를 느면 참깨가 밀고 나온다니께요 그 다음
날. 깨끗해요.

(조사자 : 참깨 알을 몇.)

그리고 에, 목구녕에 까시 걸리면은, 인제 마늘 끄트머리를 떼 가지고

양짝 귀에다 대면 이게 사라지쥬.

　이게 신기해요. 큰 까시는 안 되지만은 즉은 까시는 그냥 삭어 버려요. 귓구녕이다 찌어 버리고 마늘끄틈을 떼 가지고 냄새 많이 나게. 그 눔 끼믄 나아요.

5. 원북면

▌조사마을

충청남도 태안군 원북면

조사일시 : 2011.4.2, 2011.4.3
조 사 자 : 황인덕, 김기옥, 백민정, 김미정

원북면은 태안반도의 서북단에 위치한다. 총면적 73.16km²로 태안군 8 개 읍면 중에서 안면읍 다음으로 넓은 지역이다. 동쪽으로는 서산군의 팔 면봉에, 서쪽으로 서해와 남쪽으로 소원면, 북쪽으로는 이원면과 면해 있다. 본래 태안군의 원이면과 북이면, 북일면의 일부 지역이었으나, 1914년 행정구역 개편에 의해 3개 면이 병합되면서 원북면이라 개칭한 후 서 산군의 관할 지역으로 편입되었다. 1973년에는 이북면 관할의 청산리와 마산리가 편입되면서 면적이 확대되었고, 1989년 태안군의 복군과 함께 다시 태안군의 관할지역으로 편입되어 오늘에 이르고 있다.

원북면에는 약 1,700가구 6천3백여 명의 주민이 거주하고 있다. 전체 면적의 약 70% 이상이 산지로 이루어져 있는데, 대부분의 지역이 해발고 도 100m의 완만한 구릉성 산지이고 소하천 연변에 약간의 농경지가 분포 한다. 그중 신두리(新斗里)에는 3개의 저수지로부터 용수를 공급받는 비교 적 넓은 논이 펼쳐져 있다. 서해 쪽으로는 해안선의 굴곡이 심한 반도가 돌출하고 앞바다에 12개의 무인도가 산재한다. 해안 곳곳에는 간척으로 조성된 염전이 분포되어 있다. 원북면의 북서쪽 반도부에는 사빈(沙濱)해 안과 암석해안이 교차해 있는데, 경치가 뛰어나서 태안해안국립공원의 일 부를 이룬다. 주요 농산물은 쌀·보리·마늘·생강 등이고, 북서부의 염 전에서는 소금 생산이 많다.

원북면 신두리에는 국가지정 천연기념물 제431호로 지정된 신두리 해 안사구가 있다. 방갈리 2구에는 학 모양의 바위가 있는데, 학암포 해수욕장의 명칭도 여기에서 유래한 것이라고 한다. 학바위 밑에는 용이 나와 하늘로 올라갔다는 용굴이 있다. 예전에는 용이 그 속에서 살았으며, 굴 안에는 용이 베고 잔 용베갯돌이 있다. 그 굴은 대방이섬까지 뚫려 있으며, 가끔 용이 굴에서 나와 하늘로 올라갔다고 한다. 그런데 임경업 장군이 학바위 근처에 진을 치고 용과 싸운 뒤로는 용이 승천하지 않는다는 전설이 있다. 반계리에는 도지정 기념물 제85호로 지정된 옥파(沃坡) 이종일(李鍾一)선생 생가가 있다. 이종일은 1919년 3·1운동 당시 민족 대표 33인 중 한 사람으로 독립선언서에 서명한 애국지사이다.

원북면 답사는 4월 2일과 4월 3일 실시하였으며, 신두리·대기리·반계리·이곡리·장대리 등 5개 마을의 제보자 7명을 대상으로 설화 5편, 현대구전설화 15편을 채록하였다.

강춘심, 여, 1937년생

주 소 지 : 충청남도 태안군 원북면 신두리2구 신두로 334번지
제보일시 : 2011.4.3
조 사 자 : 황인덕, 김기옥, 백민정, 김미정

일하러 나가려던 남편 김완곤 화자와 같
이 거실로 들어섰다. 방에서 강춘심 화자가
나왔다. 처음에는 별로 할 이야기가 없다고
하면서 나서지를 않았다. 김완곤 화자가 이
런저런 이야기를 조금씩 들려주자, 옆에 앉
아서 청자의 역할을 하였다.

남편의 이야기를 듣던 중 보충할 내용이
있으면 이야기를 거들었다. 기억나는 일이
있으면 자신이 알고 있는 이야기를 들려주기도 하였다. 서서히 이야기판
에 동참한 화자에 해당한다. 지역에 관련이 있는 책자를 들고 나와서 조
사자들에게 건네기도 하였다.

평안북도 곽산이 고향이다. 발음이 정확하고 기억력이 좋은 화자로,
시간적인 여유를 가지고 만남을 시도한다면 다양한 이야기를 제공할 듯
하다.

제공 자료 목록
08_14_ETC_20110403_HID_KCS_0001 학질을 떼는 방법

김완곤, 남, 1934년생

주 소 지 : 충청남도 태안군 원북면 신두리2구 신두로 334번지
제보일시 : 2011.4.3
조 사 자 : 황인덕, 김기옥, 백민정, 김미정

조사자들이 제보자를 찾기 위해 차를 타고 이동하던 중, 일하러 나가기 위해 차에 오르는 김완곤 화자를 보았다. 다가가서 방문 목적을 말하고, 조사자 일행과 함께 화자의 집으로 다시 들어갔다. 김화자의 부인인 강춘심 어르신이 방에서 나와 이야기판에 동참하였다.

평소에 이야기하는 것을 즐기는 편은 아닌 듯하다. 처음에는 아는 이야기가 별로 없다고 하면서, 조사자의 질문에 대답하는 정도의 자세를 보였다. 목격담이나 경험담 위주의 이야기를 하기 시작하면서 서서히 구연에 적극성을 보였다. 중간 중간 강춘심 화자가 기억을 상기시켜 주었다.

초등학교 때까지 이곳에 살다가 서울에서 오래 살았다. 다시 고향으로 내려왔다. 이곳의 전설에 대해서는 아는 것이 별로 없다고 하였다. 근처 지명이나 각시 바위 등에 대해서는 단편적으로 들은 것이 전부라고 하였다. 일을 하러 나가는 화자를 붙들고 이야기판을 마련한 상황이라 많은 시간 머무르기에는 무리가 있어 몇 편의 이야기를 듣고 판을 정리하였다.

제공 자료 목록
08_14_FOT_20110403_HID_KWG_0001 국사봉 유래
08_14_MPN_20110403_HID_KWG_0001 광에 있던 고리를 없애고 병이 나은 사람
08_14_MPN_20110403_HID_KWG_0002 구렁이 죽이고 얻은 액운
08_14_MPN_20110403_HID_KWG_0003 동티를 없애는 방법

문계화, 여, 1927년생

주 소 지 : 충청남도 태안군 원북면 대기리 대동로 31번지
제보일시 : 2011.4.3
조 사 자 : 황인덕, 김기옥, 백민정, 김미정

근처 상가에 들어가서 이 마을에 유능한 화자가 없는지를 물어 보았더니 떠오르는 사람이 없다고 하였다. 그러면 나이 많으신 어르신이 계시는 곳을 일러 달라고 하니, 2명을 언급하였다. 그중 한 사람이 문계화 화자이다.

문 화자의 집 근처에 주차를 하려고 하는데, 일을 하던 화자가 조사자들 옆으로 다가왔다. 집 옆 나무 아래 마련되어 있던 의자에 둘러앉아 이야기판을 벌였다. 휴일이라 집에 와 있던 화자의 아들도 동석하였다. 밝고 긍정적인 성격임을 알 수 있다. 말의 속도가 빠르고 일제 강점기에 배운 일본어가 유창한 것으로 보아 기억력도 뛰어나다는 것을 알 수 있다. 초등학교 다닐 때 여러 가지로 우수하여 따돌림을 당할 정도였다고 한다. 원북 초등학교를 다녔다. 당시는 배가 고픈 시절이어서 이른 아침 성황당에 놓여 있던 음식을 먹으면서 학교에 가곤 했다고 한다.

현재 손자들이 다 잘 살고 있는 것에 대한 자부심이 강하다. 이는 조상들이 도와주어서 가능한 것이라고 한다. 시어머니가 매일 정화수를 떠 놓고 자손의 안녕을 빌었다고 한다. 그 일을 지금은 본인이 하고 있다고 한다. 집 앞에 있는 우물이 참 좋은 물이라고 한다. 현재 살고 있는 집에 대한 내력도 한참 설명하였다. 화자가 살고 있는 마을 또한 교육 수준이 높은 곳이라고 언급하였다. 조사자들이 나올 때, 먹을 것을 몇 가지 챙겨주기도 하였다.

신두호, 남, 1929년생

주 소 지 : 충청남도 태안군 원북면 신두로 576-16
제보일시 : 2011.4.3
조 사 자 : 황인덕, 김기옥, 백민정, 김미정

경로당에 사람들이 모여 있을 때가 아니어서 개별 방문을 통해 제보자를 만나기로 하였다. 화자의 집에 들어서면서 인기척을 냈더니, 마침 신두호 화자가 마당으로 내려오고 있었다. 목에 수건을 두르고 대문 옆에 있는 공간에서 목욕을 하려고 나오던 중이라고 하였다.

아들 4형제를 낳아서 길렀다. 지금은 다들 외지에 나가 있어 두 내외만 남아 있다고 하였다. 한 20여 년간 어업에 종사하였다고 한다. 직접 배를 탄 것은 아니고 사람을 부렸다고 한다. 배가 출항하기 전에 지켰던 여러 가지 금기사항에 대해서도 일러 주었다. 이곳은 태어나서 줄곧 자란 곳으로 간척사업 등 마을의 변천사에 대해서도 자세하게 알고 있었다.

마을의 대소사에 참석하여 자신의 견해를 밝히고 이를 관철해 나가려고 애를 쓰는 사람이다. 48년 전 이곳에 집을 지었다가 한 차례 불이 나는 바람에 어머니와 한 명의 자식을 잃었다고 하였다. 자신이 나이가 많다 보니, 지나온 날들을 정리하는 것이 의미가 있는 일이라고 여겨 손수 앨범을 만들었다고 하면서 보여 주었다. 사진을 곁들이고 간단한 메모를 병행한 것으로 한 개인의 역사를 소상히 담고 있었다.

전설이나 민담에 대한 관심보다는 사실적인 이야기에 의미를 두는 경향이 있다.

제공 자료 목록

08_14_FOT_20110403_HID_SDH_0001 각시바위

08_14_MPN_20110403_HID_SDH_0001 구렁이 죽이고 당한 앙화

이순, 여, 1928년생

주 소 지 : 충청남도 태안군 원북면 반계2리 경로당

제보일시 : 2011.4.2

조 사 자 : 황인덕, 김기옥, 백민정, 김미정

일제강점기에는 여자들을 강제로 붙잡아 갔기 때문에 이를 피하기 위해 18세에 시집을 갔다. 당시에 알았던 친구 4명이 텔레비전에 나오는 것을 본 적이 있다고 한다. 당시에는 여자들에게 모래주머니를 차게 하고는 훈련을 시키기도 하였다고 한다. 마르고 작은 체격에 이야기판에 늦게 동참하였으나 이야기를 즐기는 듯하다. 연세에 비해 기억력도 좋은 편이다.

제공 자료 목록

08_14_MPN_20110402_HID_LS_0001 복숭아 태몽으로 얻은 아들

08_14_MPN_20110402_HID_LS_0002 재물운을 가져다 준 복족제비

08_14_MPN_20110402_HID_LS_0003 구렁이 나타나고 망한 집안

이시영, 남, 1932년생

주 소 지 : 충청남도 태안군 원북면 이곡2길 7-22
제보일시 : 2011.4.2
조 사 자 : 황인덕, 김기옥, 백민정, 김미정

마을 경로당에 들렀으나 적당한 제보자를
만날 수가 없었다. 개별 방문을 통해 화자를
만날 수밖에 없었다. 이시영 화자의 집을 방
문하였다. 평소에 족보와 역사에 대한 관심
이 많아 관련 서적을 자주 접한다고 하였다.
조사자들이 방문 목적을 말하며 자리에 앉
자, 일본인들이 쇠말뚝을 박은 사실과 누군
가가 이것을 뽑았다는 이야기부터 들려주었
다. 역사에 대한 이야기를 들려주는 동안에도 옆에 꽂혀 있던 책을 펼쳐
보이기도 하였다. 평소에 즐겨 읽었던 책임을 알 수 있다. 자신이 알고 있
는 내용은 만성부라는 책에 다 나와 있다고 하였다.

여러 편의 이야기를 들려주고도 고구려 신라 백제에 대한 언급이 한동
안 이어졌다. 이야기를 전개하는 과정에서 여러 명의 인물이 등장하는 특
징이 있다. 고려와 조선의 정치에 대한 이야기에서는 일본과 우리나라가
지니고 있었던 병기의 차이점에 관해서도 설명이 이어졌다. 일제 강점의
과정에 대한 남다른 해석도 이어졌다. 통치자가 정치를 잘해야 한다고 강
조하였다.

말의 속도가 느린 편이며 차분한 성격이다. 평소에 본인이 관심을 가지
고 있는 분야에 대한 집중도가 남다르다는 것을 알 수 있다. 특유의 관용
적 표현을 곧잘 사용하는 편이다.

제공 자료 목록
08_14_FOT_20110402_HID_LSY_0001 궁예와 왕건
08_14_FOT_20110402_HID_LSY_0002 마의태자

이용금, 여, 1924년생

주 소 지 : 충청남도 태안군 원북면 반계 2리 경로당
제보일시 : 2011.4.2
조 사 자 : 황인덕, 김기옥, 백민정, 김미정

경로당에 들어서니 혼자 앉아 계셨다. 조
사자들이 방문한 당일 모임에서 제주도로
여행을 가는 날이라 경로당이 비어 있다고
하였다. 다른 볼일이 있어서 잠시 경로당에
나와 앉아 있었다. 평상시에는 점심 먹고 난
후 경로당에 나온다고 하였다. 자식은 6남
매를 두었다. 자식이 가까운 곳에 살았으면
좋겠다고 하였다. 원북 장대리에서 시집을
왔다. 시집온 지 3년이 지나도 아이가 생기지 않아 시어머니로부터 구박
을 받았다. 자식들이 잘 자라준 것에 대한 자긍심이 있다. 자식들과 관련
한 이야기가 많은 편이다.

제공 자료 목록
08_14_FOT_20110402_HID_LYK_0001 호랑이와 할머니
08_14_MPN_20110402_HID_LYK_0001 인민군에 잡힐 뻔한 남편
08_14_MPN_20110402_HID_LYK_0002 아들에게 덕담을 한 중
08_14_MPN_20110402_HID_LYK_0003 아들 낳을 태몽
08_14_MPN_20110402_HID_LYK_0004 모시 다발과 돼지꿈
08_14_MPN_20110402_HID_LYK_0005 원수를 갚는 구렁이

장세일, 남, 1932년생

주 소 지 : 충청남도 태안군 원북면 장원길 440-8
제보일시 : 2011.4.3
조 사 자 : 황인덕, 김기옥, 백민정, 김미정

제보자를 만나기 위해 근처의 펜션을 방문하였다. 펜션을 운영하고 있는 부녀회장의 안내로 장세일 화자의 집을 방문하였다. 설위설경 보존의 일로 문화재로 지정되어 있다. 설위설경은 악귀를 쫓아내고 수복을 기원하기 위해 낭송하는 설경과 종이를 접고 오려 여러 신의 모습이나 글씨를 새겨 굿판에 걸어두는 설위가 함께 하는 것으로, 굿과는 다르다고 한다. 굿보다는 좌경이라고 불러야 한다고 한다.

60여 년 간 이 일에 종사하였다. 23세 때부터 경을 읽어 주러 돌아다녔다고 한다. 지금도 일을 하는 사무실이 따로 있다. 설위설경은 시연하는 것을 직접 눈으로 봐야지 말로는 설명하기 곤란하다고 하였다.

초등학교를 졸업하고는 더 이상 학교에 다니지 못하였다. 한문 공부를 부지런히 하였다. 어릴 때 한 동네에 경을 읽는 사람이 있었는데, 그 사람이 경을 배우는 것을 보고 들으니 그 내용이 마음에 쏙 들었다. 이후 계속 이 길로 빠져들게 되었다. 책을 빌려서는 모조리 베껴 놓고 공부를 하였다. 정월에는 집집마다 무고안택을 위해 독경을 하러 다녔다. 한창 바쁠 때에는 음력 3월까지도 돌아다녔다고 한다. 기독교인들이 자신들을 외면하는 현실이 안타깝다고 하였다.

객귀를 쫓는 방법 등 자신이 경험한 일들을 들려주었다. 지금 사람들은 믿지 않겠지만, 자신은 60여 년 동안 이 일에 종사하면서 실제로 겪은 일이라고 하면서 자신의 도움을 입은 사람들에 대한 이야기가 이어졌다.

조용하고 차분하게 이야기를 이어 나갔다. 지역전설이나 사랑방 야담 등에 대해 묻자, 이전에는 많이 알고 있었는데 이 일을 하면서 집중하다 보니 그런 이야기는 많이 잊어 버렸다고 하였다. 자신의 직업과 관련한 다양한 경험담 발굴이 가능한 화자이다.

제공 자료 목록
08_14_FOT_20110403_HID_JSY_0001 쉰 질 바위
08_14_MPN_20110403_HID_JSY_0001 독경으로 병을 고친 사람
08_14_MPN_20110403_HID_JSY_0002 객귀풀이 하는 방법

국사봉 유래

자료코드 : 08_14_FOT_20110403_HID_KWG_0001
조사장소 : 충청남도 태안군 원북면 신두리 2구 신두로 334번지
조사일시 : 2011.4.3
조 사 자 : 황인덕, 김기옥, 백민정, 김미정
제 보 자 : 김완곤, 남, 77세
구연상황 : 지역이나 지명 전설에 대해 물으니, 아래의 내용을 구연하였다.
줄 거 리 : 옛날에 학자들이 이곳에 모여서 나라에 대한 의논을 했다고 해서 국사봉이라
는 이름이 붙었다.

이 요 산이, 옛날 여기 학자들이 좀 앉어서 나라에 대한 애기를 좀 했
다구 해서 국사봉이라구. 일명 국사봉이라고 했지.

각시 바위

자료코드 : 08_14_FOT_20110403_HID_SDH_0001
조사장소 : 충청남도 태안군 원북면 신두리 신두로 576-16
조사일시 : 2011.4.3
조 사 자 : 황인덕, 김기옥, 백민정, 김미정
제 보 자 : 신두호, 남, 82세
구연상황 : 화자의 집을 방문하니, 화자가 목에 수건을 두르고 마당에 나서며 마침 목욕
을 하러 가던 길이라고 하였다. 그 상태로 집 앞 풀밭에 앉아 이런저런 이야
기를 들었다. 근처에 있는 각시바위의 유래담을 물으니 아래의 내용을 구연하
였다.
줄 거 리 : 각시 바위에 대한 유래는 다양하다. 두 개의 큰 돌이 고여 있는 형상인데 외
지 사람들이 와서 그중 하나를 밀어서 내려놓은 이후로 마을에 안 좋은 일이
생기는 것이었다. 그래서 다시 원래대로 올려놓았다.

(조사자 : 각시바위는 유래가 있어요? 왜 각시바위라 하는 유래담이요.)

그거 유래가 분분해요 그게.

각시바위라구 해서 여러 번 그, 큰 고인돌 두 개가 있는디 그 안에가 묘이가 이 두 개가 있어요.

근데 하나를 동네 사람들이, 이 외지 사람들이 놀러 왔다 둥굴려 냈는디, 그 뒤루 그냥 화가 생겨요, 그 동네가.

그래 도로 복원해서 올려놓구. 그래 인제 보전하는 데라 그게.

지금 아름드리 소나무가 한 너덧 개 섰구먼, 지금 거기.

그래서 그, 무 그냥 그냥 토속적으로 그냥 그런 신앙처럼 믿는 거지요, 그냥 그래 동네 사람들이 그걸.

궁예와 왕건

자료코드 : 08_14_FOT_20110402_HID_LSY_0001
조사장소 : 충청남도 태안군 원북면 이곡2길 7-22
조사일시 : 2011.4.2
조 사 자 : 황인덕, 김기옥, 백민정, 김미정
제 보 자 : 이시영, 남, 79세
구연상황 : 이시영 화자의 집에서 이야기를 들었다. 역사에 관심이 많아 족보나 역사에 대한 책이 몇 권 꽂혀 있었다. 이야기를 하는 중 책을 꺼내어 조사자들에게 보여주기도 하였다.
줄 거 리 : 궁예가 어릴 때 성이 함락되는 와중에 눈을 다쳐 한쪽 눈을 잃었다. 궁예가 정권을 잡고 정치를 할 때 왕건도 벼슬을 하였다. 다른 사람들이 궁예는 악의 정치를 하나 왕건은 선의 청치를 하는 것을 보고 왕건을 왕으로 추대하였다. 궁예가 한탄강에 와서 정권을 빼앗긴 것을 한탄하다가 죽었다고 해서 한탄강이라고 부르게 되었다.

궁예라는 사람이 인저 신라 사람인디.

왜냐허믄, 성이 함락됨에 따라서 내던졌어 어른애를.

어른애를 내던졌는디 궁 밖에서, 유모라가 그 엄마허고라 왕비허고 이렇게 해서 받다가 유모라가 성에서 떨어뜨리니까 눈을 찔러서 애꾸가 됐어.

그래서 그 궁예가 밖으루 나가 가지고 강원도 와서 정권 잡고. 이렇게 오고 있다가 인저 망허구서, 왕건이가 거기 들어가서 영의정까지두 했어. 영의정.

근디 그이는 어, 왕건허고 또 복지겸, 배승겸, 이게 장군이거든.

그런데 그이들이 복지겸, 배승겸이 이 처사를 허는 거 보니께, 궁예는 악의 정치를 헌 거여. 인자 궁예는 악의 정치를 해서 안 되고, 왕건이가 왕위에 올러야만 국민이 살 수 있고. 선의 정치를 허니까.

그렇게 해서 왕으루 인저, 저 초대했고.

그르케 허면서 인저 그이는 인저, 고구려의 에 왕이 된 거여. 강원도에서 철원에서.

그렇게 했다가 아, 황해도루다가 아, 지끔은 이저 개성이구.

그런디, 그때 당시에는 뭐냐 허면은 황해도, 우봉, 금천, 거기가 인저 저 뭐여, 왕건이 도읍지여. 황해도가. 거 나와 있어, 여기.

그르케 했다가 그 지명이 나서 인저 왕건이가 왕위에 올려서 정치를 허고 이렇게 헐 적인디.

궁예는 한탄강에서 그 백사장을 그 인저 임진강 거기께 인제 내려올 때, 그 기 물이 양쪽에서 강원도에서 내려오고 허는 물 있잖아.

그 한탄강에서 그 백사장 거기께 밟으면서 궁예가 한탄하문서, 정권 베끼구 나서 한탄하문서 죽었다 해서 한탄강이유. 그냥, 그냥 한탄강이 아녀.

마의태자

자료코드 : 08_14_FOT_20110402_HID_LSY_0002
조사장소 : 충청남도 태안군 원북면 이곡2길 7-22
조사일시 : 2011.4.2
조 사 자 : 황인덕, 김기옥, 백민정, 김미정
제 보 자 : 이시영, 남, 79세
구연상황 : 앞의 이야기와 같은 상황에서 이어서 구연하였다. 궁예와 왕건에 대한 이야기
를 하고 난 후 고구려 신라 백제의 역사 이야기가 한참 이어지다가 아래의
내용을 구연하였다. 본문의 내용에 이어 경순왕에 대한 또 다른 이야기가 이
어졌다.
줄 거 리 : 죽방 왕후는 경순왕의 부인이다. 아들이 하나 있었다. 산에 들어가서 베옷을
입고 살다가 일생을 마쳤다고 해서 마의태자라고 부르게 되었다.

경순왕이 인저 초대 마누라가 하나 있었는디, 그이는 마누라가 죽방 황
후여. 대죽 자, 방방 자 해서.

이 방방 자 해서 죽방 황훈디. 죽방 황후가 아들 하나 가지구 데리꾸서
절로 절로, 산골 산골로서 이렇게 가서 한 많은 세상 모피갈근으로 이르
커구서 마쳤다 해서 세상을 마쳤다 해서 마의태자여.

게 전설의 이야기가 마의태잔데, 마의태자가 있간?

그 분, 벼슬은 없는디, 삼, 삼베적삼 지어 입고 이러커고서 모피갈근으
로 일평생을 마쳤다 해서, 그이, 인저 이름이 마의태자여.

호랑이와 할머니

자료코드 : 08_14_FOT_20110402_HID_LYK_0001
조사장소 : 충청남도 태안군 원북면 반계 2리 경로당
조사일시 : 2011.4.2
조 사 자 : 황인덕, 김기옥, 백민정, 김미정
제 보 자 : 이용금, 여, 88세

구연상황 : 경로당에 혼자 앉아 있다가 이야기를 청하자 들려주었다.
줄 거 리 : 한 할머니가 떡을 해서 딸의 집에 가는 길에 호랑이를 만나 가지고 있던 떡
을 하나씩 다 빼앗기고 말았다.

범벅을 해서 이구서 딸넬 가는디. 한 등성이 올러서니께 호랑이가 하나
앉었더랴. 그서,

"할멈, 할멈."

"왜 그러냐." 헌께,

"어디 가느냐?" 그래.

"범벅해 갖고 딸네 간다." 헌께,

"범벅 한 뎅이 주믄 안 잡아먹지." 그러니께, 한 뎅이 집어 던져 주구
서, 또 넘어가니까 또 있으래. 호랭이가.

그 또, 호랭, 그 호랭이가 또,

"할머니 할머니, 어디 가세요." 그러게,

"나 범벅 해 갖고 딸네 간다."구 허니께,

"범벅 한 뎅이 주믄 안 잡아먹지."

그 또 한 뎅이 집어 던져 주구 가니께, 또 한 등성이 지나믄 또 있더래.
호랭이.

그 놈이 먹고 또 가고, 그 놈이 먹고 또 가고 해서.

그래 또 인제 또

"할멈 할멈, 어디 가슈." 그러드래. 그래서,

"나 범벅 한 뎅이, 범벅 해 갖고 딸네 가다 저그 저 등성이 너머 호랑
이한테 다 뺏겼는데, 여기도 호랑이가 있네?" 그러더래. 그래서,

"그러면 나도 한 뎅이 주면 안 잡아먹지."

주구, 주구 가다 보니께, 범벅이 하나 없더랴.

그러니께 호랭이두 없어지구 할머니도 그냥 가고 그랬디야.

쉰 질 바위

자료코드 : 08_14_FOT_20110403_HID_JSY_0001
조사장소 : 충청남도 태안군 원북면 장원길 440-8
조사일시 : 2011.4.3
조 사 자 : 황인덕, 김기옥, 백민정, 김미정
제 보 자 : 장세일, 남, 79세
구연상황 : 먼저 장세일 화자가 이 분야로 들어서게 된 과정에 대한 이야기가 나왔다. 지
          역에 관한 전설을 들려 달라고 하자, 아래의 내용을 구연하였다.
줄 거 리 : 쉰 질 바위라는 곳이 있다. 그 앞에 절이 하나 있었는데, 한 스님이 그곳에
          기거를 하면서 살다가 비관하는 바가 있었던지 바위에 올라가서 떨어져 죽어
          버렸다. 스님의 묘가 그 바위 옆 능선에 지금도 남아 있다.

쉬흔(쉰)질, 오십 질이다 이거여. 높이가.

그런 바위가 있는디.

(조사자 : 철마산에.)

그른디 고 앞이가 옛날에 절이, 절이 있었어. 고 쉰질 바위 밑에.

절이 있는디. 그 절이 있던 사람 스님 하나가 그 저거헐 때, 뭔가 비관
했던지 거기서 떨어져서 죽었어. 그 바위 끝에 올라가.

그래서 그 스님이라는 그 죽은 스님 묘가 지끔두 그 산, 그 바위 옆이
능선이다 있어, 아직두.

그런 저기가 전설이 있구 그런디.

광에 있던 고리를 없애고 병이 나은 사람

자료코드 : 08_14_MPN_20110403_HID_KWG_0001
조사장소 : 충청남도 태안군 원북면 신두리 2구 신두로 334번지
조사일시 : 2011.4.3
조 사 자 : 황인덕, 김기옥, 백민정, 김미정
제 보 자 : 김완곤, 남, 77세
구연상황 : 도깨비 이야기는 없느냐고 물으니 아래의 내용을 구연하였다.
줄 거 리 : 친구의 아버지가 눈만 감으면 도깨비가 보인다고 하면서 죽을 것 같이 행동을 하였다. 아파서 죽을 것 같은 상황에서 광의 문에서 왈쓰락 왈쓰락하는 이상한 소리가 들린다고 하였다. 이에 누가 일러주기를 2달 전에 광에 넣어둔 거름통 고리를 갖다 버리면 낫는다고 하였다. 그렇게 하니 과연 병이 다 나았다.

그거는 내 친구의 할아버지. 친구의 할아버진데.

그 친구의 아버지가 몹시 앓아서 뭐 죽을라구 허는데, 눈만 감으면은 도깨비가 나타났다구 했어.

[웃음]

도깨비가 나타나 가지고, 그 할아버지가.

그래서 저 할아버지가 인저 눈만 감으면 도깨비가 나타났다고는 허는데, 그러면서도 죽을라구 귀를 씻는다는 거여.

그러니까 느이 아버지 왜 저러느냐구 말이야, 그러니깐 죽을라구 한다구.

"그 늬 아버지 뭐 낫게 해주련, 곤쳐 주련?" 한다 말이야.

곤쳐 달라구 해.

"게 어떡허면 되느냐?"라구 이제 물어보니깐.

그 할아버지가 그 전에 그 섬에서 옛날에 저, 뭐 있잖아요, 걸음통. 이 분유통 이구 댕기구 했는데, 그것을 갖다가 저 걸어 논 적이 있었다는 거여.

[웃음]

그런데 그 고리를 쓸라구 거기서 떼다가 자기네 집 광에다 갖다 뒀다는 거여. 근데, 그 할아버지가 인제 앓어 죽을라구 들먼은, 이 문에서 왈쓰럭, 왈뜨럭, 왈뜨락 소리가 난드라 이거여.

그 소리가 나는데, 왜냐문은 그것은 저 그 도깨비라는 인종이 입이다 대구서는 뭐니 확! 집어 느니깐 항문에서 막 뛰기져 나가는 소리가 문에 닿아서, 부딪쳐 가지구 소리가 났다는 얘기.

그런 것은 뭐, 전설의 자료는 못 되지먼.

(조사자 : 아 왜요, 그런 얘기, 그런 얘기가 소중한 얘기에요.)

그렇게 해서 어트게 낫느냐니깐, 광에다 갖다 둔 그 저 물지게, 저 미구 댕기는 통 있거든요? 거기 쇠꼬리(쇠 고리)가 달렸는데, 그걸 떼다 갖다 버리라구 했대요.

(청중 : 거 귀신 붙었었구먼.)

잉. 그래 따다 버리니깐 나았다는 거지 이제.

그런 일은 한 번 들었고.

또 앓지도 않고. 근디 그건 아주 먼 얘기가 아니라, 내 친구의 아버지, 할아버지 그때기 때문에. 에, 그 조금 전에 내가 얘기헌 것이. 아주 그거에요.

그래서 저 제발 좀 우리 아버지 좀 할아버지 낫게 해달라구. 빌어대니까 그런 방법을 가르켜줘서. 그서 그 쇠 고리, 저 무지개 고리, 그걸 광에 갖다 두 달 됐는데, 그것만 갖다 버리라구.

응. 그러니까 그 뒤루는 그 신음하는 병두 없어지고, 나았다는 그런 좋은 소릴 한 번 들어봤습니다.

구렁이 죽이고 얻은 액운

자료코드 : 08_14_MPN_20110403_HID_KWG_0002
조사장소 : 충청남도 태안군 원북면 신두리 2구 신두로 334번지
조사일시 : 2011.4.3
조 사 자 : 황인덕, 김기옥, 백민정, 김미정
제 보 자 : 김완곤, 남, 77세

구연상황 : 앞의 이야기와 같은 상황에서 이어서 구연하였다.

줄 거 리 : 집안의 사촌이 결혼을 해서 2명의 자식을 두었다. 그런데 모두 장애를 가지고 태어났다. 이전에 사촌이 집안의 부엌에서 본 구렁이를 패 죽인 일이 있었는 데, 이후 집안에 안 좋은 일이 계속 생겼다. 집임자인 구렁이를 죽인 것이 화 근이 되어 자식이 장애를 가지고 태어난 것이다.

근데, 하나 원인은 뭐냐구 허먼.

그 적만 허드래두 굉장히 그 미신을 좀 지킬 때가 아닙니까?

옛날에 우리 사춘이 결혼할 때만 하드래두.

(청중 : 개네들이 지금 한 오십됐으니까. 그 병신.)

[간식 먹느라 잠시 중단]

고 집에서 쪼끔 떨어진 곳에 이 옻나무가 좀 많이 살구 그랬는데, 나무가 많이 있었구.

근데, 집안에 인제 부엌 쪽 쪽에 가니깐 큰 구렁이가 나와 가지구 있어서 그걸 한 번 패 죽였대요. 이 패 죽였는데 그 뒤루다가 집안이 인저 이상하게 돌아가 가지구. 자식 결혼한 것이 전부 다 둘 애가 다 그 병신 났어.

그서 옛날엔 그 구렁이가 무슨 짐임자(집임자)니, 월동, 월동임자니, 그 임자라는 것이 구렁이여.

에, 짐임자두 구렁이. 월동임자도 구렁이. 왜 또 산신령님이라구 있잖아, 또?

이 산에 가믄 이 산신령님, 저 산에 가믄 저 산신령님 있구.

하듯이 그 집안에 부엌에 들어온 그 구렁이를, 따지구 보믄 그게 짐임자라구 볼 수 있는 건데.

그걸 죽여서 그 액운이 결국은 그 자식한테 돌아와 가지구.

동티를 없애는 방법

자료코드 : 08_14_MPN_20110403_HID_KWG_0003
조사장소 : 충청남도 태안군 원북면 신두리 2구 신두로 334번지
조사일시 : 2011.4.3
조 사 자 : 황인덕, 김기옥, 백민정, 김미정
제 보 자 : 김완곤, 남, 77세
구연상황 : 앞의 이야기와 같은 상황에서 이어서 구연하였다. 집안에서 구렁이를 함부로
        죽여서 좋지 않은 일이 있었다는 이야기에 이어 아래의 내용을 구연하였다.
        장춘심 화자가 이야기 도중에 끼어들어 화자의 기억을 도와주었다.
줄 거 리 : 눈에 다래끼가 났다. 친구는 동티 때문이라고 하면서 동티를 잡아 주겠다고
        하였다. 동쪽으로 뻗은 복숭아 나뭇가지를 가지고 와서 휘두르면서 주문을 외
        우는 것이었다. 닭장을 치우라고 해서 치우고 나자 병이 다 나았다.

(눈 다래끼 났을 때) 근디 내 이 친구라고 하는 사람이, 동토를 잡아 준다게, 동토 났다구.

동토를 잡어다가 그 곤쳐 주었다는 거여.

그란데 곤쳐, 뭐 동토라는 거 아니니까.

"곤쳐 줄 수 있으믄 곤쳐 보게."

그랬더니 저녁에 내가 이르케 드러눴는데, 그 사람이 와 가지고 뚜닥거리고 들어오면서.

(청중 : 복숭아나무 동쪽으로 뻗은 거 뭐.)

응?

(청중 : 복숭아나무 동쪽으로 뻗은 거 짤러 갖고 와서 휘둘렀지.)

그랬나?

(청중 : 그럼.)

그래 가지구,

"충청남도 서산군 원북면~"

뭐라구 중얼중얼 한참 인제 그러더라구.[웃음]

게 인제 난 인제 그 소리 듣구서두 기냥 웃는 거여. 나는 기양. 하두 우서워서.

그러헌 미신이라는 것은 그쪽이루 옛날 우리 어머니 쩍두 그 미신을 별루 안 지켜왔거든.

근데 더더군다나 여그와서 뭐,

"충청남도 서산군 원북면~" 하는데 증말 속이루 웃기는 거여 그냥.

[웃음]

[이어 제보자의 아내가 이야기를 이어감]

(청중 : 근데 뒤 이랑에다가 그때 닭을 갖다 요렇게 몇 마리 멕였거든요.)

근데 거기가 닭 멕일 장소가 아니구 쭙았어요. 근데 그걸 그 사람이 알지도 못 헌데, 대뜸 거기루 들어가더니 거기에서 막 뚜들기면서 그렇게 허드라구요. 그거 잘못 거기다 해 났다구.

그래 갖구선 그렇게 허구 났어요. [웃음] 진짜루.

(조사자 : 약 안 먹고 다레끼약.)

(청중 : 아이, 안 먹었어요. 그래서 그때 그거 아주 희한다다구, 이상하다구 생각했었어요.)

(조사자 : 그러면 닭장을 다른 데다 치웠어요?)

(청중 : 닭장 치운 게 아니라 다 읎앴죠. 몇 마리 안 멕였어요. 한 서너 개 정도 요렇게.)

그 뭐가 밤이면 잡아가니까, 놔 두면은. 게서 집을 맨들어서 느 났었거든요.

그런데 대뜸 거기를 밤, 밤에 와 가지구 거기를 들어가드라구요.

그러믄서 막 뚜드리면서 뭐라고 허대요.

시집가던 날

자료코드 : 08_14_MPN_20110403_HID_MGH_0001
조사장소 : 충청남도 태안군 원북면 대기리 대동리 31
조사일시 : 2011.4.3
조 사 자 : 황인덕, 김기옥, 백민정, 김미정
제 보 자 : 문계화, 남, 84세
구연상황 : 조사자들이 문계화 화자의 집 앞에 차를 세우려고 하자, 먼저 인사를 건네며
　　　　　친근감을 드러냈다. 집 옆의 나무 아래 의자와 탁자가 놓여 있어서 그곳에서
　　　　　이야기를 들으려고 둘러앉았다. 옛날이야기를 청하자, 일제 강점기 때 초등학
　　　　　교 다닌 이야기를 먼저 꺼내 놓았다. 일본어를 섞어 가면서 당시의 경험담을
　　　　　한참 이야기하다가 아래의 내용을 구연하였다.
줄 거 리 : 가마를 타고 시집을 가던 시절이었다. 2명의 가마꾼이 가마를 메고 가다가 무
　　　　　겁다고 해서 가마에서 내렸다. 음력 3월이라 진달래꽃이 환하게 피어 있는 것
　　　　　을 보고는 꽃을 꺾어 입에 물고는 그 길을 걸어서 왔다. 당시 시집의 집이 친
　　　　　정집보다 작았는데, 이후 지금의 규모로 집을 지었다.

걸어서 왔거든, 차가 없은께.

걸어서 오는디, 가만히 들으니께 그 가마꾼이 둘이가 멨는디,

"아이, 무겁다."

그러드라구. 그래 내리자구. 나 내려서 걸어가마 하구.

그때는 워찌 그런 뭐 소견이 나왔는지, 내려서 보니께 진달래꽃이 환한
데, 3월, 음력 3월 16일 날이니께.

삽을 내려싸니께 일단 내렸어요.

진달래꽃이 환하니 산에가 하나 꺾어서 입이다 하나 물구, 양쪽 손에다

들구 막 아장아장 걸어 막 와서 걸어오는디.

야 아래 오는디 아버지가 미투리 신구 두루마기 입구 나오시대.

그 장가갔다가 나는 집이서 나흘 묵구, 습관이. 나흘 묵구서 아무튼 집이 오셔서 기다리다가 나를 맞이하러 나오시는 거여.

그래 언능 가마 탔지. 저기 신랑이 오걸래.

가마 타구 집이 왔었어.

그때 오니께 우리 집은 참 고래등 같은 친정집이었는데, 여기는 쪼끄만 집이더라구. 근디 우리집 뽄을 따라 이 집을 지었어, 아버지가.

아들 낳은 태몽

자료코드 : 08_14_MPN_20110403_HID_MGH_0002
조사장소 : 충청남도 태안군 원북면 대기리 대동리 31
조사일시 : 2011.4.3
조 사 자 : 황인덕, 김기옥, 백민정, 김미정
제 보 자 : 문계화, 남, 84세
구연상황 : 초등학교 다닐 때 주판으로 계산을 잘해서 칭찬 받았던 이야기, 배가 고팠던
　　　　　이야기 등이 이어지고 아들 손자들 자랑이 한참 이어졌다. 이어 아래의 내용
　　　　　을 구연하였다.
줄 거 리 : 꿈에 예쁜 오리 한 쌍이 하늘에서 내려오더니 아버지의 외투 속으로 들어가
　　　　　는 것이었다. 자신의 손을 보니 예쁜 밤 2개가 쥐어져 있었다. 이후 두 아들
　　　　　을 낳아 잘 살고 있다.

꿈에 여기서 사는디, 이 집이 사는디.

아유, 오리 한 쌍이 아주 예쁜, 하늘에서 둥둥 떠내려 오더니.

그때 아버지가 그 학교 다니셔 가지구 누런 오바를, 오바, ○○○○ 부잣집 아저씬디 그거 입으셔서.

오빌 입으니까 오바 안으로 오리가 한 쌍이 쏙 들어가요.

그러니까 내가 손을 보니께 예쁜 반짝반짝반짝한 밤이 두 섬이여.

밤이, 두 두 개여.

그러더니 내리 큰아들 낳구. 얘 나서 얘 이르케 성공했잖여. 우리 애가.

구렁이 죽이고 당한 앙화

자료코드 : 08_14_MPN_20110403_HID_SDH_0001

조사장소 : 충청남도 태안군 원북면 신두리 신두로 576-16

조사일시 : 2011.4.3

조 사 자 : 황인덕, 김기옥, 백민정, 김미정

제 보 자 : 신두호, 남, 82세

구연상황 : 집 앞 풀밭에 앉아 이야기를 이어 나갔다. 바람이 심하게 불어서 녹음된 음원
이 시끄러울 정도이다.

줄 거 리 : 김원곤이라는 사람이 있었다. 구렁이 한 마리가 나타나는 것을 보고 이를 때
려잡아 죽여 불태워 버렸다. 다음 날 또 한 마리가 나타나는 것을 보고는 또
때려 죽였다. 이후 그는 배를 탔다가 몸에 심한 화상을 입고 흉한 모습으로
변해 버렸다. 또한 장애를 가진 자식을 얻었다. 구렁이를 죽인 화를 당한 것
이다.

김원곤이라고 하는 사람이 여름에 보릴 파종해.

보릿대를 나뭇가지다 났다가 인저 걷어 들여서 인저, 불 뗄려고 가져가
다 보니께 구렝이가 큰 눔이 나왔어요. 집 안에서.

그래서 그걸 끌어다가 때려 죽여 가지구서 불 태워 버렸어요.

그러구나니 그 이튿날 또 하나가 나왔드래. 그런 게 똑같이. 또 하나
갖다 때려 죽였다구요. 둘 다.

그러고 났는디 그 구렁이, 지벌을 입었다구 그래 가지구서.

그 사람이 화상을 입어 가지구서, 귀 떨어지구, 아주 형편없이 화상을
당했어요. 배에 갔다가 불 나서.

그러구 난 뒤에 딸 하나가 벙어리, 아들 하나 벙어리, 벙어리 둘을 났어요. 또. 걔가 지끔 그 딸이 사십 몇 살인데 죽었나 모르겠네. 지끔.

그래서 게 아주 액운을 겪었다고 해서, 구렝이는 함부로 죽이는 게 아니라는 얘기가 이거 아주 항간에 많이 그게 회자됐지요.

복숭아 태몽으로 얻은 아들

자료코드 : 08_14_MPN_20110402_HID_LS_0001
조사장소 : 충청남도 태안군 원북면 반계 2리 경로당
조사일시 : 2011.4.2
조 사 자 : 황인덕, 김기옥, 백민정, 김미정
제 보 자 : 이순, 여, 84세
구연상황 : 옆의 다른 화자가 태몽 이야기를 하자, 이순 화자도 태몽 이야기를 들려주었다.
줄 거 리 : 잘 익은 복숭아가 탐이 나서 서 있었더니, 주인이 그것을 보고는 가지를 꺾어 주는 것이었다. 그 꿈을 꾼 뒤 아들을 얻었다.

(복숭아)가 노란하게 익었는데, 그거를 한 한 가지 꺾이야 할 텐디, 쥔이 나오니까 꺾을 수가 있어야지.

가슴이 두근두근해 갖구.

그래 갖구서 그걸 못 꺾으니께, 왜 그러구 서서 그거만 올려다 보느냐구 해. 먹구 싶걸랑 가쟁이 찢어서 싸 먹으라 그래.

먹고 싶은 게 아니라 하도 저거해서 [잡담] 올려다봤다 그러니께.

가지를 뚝 짜서라미 주던걸요. 그서 앞치마다가 이렇게 싸 갖고 가라 그래. 넘덜 보이니께.

싸다가 아랫목에다가 갖다 노니께, 시어머니가,

"그게 뭐냐?" 그래.

"봉숭아 가지요." 그런께.

"아이고 태몽 꿨네, 우리 애미 태몽 꿨어."

그러더니 참 나니께 아들이더만.

재물운을 가져다 준 복족제비

자료코드 : 08_14_MPN_20110402_HID_LS_0002
조사장소 : 충청남도 태안군 원북면 반계2리 경로당
조사일시 : 2011.4.2
조 사 자 : 황인덕, 김기옥, 백민정, 김미정.
제 보 자 : 이순, 여, 84세
청   중 : 2명
구연상황 : 조사자가 업에 대해 질문을 하자, 다양한 업의 종류에 대한 이야기가 이어지
고 난 뒤 아래의 내용을 구연하였다.
줄 거 리 : 시어머니가 콩을 심었는데 하루는 노란 족제비가 나타났다. 이를 복족제비라
고 여기고 공을 드리는 마음으로 잘 보살폈다. 이후 족제비가 그곳에서 새끼
도 낳고 한동안 살았다. 그 동안에는 밤 농사도 잘 되어 돈이 많이 들어왔다.
복족제비라는 것이 존재한다.

우리 시어머니가, 아구 저 땅 아까워, 저기다 뭐 심어 먹으야 한다구,
그러구서래미 성주 각주골에서 심었는데, 뭐 심었느냐므는, 저 뭐, 강낭콩
을 심었어요. 강낭콩이라는 걸.

그것허고, 만두콩허고 그렇게 심었는디, 아이고 어니 날 이렇게 나와서
보니께, 식전이 일찍 나와서 보니께 노란 쪽제비가 그 구녕를 이렇게 파
던 걸요? 지다랗게 파 들어가.

저게 복쪽제비다, 복쪽제비닌께 이저, 우리는 부자되는 거라구. 그러구
서 넘더러 얘기허먼은 안 된다 그러대, 도망간다구.

그서 아뭇지 않게 했더니, 한없이 그, 사람 안 올 적이 남의 논을 파더
라고.[이야기판에 다른 사람이 등장하면서 주변이 소란스러워짐]

거기다 이렇게 판판하게 허구서라미, 하얀 백진가 문종이 갖다 겹쳐서 깔구서, 쌀허구 시어머니가 그러시대, 거기다가 쌀하고 냉수허구 해서 잔 바쳐서 이렇게서 갖다 놔. 놔둬 보니께 그러고 올려놓구 우리 어머님은 들어가시더라고.

그게 운다는 사람이 있다고, 그 복쪽제비잖어. 그런께 위해야 한다고.

그래서 인자 그냥 그렇게 위했슈.

그랬더니 새끼를 한 마리를 났더라고 또 그게. 새끼 나 갖구서 나와서 그거 먹고 또 들어가고 그러는데, 비가 와 갖구 잠, 팽겼어, 땅이. 팽겼는 데 아이구 저기 팽겼으니 어특허느냐구.

애덜더러 저기 비 안 맞게 비니루 좀 어특해라. 꼬챙이 껴서 이렇게 해 주자고. 그러니께 요럭허슈. 그러니께 거기 들어가서 고소고소 거려. 그러더니 야중이는 이저, 밭이 자꾸 거가 파져서 커져.

게서 저쪽이다 호박 심구, 시어머니가 이자, 바깥이다가 밤, 예쁜 밤, 누가 이만큼 가져왔대? 그래서 모래 파다가 거, 허먼은 오래산다고 허는 디, 그거 너 놓구서래미 마래 밑이나 너 놓구서 잊어 버렸어.

밤 싹이 이거만케 났대? 봄 되니께.

(청중 : 꿈이? 아녀, 생시 때여.)

(청중 : 밤 싹 나. 묻어 놓고 안 꺼내면 밤 싹 나.)

저 아래 저, 양지푼에 변씨네라고 그거 아주머니가 가져왔대. 쌂어서 잡수라구. 그러거 그놈을 족- 심었어. 거기 그 밭이다. 심었더니 밤이 월마나 잘 열었는지. 그래갖구 그거 쪽제비는, 쪽제비는 그래갖구서 내가 앓어서 병원에 갖다오니께 갔더면, 어디로.

그런디 그땐 돈두 많이 붙었어, 우리. 우리가,

(조사자 : 복쪽제비 얘기구면요. 예, 복쪽제비 있어요.)

구렁이 나타나고 망한 집안

자료코드 : 08_14_MPN_20110402_HID_LS_0003
조사장소 : 충청남도 태안군 원북면 반계 2리 경로당
조사일시 : 2011.4.2
조 사 자 : 황인덕, 김기옥, 백민정, 김미정
제 보 자 : 이순, 여, 84세
구연상황 : 업에 대한 이야기가 오가고 난 뒤 아래의 내용을 구연하였다.
줄 거 리 : 추운 겨울에 새가 짖는 소리가 시끄러워서 보니 구렁이 두 마리가 눈에 뜨였
다. 이후로 그 집은 망해 버렸다. 집임자가 사람들 눈에 보이면 그 집이 망한
다고 한다.

그 집 망할라구 허니께.

음력 동짓달 그 추운, 눈 속에 정새가 딱딱 거려서, 참새가.

보니께 그냥 그 구녁, 옛날에는 짚이루다 했은께, 엮어서 이렇게 했거
든요. 날르지 말라고.

거게 이렇게 죽 ○○○.

이쪽이는 노란 구렁이, 이쪽이는 새카만 구랭이.

그러더니 집안이 그렇게 망하더먼요.

(조사자 : 어떻게 망했어요?)

예, 그 집 망해서 집 팔구서 이사 갔슈.

그기서 인천 가서 ○○○이라구 있슈. 근디 그 냥반이 인천 가서 리아
카 끌구 대며 살다가, 자손들은 다 살었는데, 그 아주머니는 아직 새댁 겉
은 것이 젊더먼.

그런디 그렇게 폭신 망하더 버려.

우리 어머님이 보시더니,

"아이구, 저 집 큰일 났다."

구랭이가 저렇게 대니먼은 요새 동짓달이 이렇게, 그 날은 따땃했슈 며
칠간. 그런디 구랭이가 왜 이렇게 나와서 돌아대녀. 아이구 무섭대.

암놈, 숫놈, 그게 집임자여.

그러더니 그렇게 폭신 망해다 버려.

인민군에게 잡힐 뻔한 남편

자료코드 : 08_14_MPN_20110402_HID_LYK_0001
조사장소 : 충청남도 태안군 원북면 반계 2리 경로당
조사일시 : 2011.4.2
조 사 자 : 황인덕, 김기옥, 백빈정, 심미성
제 보 자 : 이용금, 여, 88세
구연상황 : 앞의 이야기와 같은 상황에서 이어서 구연하였다.
줄 거 리 : 하루는 인민군이 총칼을 들고 와서 남편을 찾았다. 방문을 열어 보라는 말을
        듣고 자신이 문을 열지 않고 인민군에게 직접 열어 보라고 하였다. 그 사이에
        방안에 있던 남편은 뒷문으로 나가 위기를 벗어날 수 있었다.

인민군이 하나는 고 밑 집, 집 밑이 사는디.

색천 먹을 거 없어서 우리집이 와서 내가 밥 해줘서 먹었어. 먹었는디 인동 터진께, 인민군허고 기어 대니더구먼.

그러더니 되돌아온 놈허고 그 놈허고, 그 내가 밥해 주고 했는 놈이, 그 여단에 신 신구서는 총 매구서는,

"아무개 집이 있어요!"

그려. 그러면서 그러더니, 무력군허고 이, 신두 안 벗구서 마루로 뛰어 올라와.

그러걸래 내가,

"신이나 벗고 올라가요." 그러니께 아유,

"그럼 아무개 집이 있슈!" 그러.

아이, 방에서 자는디, 인제 영원히 죽었어.

"아니, 저, 방관이루 반구대 보러 간다고 저녁 먹고나 갔다."고 그런께,

"갔쇼?" 그러대, 갔다구 허니께.

뚝떡뚝떡허더니, 그냥 아주 미련 호랭이 같은 놈이 또 총칼 매구 들어들어오더니,

"방 문 열어봐!"

그러대. 그러니께 날더러 문 열라 허대. 그래서,

"당신들이 열어, 나는 안 열어, 싫어. 당신들 열어 봐유."

'아이구, 헐 수 없이 죽겄다.' 허구선, 털썩 마루에가 섰어.

서서 허구선, 그냥 털썩 걸어 앉었는디. 방문 열더니,

"읎다!"구 그러대. 그런께,

"이 찍, 이 문 열어봐!"

근기 그런께 이 열기 시작했으니 그 문두 가 열어유, 열어 봐유.

안방 문 열구는 웃방 밀창문 열구선 영감이 그 방이루 넘어갔을 것 같어.

그러니께 열대. 열더니 또 없다 그러대.

그르데니 또 가대.

"후유~." 허구서는 인제 방문을 열어 보니께 뒷문을 차고 나갔어.

뒷문을 차고. 나가서 이 발바닥 하나 없어. 산으루 뛰어서.

그래서 오면서 피 다 닦고 인제 양말 신고. 그러고 그 밤에 반구대○○ 팔아 그 밤에, 밤이 가서 열흘이나 스무날이나 되드락.

지끔처럼 전화가 있나 핸드폰 같은 게 있나, 그저 캄캄 나란히 내가 가슴이 어딨어.

영원히 가다 만나서 죽은 줄 알았어.

그랬더니 한 마디 했는디, 들어올 때.

그래서 누러 눠서 한다 소리가,

"그땐 말 한 마디 잘 해주기 땜에 나 살았어."

덮어 놓구서 그냥. 홀떠구리 나보고.

"그 전에 인저 니가 알아서 훌떡 문을 열었으면은 난 영원히 죽었는디, 어째 문을 안 열구서, 당신들이 열어 보라구 해서, 그 통에 문 차고 나갔다."

그래 갖구서는 그거 다 적구구서 살다가 칠십 살 잡숫구서 돌아가셨어.

아들에게 덕담을 한 중

자료코드 : 08_14_MPN_20110402_HID_LYK_0002
조사장소 : 충청남도 태안군 원북면 반계 2리 경로당
조사일시 : 2011.4.2
조 사 자 : 황인덕, 김기옥, 백민정, 김미정
제 보 자 : 이용금, 여, 88세
구연상황 : 태몽에 대한 이야기는 없느냐고 조사자가 물으니 아래의 내용을 구연하였다.
줄 거 리 : 하루는 한 스님이 집에 찾아와서 막내아들이 나중에 커서 잘될 것이라는 소리를 하였다. 이를 듣고 기분이 좋아 쌀을 조금 퍼 주었다. 그 스님의 말대로 그 아들은 잘살고 있다.

참, 중이 그 들어오더니 뭐 달라구 허는 게 아니라,

"아, 할머니 인상 좋으시네요."

아이 그, 스님헌테 그런 소리, 좋은 소리 들었다고. 그러니께,

"자손은 몇이나 두셨느냐."고 허걸레,

"아들, 딸 해 육남매 됐다."고 헌께,

"아, 육남매 다 참, 잘 두셨슈." 그래.

그러더니, 막내가 우리 아들 막내가 아들이라 그러니께, 그러믄 막내가 이름이 뭐냐 근께 그러걸래, 조○○이라구 허니께.

"아 참, 이름두 잘 짓고, 생도 좋고, 시두 잘 타고, 참 이름날 아들 두셨슈." 그러대.

"아유, 반가운 소리해서 고마워요."

그러구선 쌀 한 되를 줬어. 주니께, 그눔을 두말도 않고 가지고 가면서 자꾸 그 아주 그 아들은 성공헐텐께 두고 보라고 해쌌컬래,

"아이구, 스님 말대루 그렇게 됐으면 좋겠슈."

그러구 웃데니.

아이, 그렇허구 내려가니께 아들이 또 핵교서 가방 들고 들어오더니,

"엄마, 여기 저 어떤 아저씨던, (갠 스님인지 뭐인지 아나?) 아저씨덜 가방 쥐고 이렇허구. 이렇기다 어깨다 뭐 매고 이렇게 오신 양반들 우리 집 오셨다 가셨슈?" 그래.

그랴. 그 절이서 백호산 절이서 오셨다 그러더라구 그런께 날더러,

"아이구 니가 한설이냐?"

그래 그러시더라구 그래.

"예, 지가 조한설이유." 그런께,

"그럼 요 위 집이 느의 집이냐?"

그래서 그렇다고 허니께,

"아이, 너는 한 자락 성공은 허겄다, 참, 시두 잘 타구 나구, 인상도 좋구, 이름도 좋고, 시, 참 성공허겄다." 허더니,

"그리, 그 그 소리해서 쌀 한 되 드렸다 내가." 그러니께,

"아이, 쌀 한 되면 적지 않대요?" [웃음]

"쪼끔씩 더 드리지 엄마는 한 되빽에 몰러." 그려 그러길래,

"어허, 방아 찐 것도 없고 저 그릇도 한 되빽에 더 된다니?"

그랬더니 그 말대로 괜찮여.

참 잘 해 나가. 참 성공했어 개는.

그래서 나가 잠 없으면 '아이, 그때 그 스님이 맞았구나.' 그 생각혀.

아들 낳을 태몽

자료코드 : 08_14_MPN_20110402_HID_LYK_0003
조사장소 : 충청남도 태안군 원북면 반계 2리 경로당
조사일시 : 2011.4.2
조 사 자 : 황인덕, 김기옥, 백민정, 김미정
제 보 자 : 이용금, 여, 88세
구연상황 : 꿈에 대한 이야기가 오가고 난 뒤, 아래의 태몽을 구연하였다.
줄 거 리 : 꿈에 큰 산짐승이 나타나서 손을 물려고 하는 바람에 놀라서 깼다. 이후 두
번 그 꿈을 꾸고는 아들을 낳았다.

그르구서 인제 얼마 있노라니께.

이, 옛날인 이렇게 문고리가 있지 않은감.

이르케 아래 웃방에서 인제 이 방에서 인제 나하고 할아버지하고 자고,
이 방은 애들이 있고 헌디.

아이, 그 문고린 뭐 이렇게 덜겅덜겅덜겅 잡아 댕겨. 그래서 보니께 큰
산짐승이여.

'아휴, 이게 방에 들어오면 우리 아이들 다 잡아먹을 테니 이걸 워쩌
랴.' 허구, 그 문고릴 붙잡고 아무 소리, 우짜다 보니께 월루 갔대.

그래 '에유, 갔구나.' 허구 보니께, 이 앞이로는 안방 문을 홀떡 열어.

그래서 나는 '아이고!' 허구선, 문 이럭 힐라근께, 이 내 손이 이거만큼
은 그거 아가리루 들어가. 그래서 '아이구 인제 나, 내 손 영원히 짤라졌
다.'구 허구서, 사람 살려 허구 소릴 질른께, 우리 할아버지가,

"그래 잠도 안 자고 미치나 왜 이렇게 소릴랑 질러!"

"아이구, 우리 집이 짐승, 산짐승 왔어! 저 웃방 문 좀 열어봐!"

웃방 문 열어 본께,

"왜 방문 열어 보느냐?"

"아유, 글쎄 열어봐 좀!"

허니께, 애들 잘 잔다 그러대.

그 깨니께 꿈이여. 그걸 또.

그에 꿈이 그렇게 미서운 꿈을 크게만 꿨어. 그렇게 딱 두 번 꾸구서는 아주 한번 안 꿨어.

그럭 허구선 그냥 났어. 나니께 참 아들일래.

모시 다발과 돼지꿈

자료코드 : 08_14_MPN_20110402_HID_LYK_0004
조사장소 : 충청남도 태안군 원북면 반계 2리 경로당
조사일시 : 2011.4.2
조 사 자 : 황인덕, 김기옥, 백민정, 김미정
제 보 자 : 이용금, 여, 88세
구연상황 : 앞의 이야기와 같은 상황에서 이어서 구연하였다.
줄 거 리 : 딸을 연이어 셋을 낳고 살다가 하루는 꿈을 꾸었다. 누가 감자순이라고 하면서 주는 것을 받아서 보니, 감자순이 아니라 모시 다발이었다. 모시 다발을 쓰다듬고 앉아 있는데, 노란 돼지가 들어오는 꿈을 꾸었다. 이후 아들을 낳았다.

딸 싯 낳구서 게 있어.

그른디 어느 날 이렇게 집이 이르케 있는디, 그 논이를 일을 허는 이가 감자순이라고 이 감자순 짤러서 노라구 그러면서 갖다 주는디 딱 하나, 하나가 어떻게 진지 끝두 없어.

그래서, 아이구, 감자순이 왜 이렇게 너무 질다구, 서리서리허다 보니께 감자순이 아니고 모시 다발이여. 모시 다발이여.

그러니 나는 이제 콕콕 쳐 놓구서는, 그서 키 크고 좋은 놈만 뽑어서 여기다 몇 개 놓구서는 다 또 쓸어 내번졌어.

이놈은 필요 없이 한다고 키 큰 놈만 쓴다구 허면서 쓸어 내번졌어.

쓸어 내번지구서 모시를 이렇게 인제 그 놈을 이제 모시를 이렇게 꺼시면 이르케 *끄*지 않남? 껍데기 벳길라믄.

그걸 꺼시면 될 걸 텐디, 요렇게 시다듬기만 허구서, '아이구, 이걸 어 딜 꿰야 하나, 어딜 꿰나.' 허구서 시다듬고 앉았노라니께, 이렇게 무릎팍 이다, 이럭 허고 앉았노란께, 대문간이서 꾸룩꾸룩허더니 노란 돼아지 새 끼가 하나 펄펄 안이루 뛰어 들어오면서 마루 밑이루 쏙 들어가.

그래서 내가 '어머, 누가 돼아지 새끼 사 갖구 가다 잊어 버렸구나.' 허 구서 '이리 오너라, 이리 오너라.' 허니께. 또 오너, 또 오네? 내려가니께 치마 붙들어 이렇게 놓구서는 덮어 놓구는 이렇게 이렇게 쓰다듬다 보니 께 돼아지 새낀 *읎*구. 깨구, 꿈이구.

(청중 : 태몽 꿈 꿨어.)

(청중 : 꿈이 아주 좋은 꿈이었구먼.)

원수를 갚는 구렁이

자료코드 : 08_14_MPN_20110402_HID_LYK_0005
조사장소 : 충청남도 태안군 원북면 반계 2리 경로당
조사일시 : 2011.4.2
조 사 자 : 황인덕, 김기옥, 백민정, 김미정
제 보 자 : 이용금, 여, 88세
구연상황 : 앞의 이야기와 같은 상황에서 이어서 구연하였다.
줄 거 리 : 어떤 사람이 노끈으로 구렁이를 죽였다. 그런데 며칠 뒤 구렁이가 노끈을 감
          은 채 그 집으로 들어왔다. 구렁이를 죽이려면 확실하게 죽여야 후환이 없다.

(조사자 : 노끈으로요?)

응. 근디 메칠 있다 그 묶은 창, 고냥 또 그 집이루 들어왔더랴.

(청중 : 그 두께비두 그렇게 들어오더버려.)

그러니께 그래서 인제 아주 다 토막 내서 갖다 놓구, 불 불 싸질러서

아주.

구랭이는 쥑일테믄, 아주 그렇게 신체 없이 죽여야지, 설 죽이믄 웬수 갚는다구 또 들어오는 겨.

독경으로 병을 고친 사람

자료코드 : 08_14_MPN_20110403_HID_JSY_0001
조사장소 : 충청남도 태안군 원북면 장원길 440-8
조사일시 : 2011.4.3
조 사 자 : 황인덕, 김기옥, 백민정, 김미정
제 보 자 : 장세일, 남, 79세
구연상황 : 부녀회 회장의 안내를 받아 장세일 화자의 집을 방문하였다. 자신의 일인 설 위설경에 대한 이야기가 이어지고 난 뒤 경험한 일이라도 좋으니 들려 달라 고 하자 아래의 내용을 구연하였다.
줄 거 리 : 암에 걸린 사람이 있었다. 하루는 환자와 그의 삼촌이라는 스님이 찾아와서 독경을 해 줄 것을 부탁하였다. 7일 간 독경을 해 주고 집으로 돌아왔다. 이 후 그 스님이 찾아와서 자신의 조카가 일을 하면서 멀쩡하게 잘 살고 있다고 하면서 고맙다는 인사를 하고 갔다.

그 암이라구 헐 적이, 저 소원 사람인디.

그 사람이 말하자면 삼춘이 그 환자의 삼춘이 저기여, 스님이여, 참. 절일 갖구 있어. 그런 사람인디.

자기 조카가 그렇게 앓으니께, 앓어서 인제 병원은 여기서부텀 큰 병원까지 가니께, 암이라구. 집이 가서 그 사람 먹구 싶은 거나 실컷 멕여라, 그랬는디.

그 즈이 삼춘이라는 스님이라는 사람이, 인저 그런 정도되믄 쪼끔 공부는 했을 거 아네요, 이런 데 대한.

그러니께 이왕 이, 암이루 죽두래두 원 풀이나 좀 해 보겄다 해서 찾아

왔대요 참.

찾아와서, 내 조카가 이렇게, 이러 이런 병인디, 내 죽어두 원이나 없이 한번 기도나 좀 한 번 드려본다. 그러니 좀 해주쇼.

그래서 글쎄요 인저 내가 그랬죠.

"그 기도는 기도는, 한 번 가서 이르케 하루 저녁 저거해서는 끝날 기도가 아니다." 그랬더니,

"아이, 메칠이구 좋으니께 오시기만 해달라."구.

그럭케서 참 날 잡아 가지구 갔는디. 인저 독경을 칠일기도를 하게 됐어. 그 기도를.

칠일기도를 허는데, 인제 기도 한 석허구서 나가서 보면 이 사람이 그 집 밖에 나가서 마당 갓이가 이러구 우둑하니 그냥 서 있는 거여. 우둑허니여 참.

그래서 제 딴에는 사형선고 받은 거 아니겠슈?

그렇게 받으구 인제 저기루는 첨, ○○○허구 허니까 나가서 그냥 근너달만 쳐다보고 있다 들어오구 들어오구 그랬어요. 인저.

그렇게 허는데, 독경 칠일기도 끝내구서 잘 끝내 주구 왔는디.

그 삼춘이라는 사람이 찾아왔어. 찾아와서 아주 멀쩡해서 지금 일한다는 거. 멀쩡해서, 아주 뭐, 저기해서 지금 일을 헌다는 거여. 즈이 집터 일을.

아이구, 반갑다구 허구서는 그러냐구 참, 그럭허구선, 그 사람이 안부를 왔어, 고맙다구.

이러한 일두 내가 참, 보구. 그런디 지끔까지 그 사람, 아무 탈 없이 일허구 다 혀. 젊은 사람이었는데.

객귀풀이 하는 방법

자료코드 : 08_14_MPN_20110403_HID_JSY_0002
조사장소 : 충청남도 태안군 원북면 장원길 440-8
조사일시 : 2011.4.3
조 사 자 : 황인덕, 김기옥, 백민정, 김미정
제 보 자 : 장세일, 남, 79세
구연상황 : 앞의 이야기와 같은 상황에서 이어서 구연하였다. 60년 동안 이 분야에서 일
을 하면서 다양한 경험을 하였다고 하였다. 구체적인 이야기를 들려 달라고
하자 아래의 내용을 구연하였다.
줄 거 리 : 떠돌아다니는 귀신이 있다. 이를 객귀라고 한다. 사람이 일수가 나쁘면 객귀
에게 붙잡혀 낭패를 당하는 일이 생긴다. 이때에는 펄펄 끓인 된장국을 바가
지에 퍼서 식칼을 들고 진언을 외워 객귀를 쫓아야 한다. 그러면 꼼짝 못하던
환자가 일어나서 멀쩡하게 앉아 있게 된다. 이는 직접 경험한 일이다.

손님 객(客)자, 객귀, 귀신 귀(鬼)자. 떠돌아대니는 귀신이여.

그런 객귀라고 해서 어디를 가다가 그날 일수가 글르면은, 그 객귀한테
붙들리면은 그 자리서 꼼짝 못허고 그냥 아퍼 죽는다구.

꼼짝 못혀, 사람이.

이런 경우 그 사람을 얼릉 데려다 놓구 인저, 객귀풀이를 혀.

귀신보구 이렇구 이러니께 빨리 물러가라구. 이 그러믄서 인저 된장,
된장에다 밥 한 수저 늫구서, 된장국을 인저 끓여. 팔팔 끓이면은 인저 된
장 냄새가 날 거 아녀.

그 눔을 갖구 인저 바가지다 퍼서 갖고 나서 그 환자 놓구서는, 칼, 식
칼 그눔 갖구서 막 진언을 혀. 진언을. 저 저기 헌다는 진언을. 참 물러가
라는 진언을. 그럼 그럭해서 퇴송허고 나믄은 그렇게 꼼짝 못허던 놈으
환자가 벌떡 일어나서, 씻은 듯 가신 듯 아주 멀쩡히 이르케 앉았는 거여.

그런 것은 지끔 사람들 고지나 듣겄슈? 그랬다구? 아니라구 허지. 그런
게 어딨느냐구 허지.

그러나 우리는 한 60년 동안 다 체험해 본 거여.

학질을 떼는 방법

자료코드 : 08_14_ETC_20110403_HID_KCS_0001
조사장소 : 충청남도 태안군 원북면 신두리 2구 신두로 334번지
조사일시 : 2011.4.3
조 사 자 : 황인덕, 김기옥, 백민정, 김미정
제 보 자 : 강춘신, 여, 74세
구연상황 : 옆에서 남편의 이야기를 계속 듣고 있다가, 자신도 학질을 떼어 내려고 한 적이 있다고 하면서 이야기를 시작하였다.
줄 거 리 : 평안북도 곽산은 친정아버지의 고향이다. 어릴 때 당시 아버지는 징용을 간 상태였다. 학질에 걸려 여름 내 고생을 하고 있었다. 지나가는 모르는 사람을 붙들고 "아버지, 인제 오시냐구?" 인사를 하면 낫는다고 하였다. 그렇게 하니 과연 나았다.

학질 걸렸던 얘기 해야겠네.

(조사자 : 예, 하세요.)

제가요, 저기 평북에 살다가 여기 월남했거든요.

근데 인제 오래됐어요. 아홉 살 때 왔으니깐. 그때 거기 살 때 얘기에요.

어려서, 그러니깐 국민학교 일학년 들어갔을 땐가, 안 들어갔을 땐가.

그때만 해도 학질 걸리면은 여름에도 저 솜이불 몇 개를 덮어 줘도 기냥 떨어요. 그 안에서. 그랬는데 사람들이 그러드라구.

우리 그때 우리 아버지는 저기 일본 사람들한테 끌려가서, 노무자로 끌려갔었구요. 그래서 엄마하구 둘이 살았는데, 이제 아버지가 없잖아요.

그러니깐 저 길에 가서 아무나 붙잡고 아버지 인제 오시냐구 인사허믄 낫는다구 그래서 그렇게 헌 적도 있어요.

아버지 인제, 아무나 붙잡구 몰르는 사람.

그래서 그렇게 헌 것이 지끔 이런 데서는 못 들어 봤는데, 나는 그렇게 해본 적이 있어서.

낫는지, 어쨌는지는 모르게 낫어요, 하여튼.

그때, 그때 그러구선 나았으니까. [웃음]

그러믄 낫는다구 사람들이 그래서. 그냥 여름 내 앓으니깐 너무 지겨워서 그런 일, 그런 것두 해 봤어요.

(조사자 : 그게 평북 어느 지역이었죠?)

평북, 거기가 어디냐 하믄은 곽산이라는 데거든요.

(조사자 : 곽산?)

네. 거기가 우리 아버지 고향이거든요.

6. 이원면

증편 한국구비문학대계 ● 충청남도 태안군

▌조사마을

충청남도 태안군 이원면

조사일시 : 2011.3.27, 2011.4.2
조 사 자 : 황인덕, 김기옥, 백민정, 김미정

이원면은 태안군의 8개 행정구역 중 가장 북쪽에 위치한 총면적
40.59km²의 면이다. 북·서·동쪽이 해안에 면해 있고, 남쪽이 원북면(遠
北面)에 접해 있는 반도 형태를 하고 있다. 동쪽으로는 바다를 경계로 서
산시 대산읍과 지곡면을 마주한다. 남북으로 긴 형태이며, 전 면적의 약
70% 이상이 산지로 농경지는 매우 적은 편이다. 그러나 포지리에 대규모
간척지가 조성되어 비교적 넓은 평야를 확보함으로써 영농에 많은 도움
이 되고 있다.

대체로 평탄한 지형을 이루고 있으며 곳곳에 방조제와 함께 염전이 산재한다. 15개의 딸린 섬이 있는데, 죽도를 제외한 대부분의 섬이 무인도이다. 주요 농산물은 쌀, 보리 등이고, 특산물로는 생강·마늘·잎담배 재배가 활발하다.

이원면은 본래 태안군 북일면(北一面)이었다. 1914년 태안군이 서산군에 병합되면서 이원면을 편입하였는데, 이때 이원(梨園)과 북일(北一)의 첫자를 따서 이북면(梨北面)으로 개칭하였다. 그 후 1987년 이원면으로 명칭이 변경되었다가, 1989년 태안군의 복군과 함께 관할 지역으로 편입되어 오늘에 이르고 있다. 이원군의 인구는 태안군 인구의 약 9분의 1에 불과하여 군 내 8개 읍면 중 제일 적다.

이원면 관1리에는 전통 볏가리대 놀이가 전승 보존되고 있는 이원볏가리마을이 있다. 매해 농사가 시작되기 전(음 1.14)에 마을 입구에 모닥불을 피워 액운을 몰아내고 논둑밭둑에 지불을 놓아 한해의 병충해를 없앤다. 2월 초하룻날은 '머슴의 날'이라고 하여 한 해 동안 고생한 일꾼들을 대접하고 풍년을 기원하는 민속놀이를 하는데, 농악대들이 세운 볏가릿대 밑에서 마을 사람들이 모여 제를 지낸다.

이원면 답사는 3월 27일과 4월 2일에 실시하였다. 포지리와 원이로, 내리, 굴항1길에서 11명의 제보자를 만나 21편의 설화와 3편의 현대 구전설화, 12편의 민요를 채록하였다.

▌제보자

김용규, 남, 1916년생

주 소 지 : 충청남도 태안군 이원면 원이로 2771-96
제보일시 : 2011.3.27
조 사 자 : 황인덕, 김기옥, 백민정, 김미정

선대 고향은 당산이다. 14살에 이곳 이원면으로 와서 지금까지 살고 있다. 고손자까지 두고 있다. 경로당에서 1년에 두 번 정도 놀러 가는데, 그때마다 아내와 같이 간다고 하였다. 바른 말을 잘하기 때문에 이 일대에서는 '호랑영감'으로 불린다. 베틀가를 잘 부른다고 소문이 나 있다. 베틀가를 청하자 원래 청이 좋아 잘했는데 지금은 목이  터지지를 않는다고 하면서 한동안 다른 이야기를 하다가 들려주었다. 이래저래 젊을 때 들어서 아는 것이라고 하였다. 범벅타령에 대한 이야기가 나오자, 이런 데에서 할 소리는 아니라고 하였다. "그런 건 흥취 날 적이 말이여, 지랄할 적이 그때라야 부르는 노래여"라고 하며, 교훈적인 노래를 들려주려는 자세를 보였다. 일제 강점기에 고생한 이야기를 한참 들려주었다. 판을 마무리할 즈음에는 처세에 대한 이야기를 하면서 돈보다는 사람을 중하게 여기는 자세의 중요성을 언급하였다.

제공 자료 목록
08_14_FOS_20110327_HID_KYK_0001 베틀가

김태이, 남, 1942년생

주 소 지 : 충청남도 태안군 이원면 포지리 57번지 이화식당
제보일시 : 2011.3.27
조 사 자 : 황인덕, 김기옥, 백민정, 김미정

　이원면 포지리에 있는 이화식당 주인이
다. 조사자들이 오전 조사를 마치고 점심 식
사를 한 곳이다. 식사를 마치고 나오면서 마
을에 대한 질문을 하자, 한 편의 이야기를
들려주었다. 나이에 비해 젊어 보이는 얼굴
이다. 발음이 정확하며 내용 전달에 무리가
없다. 보다 많은 자료를 지니고 있는 듯하
였으나, 끝내 한 편의 이야기만 들을 수 있
었다.

제공 자료 목록
08_14_FOT_20110327_HID_KTA_0001 원혼이 많은 소원면 과부굴

문순임, 여, 1934년생

주 소 지 : 충청남도 태안군 이원면 내 3리 다목적회관
제보일시 : 2011.3.27
조 사 자 : 황인덕, 김기옥, 백민정, 김미정

　조사자들의 방문 목적을 듣고는 입에서
곧바로 노래가 흘러나왔다. 평소에도 노래
를 즐기는 듯하다. 가사가 잘 기억이 나지
않으면 몇 번이고 반복해서 같은 노래를 불
러 주었다. 가사에 약간의 혼동이 있는 경우

에는 보다 교훈적인 내용의 것을 택하려는 태도를 보였다.

제공 자료 목록

08_14_FOS_20110327_HID_MSE_0001 아이 어르는 소리(1)
08_14_FOS_20110327_HID_MSE_0002 아이 어르는 소리(2)
08_14_FOS_20110327_HID_MSE_0003 다리 세는 소리
08_14_FOS_20110327_HID_MSE_0004 시집살이 노래(1)
08_14_FOS_20110327_HID_MSE_0005 영감아 땡감아
08_14_FOS_20110327_HID_MSE_0006 시집살이 노래(2)

박옥자, 여, 1949년생

주 소 지 : 충청남도 태안군 이원면 원이로 2650-2 만대경로당
제보일시 : 2011.3.27
조 사 자 : 황인덕, 김기옥, 백민정, 김미정

처음부터 나서지 않고 다른 사람의 이야
기와 노래를 가만히 듣고 앉아 있다가 한
편의 노래를 들려주었다. 나이가 많은 다른
사람에게 노래와 이야기를 권하는 역할을
하였다.

제공 자료 목록

08_14_FOS_20110327_HID_POJ_0001 아기 재우는 소리

오복수, 여, 1928년생

주 소 지 : 충청남도 태안군 이원면 원이로 2650-2 만대경로당
제보일시 : 2011.3.27
조 사 자 : 황인덕, 김기옥, 백민정, 김미정

현재 나이가 많아 기억력이 많이 떨어졌다고 하면서 선뜻 나서려고 하

지 않았다. 예전에는 사람들 앞에서 곧잘 노
래를 불렀다고 한다. 주위에서 노래를 자꾸
권하자 연이어 불렀다.

제공 자료 목록
08_14_FOS_20110327_HID_OBS_0001
달아 달아 밝은 달아
08_14_FOS_20110327_HID_OBS_0002
시집살이 노래

이영애, 여, 1937년생

주 소 지 : 충청남도 태안군 이원면 포지리 노인회관
제보일시 : 2011.3.27
조 사 자 : 황인덕, 김기옥, 백민정, 김미정

이원면에 와서 산 지 47년이 되었다. 황
해도 옹진군이 고향이다. 일제강점기에 우
리말을 사용하지 못하고 생활하다가 초등학
교에 들어갈 때에도 시험을 치고 들어갔다
고 한다. 9살에 해방이 되었다. 연평에서 당
진으로 넘어오면서 고생한 이야기를 한참
들려주었다. 어릴 때 어머니가 책을 읽어 주
었다고 한다.

제공 자료 목록
08_14_FOT_20110327_HID_LYA_0001 도깨비 도움으로 부자 된 할머니
08_14_FOT_20110327_HID_LYA_0002 욕심 많은 남자
08_14_FOT_20110327_HID_LYA_0003 효부가 된 며느리
08_14_FOT_20110327_HID_LYA_0004 효자도 부모하기 나름
08_14_FOT_20110327_HID_LYA_0005 호랑이에게 잡아먹힌 여자

이재필, 남, 1935년생

주 소 지 : 충청남도 태안군 이원면 굴항 1길 79-24
제보일시 : 2011.3.27
조 사 자 : 황인덕, 김기옥, 백민정, 김미정

태안읍장, 원북면장, 지곡면장 등을 역임
하였다. 1994년에 정년퇴직하였다. 공직에
40여 년 근무하면서 지역의 많은 사람들과
교류하면서 지역에 관한 다양한 정보를 지
니고 있다. 대학을 다니다가 그만두었다. 다
른 사람의 당선을 위해 선거 유세를 다닌
적도 있다고 한다. 한때는 재건학교에서 중
학교에 못 간 학생들을 가르치기도 하였다.

해당 지역에 관한 자료를 많이 알고 있으며, 지명 유래에 대해서는 특히
관심이 많아 현지답사를 여러 번 다녔다고 한다. 타 지역에 관한 것은 연
구한 바가 없어 잘 알지 못한다고 하였다. 구전되는 전설만을 받아들이는
것이 아니라, 사실 확인을 위해서 문헌의 기록을 간과하지 않는다. 역사
적인 시대상에 대한 언급이 많으며, 전설의 사실성을 강화하기 위해 해당
전설과 관련된 물증을 연결시키려는 자세가 돋보인다. 동일한 화소에 대
해서 몇 가지 설을 다 들려주려는 구연의 적극성이 있다. 기록하는 습관
이 있어 몇 년 동안 본인이 기록한 '우마생활'이라는 일지가 있었는데, 그
걸 없앤 것이 안타깝다고 하였다. 애향심 또한 남다르다.

제공 자료 목록
08_14_FOT_20110327_HID_LJP_0001 사직고개 유래

08_14_FOT_20110327_HID_LJP_0003 가재산 광맥
08_14_FOT_20110327_HID_LJP_0004 만대 마을 지명 유래
08_14_FOT_20110327_HID_LJP_0005 용난굴과 망부석 바위
08_14_FOT_20110327_HID_LJP_0006 와랑창 전설
08_14_FOT_20110327_HID_LJP_0007 호적굴 전설
08_14_FOT_20110327_HID_LJP_0008 지성골 지명유래
08_14_FOT_20110327_HID_LJP_0009 토정보다 나은 옹기장수

이주선, 남, 1953년생

주 소 지 : 충청남도 태안군 이원면 포지리 1구
제보일시 : 2011.4.2
조 사 자 : 황인덕, 김기옥, 백민정, 김미정

당산에서 살다가 포지 1구로 이사 온 지 30년이 되었다. 현재 소방관리원 일을 하고 있다. 조사자들이 이동 중 길에서 자전거를 타고 가던 이주선 화자를 만났다. 옛날 애기는 자신도 많이 알고 있다고 하면서 길가에 서서 3편의 이야기를 들려주었다. 일을 끝내고 저녁에 다시 만날 약속을 하고 헤어졌다. 화자가 퇴근하는 시간에 맞추어 저녁 6시경 근처 식당에서 다시 만나 이야기를 청하였다. 다양한 이야기를 알고 있는 것 같았으나 낮에 길가에서 들은 이야기에서 크게 벗어나지 않을 정도의 이야기가 되풀이되는 상황이었다. 이야기의 길이가 짧고 구조가 복잡하지 않으며, 정보 전달 정도의 간단한 이야기를 구연하는 편이다.

제공 자료 목록
08_14_FOT_20110402_HID_LJS_0001 이원면 당산 1구 사형 명당
08_14_FOT_20110402_HID_LJS_0002 이원면 관리1구의 굴과 마당바위

08_14_FOT_20110402_HID_LJS_0003 이원면 유래와 관 바위
08_14_MPN_20110402_HID_LJS_0001 할머니 집 도깨비터
08_14_MPN_20110402_HID_LJS_0002 도깨비에 홀린 남자

장갑환, 여, 1936년생

주 소 지 : 충청남도 태안군 이원면 원이로 2650-2 만대경로당
제보일시 : 2011.3.27
조 사 자 : 황인덕, 김기옥, 백민정, 김미정

서산시 대산읍에서 살다가 이곳으로 시집
왔다. 다른 사람들이 이야기하고 노래하는
것을 조용히 듣는 입장이었다. 발음도 정확
한 편에 해당한다. 마지막까지 이야기판을
지켰다.

제공 자료 목록
08_14_FOS_20110327_HID_JKH_0001 시집살이 노래

조명숙, 여, 1931년생

주 소 지 : 충청남도 태안군 이원면 포지리 노인회관
제보일시 : 2011.3.27
조 사 자 : 황인덕, 김기옥, 백민정, 김미정

경로당을 찾아가는 길에 조명숙 화자를
만나 경로당에 함께 들어섰다. 조사자들의
방문 목적을 듣고 자신이 알고 있는 한 편
의 이야기라도 들려주려는 성의 있는 자세
를 보였다. 평소에는 해당 마을 경로당에 한

20여 명의 사람들이 모인다고 한다. 조사자들이 방문한 날이 일요일이고 마침 결혼식이 있어 사람들이 많이 모이지 않았다고 하였다. 옛날이야기를 청하자, 자신이 고생한 이야기가 옛날이야기라고 하면서 시집와서 겪은 일을 한동안 들려주었다. 초등학교를 다니다가 시집을 오게 되었다고 한다. 시집와서 12명의 식구들과 더불어 살았다고 한다. 한 편의 이야기가 지니는 서사성이 약한 편이다. 전체적인 이야기를 기억해 내는 데에도 무리가 있다. 단순한 사건을 기억해 내는 정도로, 뛰어난 화자로서의 자질은 보이지 않는다. 이야기 도중 옆에 있는 다른 화자의 도움을 받아야 이야기가 마무리 되는 경향이 있다. 학생들에게 도움이 되는 이야기를 들려주려는 경향이 있다.

제공 자료 목록
08_14_FOT_20110327_HID_JMS_0001 서기가 빠져나간 명당
08_14_FOT_20110327_HID_JMS_0002 수숫대가 붉은 이유
08_14_FOT_20110327_HID_JMS_0003 파묘하고 꾸는 악몽
08_14_FOT_20110327_HID_JMS_0004 고려장이 사라진 유래

조재동, 남, 1930년생

주 소 지 : 충청남도 태안군 이원면 포동길 82-39
제보일시 : 2011.4.2
조 사 자 : 황인덕, 김기옥, 백민정, 김미정

조사자가 해당 마을에 대한 정보를 얻으려고 주택가 근처에 차를 세웠다. 마침 차를 타고 일하러 나가려던 조재동 화자를 붙들고 이야기 듣기를 청하였다. 화자의 집에 들어가서 이야기판을 마련하였다. 화자의 부인이 동석하였다. 마을과 관련된 질문을 하

자, 이곳에서 오래 살지 않아서 아는 것이 별로 없다고 하였다. 화자의 부인이 마을과 관련된 책자 한 권을 조사자에게 건네주었다.

제공 자료 목록
08_14_MPN_20110402_HID_JJD_0001 도깨비불 보고 놀란 일

원혼이 많은 소원면 과부굴

자료코드 : 08_14_FOT_20110327_HID_KTA_0001
조사장소 : 충청남도 태안군 이원면 포지리 57번지 이화식당
조사일시 : 2011.3.27
조 사 자 : 황인덕, 김기옥, 백민정, 김미정
제 보 자 : 김태이, 남, 69세
구연상황 : 오전 조사를 마치고 근처의 이화식당에서 점심 식사를 하였다. 식사를 마치고
나오면서, 식당 주인인 김태이 화자에게 이 마을에서 이야기를 잘하는 사람이
있는지를 물어 보았다. 자신도 이야기를 많이 알고 있다고 하면서 들려준 이
야기이다.
줄 거 리 : 소원면에 과부굴이라는 곳이 있다. 그 동네는 6 · 25 때 과부가 가장 많이 생
긴 곳이다. 그 굴에 사람을 많이 들여보낸 뒤 불을 피워 사람을 죽였다고 한
다. 지금도 그곳에 가면 소름이 끼친다고 한다.

소원 소금진 가먼은 그, 원막원 밭 밑이 거 바로 밑에, 거기 가면은 굴
있어.

굴 있는데, 옛날에 그, 그 저기 저, 6 · 25 때가 제일 많이 그 과부가 많
이 생긴 데가 그 동네여. 거기라구.

근데 거기를 그 사람들 데꾸 작업허러 갔는데 어떤 사람이 이렇게 가
면서 그려. 여기 가면은 오뉴월도 얼음이 언다 이기여.

게 왜 그러냐 그러니까, 그 옛날 그 이 구신, 죽은 그 혼이 거기가 있어
가지고.

게 왜 여기가 거 손이 있느냐 그러니께는 얘길 허는 거여.

거기다가 다 죽일라고 허니께, 숨으라고 해서 구루 다 늫구서 앞이 막
어 놓고 솔가지를 넣고 불 땠다는 거여.

(조사자 : 그 굴에요?)

굴에다가.

그래서 그 안에 들어가면은 삼복더위에도 그 소름이 끼친다 이기여. 고드름이 언다 이기여. 게 오늘날.

한 유월 달쯤 됐는데. 거기를, 그런 얘기를 들었걸래 거기를 지나다가 어떤 사람 들어가 보니까 앞에가 다 끄실렀어. 그 저 뭐가.

그 바위, 굴이 돌인데, 근께 거기다 사람을 착착 너 놓구서는 못 나오게 허구서 불 질렀으니까 나올 수가 있나.

꼼짝없이 죽었지.

도깨비 도움으로 부자 된 할머니

자료코드 : 08_14_FOT_20110327_HID_LYA_0001
조사장소 : 충청남도 태안군 이원면 포지리 노인회관
조사일시 : 2011.3.27
조 사 자 : 황인덕, 김기옥, 백민정, 김미정
제 보 자 : 이영애, 여, 74세
구연상황 : 앞서 다른 화자가 한 편의 동화를 구연하자, 어릴 때 어머니에게서 들은 것이라고 하면서 들려주었다. 이야기를 마치고는 도깨비를 사귀면 부자가 된다는 말을 하였다.
줄 거 리 : 가난하게 사는 집이 있었다. 하루는 그 집의 할머니가 돗자리를 들고 창고에 들어가서 하룻밤 자고 나오는데 온몸이 부어 있는 것이었다. 며칠이 지나면 또 창고에 들어가서 자고 나왔다. 이후로 그 집이 부자가 되었는데, 할머니가 돌아가시자 재산이 금방 사라져 버렸다. 도깨비와 사귀면 부자가 된다고 한다.

어떤 집이가 참 가난하게 살았는데, 할머니가 인제 며칠에 한 번씩 인제 돗자리를 가지구서 그 창고에가 들어가서 주무시고 나믄 얼굴이 왜 이렇게 부어서 나왔대요.

부어서 나왔는데 그렇커면서부텀 거 집이 그렇게 부자가 되드라네요.

그렇게 그런디 인제, 몇칠에 한 번씩 인제 이렇게 돗자리를 가지고 또 들어가서, 창고가 들어가서 하루 저녁을 세우구 나면은 이렇게 막 온몸이 부어서 나와 가지구서, 인제 그 온몸이 부슨게 인제 메칠 동안 있으믄 그기 회복되믄은 또 그렇커고 또 그렇커고 허는데. 그렇게 부자가 되드래요.

그냥 거 할머니 살아. 그렇게 부자가 되더니 할머니가 돌아가시니께 그 자산이 그저 스스로 금방내루 다 없어지드래요.

근데 그게 순전히 독갑이를 새겨 가지구서 도깨비가 도와줘 갖구 그렇게 부자가 됐다.

그 할머니가 돌아가시니까 그 자산이 그저, 스스로 그냥 그냥 금방내루 그게 없어지구. 그 몰락허드라고.

욕심 많은 남자

자료코드 : 08_14_FOT_20110327_HID_LYA_0002
조사장소 : 충청남도 태안군 이원면 포지리 노인회관
조사일시 : 2011.3.27
조 사 자 : 황인덕, 김기옥, 백민정, 김미정
제 보 자 : 이영애, 여, 74세
구연상황 : 바닷가에 사람이 빠져 죽는 일은 없었는지, 특이한 사람 이야기는 없는지를 물으니 아래의 내용을 구연하였다. 그렇게 욕심을 많이 부리던 사람이 결국에는 바다에 빠져 죽었다고 한다.
줄 거 리 : 바닷가에서 고기가 많이 잡혔다. 마을의 여자들이 남은 고기 부스러기라도 주워 먹을 생각으로 그곳으로 가면, 어떤 남자가 옷을 다 벗는 바람에 여자들이 접근을 할 수가 없었다. 남자는 그렇게 욕심을 부리며 살다가 결국은 물에 빠져 죽었다.

고기가 많았대요.

여기, 여기, 여기 쪼끔만 내려가면 바다였는데.

(청중 : 고기니 갈치니 그냥, 무진 무진 잡았지.)

많아서 이르케 살을 메구서 인제 그 진이라 삼을 보러 가면은 인제 여자들이 가서 인제, 그 증말, 뭐라 허나. 치레기라 허나 찌끄럭지라구 허나, 그 주인들이 잡은 나머지를 잡구 이러컬랑.

가면은 그 남자가 여자들 못 허게 허느라구 옷을 다 벗었대요.

옷을 다 벗으먼은 여자들이 민망해서 그기 못 갈 거 아녜요. 그르케 갓구서 여자들이 못 가구 그랬다구들, 여기분들 그러시드라구.

그리구서는 인제, 인제 달아서 그전에 이르케 이르케 앉은 저울이 없구서는 이케 추루 해서 이렇게 들구서는 저울을 많이 썼지요.

근데 인제 덜어서 이르케 팔면서,

"내 손이 근이다!"

한 근, 두 근 허니께, 저울이다라구. 내 손이 근이다, 근이다, 해서 팔았다구 그런 소리들 허드라구요, 여기 분덜.

그런 소리밖에 못 들었어요. 난 여기서.

(청중 : 바다 갔다 빠져 죽어서 시신 못 찾으구 그냥.)

효부가 된 며느리

자료코드 : 08_14_FOT_20110327_HID_LYA_0003
조사장소 : 충청남도 태안군 이원면 포지리 노인회관
조사일시 : 2011.3.27
조 사 자 : 황인덕, 김기옥, 백민정, 김미정
제 보 자 : 이영애, 여, 74세
구연상황 : 앞의 이야기와 같은 상황에서 이어서 구연하였다.
줄 거 리 : 아내가 시어머니를 싫어하는 것을 본 남편이 꾀를 내었다. 살이 붙은 노인은 시장에서 돈을 많이 받고 팔 수 있다는 말을 아내에게 하였다. 이를 듣고

아내는 열심히 시어머니를 봉양하였다. 이후 서로 정이 들어 사이좋게 잘 살았다.

시어머니를 정 싫어하니까 메느리가 싫어하니까, 아들이 거짓말루다가서.

"아유, 노인네 참 살 붙구, 이런 노인네들은 저기 시장에서 돈을 많이 주구 산대."

그래서 아이 그러냐구, 그러니께.

(청중 : 마누라한테.)

메느리가 잘 보경을 했대요. 고기를 사다가 보경을 허고, 참 기분도 좋게 해드리고, 옷도 잘 해드리고 이르케 깨끗허고 잘 헌 노인네가 그렇게 비싸다고 그래 갖고.

그게 잘하다 보니께 그 시어머니두 메느리는 진짜 잘하니께 고마운께 서로가 잘허게 돼 갖고, 정이 들어서 인제. 잘, 서로가 인제 자손이 부모게 잘허니께 부모두 물론 잘해야고, 부모가 잘허야 자식도 잘허는 건디.

그렇게 서로가 잘하다 본께 정이 들었는데.

그때는 남편이,

"아유, 어머니 저쯤 되면 갖다 팔아도 값은 어지간히 받겠다고, 갖다 팔자."

고 그러니까 메느리가,

"아유, 난 어머니 없인 못 살아 인제, 어머니 갖다 팔지 말자."고.

그럼 모 여지껏 멕인 것도 그냥,

"아이구, 그래두 팔면 안 된다."고.

(청중 : 잘 멕여서 아주 살찌고.)

예, 그래 갖구서 서로가 우애가, 서로가 맞아 갖고 잘 살았대요.

효자도 부모하기 나름

자료코드 : 08_14_FOT_20110327_HID_LYA_0004
조사장소 : 충청남도 태안군 이원면 포지리 노인회관
조사일시 : 2011.3.27
조 사 자 : 황인덕, 김기옥, 백민정, 김미정
제 보 자 : 이영애, 여, 74세
구연상황 : 효자나 효부에 대한 이야기는 없느냐고 물으니, 효부에 대한 앞의 이야기에
       이어서 아래의 내용을 구연하였다.
줄 거 리 : 한 아들이 아버지의 옷을 따뜻하게 해 드리려고 먼저 일어나 아버지 옷을 입
       고 있는 것을 보고 아버지가 야단을 쳤다. 또 다른 집에서는 이 같은 아들의
       행동을 보고 고맙다고 칭찬을 해서 효자상을 받게 되었다. 부모도 자식의 행
       동을 잘 받아 주어야 자식을 효자로 만들 수 있다.

   아버지 옷을 이르케 입었다가 뎁혀 가지구서, 저 아버지를 드릴라구 인
제 식전에만 먼저 일어나서 그 옷을 입구서 있으면은 아버지가 그렇게 막
혼을 냈대요. 걱정을 허시고.

   인제 남의 옷까지 뺏어 입는다고 그러면은, 당신은 아들은 아버지가 옷
이 차까봐, 그 옷을 입구서 인제 뎁혀서 벗어 드릴라고 했는데. 그 아버지
가 그거를 안 받아들여서 게 효자 노릇을 못 허고, 어떤 댁에는 아들이
그렇게 입구 있다가 벗어 드리믄 고맙게 받아 주셔서 입어서 그 집 아들
은 효자상을 타고 그랬대요.

   그랬다고들 하드라고, 옛날 어른들이.

   그러니까 부모도 어느 정도 그거를 받아 줘야 자식두 또 효자가 나오
고, 효부가 나오는데 그랬다고 그전에.

호랑이에게 잡아먹힌 여자

자료코드 : 08_14_FOT_20110327_HID_LYA_0005

조사장소 : 충청남도 태안군 이원면 포지리 노인회관
조사일시 : 2011.3.27
조 사 자 : 황인덕, 김기옥, 백민정, 김미정
제 보 자 : 이영애, 여, 74세
구연상황 : 화자의 고향이 이북이라고 하면서, 고향 이야기를 한동안 하더니 아래의 내용
을 들려주었다.
줄 거 리 : 어떤 여자가 아이를 낳고 화장실에 가려고 밖으로 나왔다가 호랑이에게 먹히
고 말았다. 마을 사람들이 그 흔적을 따라가 보니 여자의 신체 일부를 먹은
호랑이가 비린내를 풍기고 있었다. 이는 북한에서 실제로 있었던 일이다.

어떤 분이 인제 그 산골서 애기를 낳는데.

그전이 옛날에야 다 지 집 안에가 화장실이 없고 밖에가 화장실이 있
으니께, 밖으루 인제 볼일 보러 나갔다가서 영 안 들어와서 나가니까.

그 담배 심으믄 담배가 막 키가 이거만씩 허잖아요.

근디 그 담배 줄거리를, 그 나무를 인제 막 호랭이헌테 잡혀가면서 그
놈을 이르케 그래 갖구, 붙들어서 그놈이 많이 가도록 그 담배 밭이 그르
케 담배 그루가 뽑혔드래요.

그래서 근처서 인제 막 꽹과리 겉은 거 치면 횃불 메 갖구서 그 산으루
막 쫓아가니께, 이 젖가심만 다 파 먹구서는 그냥 신체 그러구서는. 막 가
니께 호랭이가 막 피를 막 입에다 물어서 이르케 막 품었다, 소리는 그건
인제 막 비린내 나니께 한 소리겠는지, 그건 몰랐지.

그르케 했다고 그전에 우리 어머니가.

아이구 그러케 한 사람들도 있다고 그러는 소리 들었어요.

그건 진짜 북한이에요.

사직고개 유래

자료코드 : 08_14_FOT_20110327_HID_LJP_0001

조사장소 : 충청남도 태안군 이원면 굴항 2길 79-24번지

조사일시 : 2011.3.27

조 사 자 : 황인덕, 김기옥, 백민정, 김미정

제 보 자 : 이재필, 남, 76세

구연상황 : 마을 경로당에서 이재필 화자가 이야기를 잘 할 것이라는 소리를 듣고, 이재
필 화자의 집으로 찾아갔다. 대문 입구에 마련되어 있는 방으로 들어가서 방
문 목적을 이야기하자, 자신의 경력을 잠시 언급하고 마을과 관련된 지명 전
설부터 들려주었다.

줄 거 리 : 사직고개라고 불리는 곳이 있다. 오래 전에는 이곳을 말이새기재라고 불렀다.
말이 교통수단인 시절에, 이곳에서 말이 물을 먹기도 하고 쉬기도 하면서 되
새김질하던 곳이기 때문에 붙여진 이름이다. 일제 강점기에 면사무소가 이곳
에 생겼는데, 먼곳에서 발령을 받고 온 사람들이 이 고개를 넘다가 사직서를
내고 돌아갔다고 해서 사직고개라고 불리고 있다. 지금은 대부분 이곳을 사직
고개라고 부른다.

이원 들어올 때,

(조사자 : 아, 남쪽에서 올라올 때요?)

에 남쪽에서 올 때 큰 고개 고개 났지.

축 해서 길 내놓은 데, 밭에.

그 고개가 에 옛날엔 만리, 마리새기 재라 그러는데. 말이사기 재여, 말
이사기 재.

근데 마리새기 재라구 그냥 허지. 마리새기 재.

그 유래가 뭐냐 하믄, 옛날에는 주로 교통수단이 말아뉴. 말. 말 타구
다녔지. 말 타구 근데, 그 고개가 지금 깎아 놔서 그렇지 극락지게 이렇게
높어요.

말 타고 당 높구, 그게 그 고랑탱이루 이렇컬 뭐 꼭대기꺼장 논다랑거
지가 있었어.

지금두 그 논에, 그 지금은 거기다가 인저 흙을 전부 갖다 돋워 놓구
이렇게 가로 화단 맨들구. 그렇케서 ○○○을 쓴 데.

그게 인젠, 그 밑이루 길이거든. 밑이루 요러게, 골루 해서 요렇고 올러대니는 게 옛날 길인데. 고 꼭대기에 보머는 그 샘이 하나 있었어요. 옹달샘. 지금은 없어졌지만. 옹달샘이.

그러믄 말 타구 대닐 때 고개 다치구 어려우믄 쉬어가. 쉬어가는 데가 있잖어. 게 말, 물두 먹여야 하고. 쉬게 해야 하고.

그런게 그 옹달샘서, 말 물두 멕이구 쉬게 허는 규.

그러믄 그 소나 말은 되새김질을 해요, 이렇게. 아구 쉴 때. 에 되새김질. 그래서 말이 되새, 되새김질허는 고개다. 그래 말, 말이새기 재.

이새, 되새김질 이새기잖아. 그래서 말이새기 재다. 이렇게 그 유래된 고개가 그게 마리새기 잽니다.

그런데 일제강점기, 에, 인저 새로운 전설이 하나 생겼어요. 새로운 전설이.

게 마리새기 재라는 건 고 정도로 얘기해 주구. 그 마리새기 재를 달리, 사직고개라구두 해요. 사직고개.

사직고개루, 하고 허는데 이 사직고개는 고기부텀 얘기해 가는 거요. 고개부텀 얘기해 가는 거요. 거기서, 거부텀 내려오면서 얘기힐게.

일제강점기. 에, 인제 여기가 인제 초등학교가 생기고, 그때는 그 초기는 원북면 이북면 관아에 그 순사 주재소라는 게 있는데, 거거.

[잠시 다른 얘기하시다]

그러니 처음이 경찰서 지금 이 경찰 계통인디 일본두 그땐 순사 주재소라구 해 갖구 경찰처럼 해서 뭐, 경찰의 역사 보믄 그런 게 나와유.

근디 경찰 주재소가 이원면에 있었어요. 원이북 관할에는 경찰 주재소가 한 군데가 있었는데, 그땐 많들 안 했었지. 그러구 원이북 관아에서 초등학교두 이북, 니혼코리쓰코쿠민갓코라구 일본 놈들이 허는데. 고 요게 먼저 생겼어요.

그래 이 일본놈덜이 여 그, 그 학교 주재소. 그러구 인제 면사무소가 인저 생기구 그레니께 인저 공무원들이 올 거 아녀. 일루.

이 교통수단이 없으니까.

그레니께 걸어서 들어오다가 물어 보면은 아직도 몇 십 리 남았다 허고, 몇 십 리 남았다 그래. 그디 그 고개 와서 물어 보니까, 아직도 십 리 남았다고 허는 거에요.

그레니까 아따, 이거 뭐, 여기 와서 근무 못 허겠다 허고, 되돌아가서 사직서 냈다. 사직서 내고 간 고개다, 그래서 사직고개라 그래요.

그래서 그 설은, 주재소, 주재소 경관, 인저 초등학교 선생, 뭐 주로 외지서 들어오는 사람이 대개 면사무소는 지방분들 가차운 분들이 많이 근무했지만은 그분들은 외지서 많이 들어와요.

또 여기도 일본 순사들도 하구, 일본 선생들도 들어왔구, 일본 사람.

그래서 그 주재소 순경들이나, 그때는 경찰관 순경이나 지금은 순경이지. 학교 선생님들 오다가 사직서 낸 고개다 해서 사직고개라 그래.

거거는 일제강점기. 일제강점기, 에 30년대 말 40년대 초에, 에 30년대, 하여튼 30년대로 보믄 될꺼야. 30년대.

1930년대. 고때 생긴 전설이고, 마리새기 재로는 아주 옛날.

그러니께 원 근본은 게, 마리새기 재가 맞는 건데, 중간이 그걸 놔서 사직고개라 그래서 지금은 사직고개가 더 알려져 있어요.

가재산 광맥

자료코드 : 08_14_FOT_20110327_HID_LJP_0003
조사장소 : 충청남도 태안군 이원면 굴항 2길 79-24번지
조사일시 : 2011.3.27
조 사 자 : 황인덕, 김기옥, 백민정, 김미정
제 보 자 : 이재필, 남, 76세

구연상황 : 앞의 이야기와 같은 상황에서 이어서 구연하였다.

줄 거 리 : 가재산은 이원면의 중심 산이다. 지금은 폐광이 되었지만, 오래 전에는 철광
석이 나는 광산이었다.

이 가재산에 여기 우리 이원면에 중심 산인데, 가재산 여기, 그게 철광
맥이 백혔습니다.

그래서 철광산을 했어요, 철광을. 지금두 거기 가 보면 광, 굴 뚫어서
이렇게, 지금 폐광됐지마는 철광 헌 게 있어요.

그러구 노출된 아주 산 돌맹이가 이렇게 많았거든.

그러믄 90% 이상이 이 철광이 노출되어 있는 게 옛날에 많았다는 얘
기유. 그런게 그놈 갖다 녹여서 뭘 맨들을 것이다. 이건 우리가 추측허는
거지. 그런 쇠덜이 있었시니까.

그 뒤에 일제강점기 이후 광권 허가 내구 광고를 했지마는, 그 이전에
는 옛날에는 노출된 광석을 갖다가 녹여서 맨들었지 않했느냐.

인저 이렇게 추측을 허면서.

만대 마을 지명 유래

자료코드 : 08_14_FOT_20110327_HID_LJP_0004
조사장소 : 충청남도 태안군 이원면 굴항 2길 79-24번지
조사일시 : 2011.3.27
조 사 자 : 황인덕, 김기옥, 백민정, 김미정
제 보 자 : 이재필, 남, 76세
구연상황 : 앞의 이야기와 같은 상황에서 이어서 구연하였다.

줄 거 리 : 태안군에 만대라는 지명이 있다. 조선시대에 배불사상이 만연해지자 중들이
머물 곳을 찾아 만대라는 곳까지 오게 되었다. 언젠가 발전하여 만 호가 살게
될 것이라는 예언을 한 중은 마을 사람들로부터 대접을 받았으나 끝말 자 터
대 자를 써서 말대라고 부른 중은 결국 먹을 것을 구하려다 낭떠러지에서 떨
어져 죽었다. 근처에 그중이 떨어져 죽었다는 후망산이라는 곳이 있다. 그래

서 이곳은 말대가 아니라 만대라고 불러야 한다.

만대가, 가다가다 만대라고 허는 말대, 끝 말(末) 자, 터 대(臺) 자.

그르니께 끝이다, 끝 땅이다, 이 소리고. 말대, 가다 가다 만대라고 허는 말은 말대고.

그런디 일만 만 자 만대(萬臺)가, 그 대동, 저 여지승람에도 나오고 대동여지도에도 나오고 다 만대로 표기돼 있어요. 만대로, 만대로.

(조사자 : 일만 만 자로 써요?)

일만 만 자, 터 대 자.

그래서 그 전설은 왜 그거 했느냐믄.

에 고려 말, 이 저 배불사상이 일어나고 숭유사상이 싹트기 시작허지 않았어요. 그러구 이저 이조 이성계가 설립헐 때는 숭유 배불이여, 유교 숭상이여.

그러닌께 중덜이 스님들이, 스님들이 어트게 쫓기게 되지.

그런께 스님들이 자기들이 있을 곳을 찾아서 도승이 여기 만대까정 왔다 이런 얘기여.

거기 가면 후망산이라는 산이 있어요. 후망산. 후망산.

말하자면 후망산상이니까 후망산 꼭대기에 올라 앉아서 도승 둘이, 인제 지형을 보구서 답사를 허는 거요.

한 도승은 이, 지형을 생김새로 봐서 언젠가는 큰 만 호가, 만 호가 들어서 살 터전이다, 해서 일만 만 자, 터 대 자로 해서 만대라고 허고.

한 도승은 이거 오다 오다 끝에 더 갈 디두 없다, 도망갈 디두 없다, 끝나는 지역이다, 해서 끝 말 자 터 대 자해서 말대여. 말대.

그래서 지금 가다 가다 만대라고 허는 건 욕 먹는 거여.

그러나 이 말대라는 저, 기록이 남아 있는 건 없고, 만대라고 허는 기록은 지도에도 옛날부텀 나와 있어요. 옛날부터 다 나와 있다고.

면지에 그, 저, 지도 ○○○○ 보고 만대라고 허는 게.

옛날 고도, 그냥 이렇게 이렇게 헌디 그 만대라고 거기가 써져서 나와 있어요.

그런디 고거를, 나무꾼이 나무허러 갔다가 가만히 들으니께, 중 두 놈들이 한 사람은 어늬 때가 만 호가 들어설 터전이라구 해서 만대라 허구, 한 놈은 끝나는 디라구 말대라고 허니께, 내려와서 내려와서 주민들한티 얘기를 헌 거유.

두 놈들, 중 두 놈들이 싸우구 있는데, 한 사람은 어늬 때구 만 호가 들어 살아 아주 발전헐 만대라구 허구, 일만 만 자. 한 사람은 끝나는 아주 말대라구 허더라.

주민들이 어뜬 사람을 좋아허겄어요?

만대라 헌 사람을 좋아혔지, 당연히.

말대는. 그래 만대라고 헌 사람은 밥도 주고 잘 주민들이 호응을 해주고, 말대라 헌 사람 밥두 안 주구 있어 삐러.

그러니께 그 사람은 산에서 인저 거기 꾸지나무골이라는 것두 있구. 산에서 열매 꾸지 겉은 거 이런 것만 따먹고 살다, 그래서 거기 보믄 중 떨어 죽은 낭떠러지라는 디가 있어요.

에, 그런께 결국은 다 먹을 게 없는 거요.

그러닌께 낭떠러지 끄트머리 가지에 꾸지 붙은 걸 따먹으러 올라간 겨. 게서 떨어져서 죽어 삐렸어. 자기 주장한 대로 끝을, 끝을 낸 거요. 말대. 그 사람, 그 중 떨어진 날.

그래서, 가다 가다 만대란 말은 거기서 난 말이고, 어늬 때고 만 호가 들어설 허는. 그런께 이게 고려 말 정도에 유래된 거죠.

이 그, 그런게 옛날 이조 때 초기 그 지도에도 만대루 표시돼 있어요.

대동여지도에도 만대로 표기가 돼 있다구. 그러니께 지금 여기서는 만대루 불릅니다. 일만 만 자, 터 대 자로 써요.

그때부텀 일만 만 자, 터 대로 했는디 왜 말대로 씁니까?

그런디 허니라고 가다 가다 만대라고 허믄 그 저, 흥이 돼 버리는 거지.

그런게 게 가서도 가다 가다 만대라는 말은 쓰지 말애요.

[웃음]

만대라고, 만대라고 써요. 또 물어봐요. 내려오는 구전입니다.

용난굴과 망부석 바위

자료코드 : 08_14_FOT_20110327_HID_LJP_0005
조사장소 : 충청남도 태안군 이원면 굴항 2길 79-24번지
조사일시 : 2011.3.27
조 사 자 : 황인덕, 김기옥, 백민정, 김미정
제 보 자 : 이재필, 남, 76세
구연상황 : 앞의 이야기와 같은 상황에서 이어서 구연하였다.
줄 거 리 : 굴 속에 살던 구렁이 두 마리가 용이 되어서 승천하려고 서로 경쟁을 하였다.
         하루는 한 구렁이가 용이 되어 하늘로 올라가는 것을 보고는 다른 용도 뒤따
         라서 올라가려고 하다가 떨어져 버렸다. 그 용은 허물을 다 못 벗은 상태였으
         므로, 피를 흘리는 바람에 굴에 있던 돌에 붉은색의 핏자국이 남게 되었다.
         그 용은 죽어서 망부석이 되었다. 지금도 망부석 바위가 있다. 이 일이 생긴
         이후, 용이 승천한 굴이라고 해서 용난굴이라고 부르게 되었다.

거기 지형 가 보머는 아주 흡사합니다. 그 얘기가. 거기가 흡사해요.

그러구 그 지금은 모래에 묻혀서 옛날보덤 안 뵌대.

속이 들어가믄 양굴이 뻗쳤어. 굴루 이렇게 들어가 보믄. 답사, 현지답
살 안 해 보셨죠?

에 나두 현지답살 엄청해 본 사람이 있던데. 안이 들어가서 보믄은 양
짝이루 굴이 이렇게 두 개가 있어요. 요롷게.

그래서 인전에, 구렁, 구렁이 큰 구렁이가 용이에요. 돼서 올러갈라고.

양 굴이서 두 구렝이가 살면서 서로 경쟁을 헌 거여. 경쟁을. 양 굴이서. 서루 경쟁을 했다고. 경쟁을 해 가면서 이 지냈는데.

그 동네서 사는 한 노파가 막, 그 천둥 번개허고, 막 쏘낙비가 쏟어지고 갑자기 날이 캄캄허지고. 그러니게 인저 느닷없이 쏘낙비 오면 이래, 뭐 치워 놓구 헐러구 나오잖아.

번개 번쩍 번쩍 혀 가면서 막 나와 보니께, 허 그러니 보니께 막, 그 용이 아주 퍼런해. 뿌연해 갖구 막 승천을 허는 거요. 하나, 용이 하나가.

승천을 해요. 그러더니 쪼끔 있으니, 그 승천허고 난 뒤 뒤따라서 못 허더니 하나 벼락이 탁 맞더니 뚝 떨어져서 바닷가로 간 거지.

그러더니 그러고 난 다음에 날이 조용하게 개는 거여요.

그래서 올러간 자리를 가 봤어. 가 봤더니, 그 둘이 경쟁을 허다가 용이 먼저 옆이 굴이 한, 한 사람 승천허니께, 그 사람 진 거 아녀. 그 옆이 사람들헌티.

그러니께 저도 올러갈라고. 나도 올라가야 용이 돼야지, 경쟁했으니께.

올러가다가 보니께 허물을 벗는데, 허물이 아직 멀었시니까, 못 벗구서 으, 피를 저기 헌 거여.

거기 보면은 그, 지형이 어츠게 됐느냐믄, 안이루 위루다가 한 일 메타 정도 되는 게 그게. 에 돌에 딴 데는 다 검은데 거기는 자주 색깔, 핏색 색깔한 돌이 가운데 한 일 메타쯤 줄이 쭉 있어요.

근게 허물을 벗지 못 허고, 피를 게다가 흘려 가믄.

그러구 이 꼭대기에 올러 보믄 차돌, 차돌로 낭떠러지 위로 하얗게 돌이 한 일 메타 간격이루 쭉 올렸어요.

옛날인 요기서 쳐다봐두 그게 다 뵀어요. ○○○○ 때는. 하얗게 이렇게. 낭떠러지 위로 다 이렇게 보였다고.

지금 가 보믄 현상에도 고렇게 돼 있어요.

그런기 피 흘려 가머 갱신히 허물 벗어 놓고 올러가지 못 허고 떨어져서 죽었다 이런 얘기여.

그 이, 그 용, 용 한 마리는 죽어서 망부석이 돼 버렸어. 그래서 그게 망부석 바위라고 있어.

망부석 바위. 그 저, 면지에 봐도 망부석 바위가 그, 사진이루 나온 게 있을 거여. 용난 굴두 사진이루 나온 게 있을 테구.

그래서 그 뒤부텀 용이 나서 올러간 굴이다, 해서 용난굴이라고.

에, 그렇게 얘기허고 있어요. 그게. 그 전설이 그래유.

와랑창 전설

자료코드 : 08_14_FOT_20110327_HID_LJP_0006
조사장소 : 충청남도 태안군 이원면 굴항 2길 79-24번지
조사일시 : 2011.3.27
조 사 자 : 황인덕, 김기옥, 백민정, 김미정
제 보 자 : 이재필, 남, 76세
구연상황 : 연이어 마을에 대한 전설을 구연하였다.
줄 거 리 : 와랑창이라는 곳이 있다. 바닷가에 위치한 곳으로 파도가 치면 와랑와랑 소리
를 내는 곳이다. 한 어부가 이곳으로 고기 잡으러 나갔다가 집에 돌아오지를
않았다. 동네 사람들이 아무리 찾아 봐도 사람을 찾을 수가 없었다. 이때 지
나가던 한 도승이 일러주는 말을 듣고 시신을 찾을 수 있었다. 그곳에서 떨어
져 죽은 사람의 노기가 심해서 그곳에서는 와랑와랑하는 소리가 나는 것이다.

와랑창도 설이, 와랑창 설이 인저 두 가지가 있어요. 응, 전설이.

근디 그 참, 그게 험헙니다. 거기 가보믄 현지 가보면은.

근디 결국은 그 파도가 자꾸 치구 해서, 그 굴두 생기구, 그 굴 모냥 인저 이르케 생기구 소리가 나는데.

그른께 현상을 가 보면은 돌맹이 이렇게 그 바닷가이루 이렇게 낭떠러지 돌맹이가 착착 있는 디루, 그렇게 아 속이루 구녕 뚫어 갖구 위루 이

렇게 했어요.

그러믄 파도가 치믄은 와랑와랑 소리가 굴루 울려서 위루 퍼져 나오는 거지. 이렇게 파도치는 게.

그래 인제 그게 와랑창인데, 실은 그렇게 된 건데, 거기에 대한 전설이 있다구 전설이.

이, 그 고 거기가 어로굴이라는 게 있어. 어로굴. 어로굴. 어로굴.

어, 그게 모냐믄. 어릿굴이라고 그러는데, 그거는 한 어로굴이여.

고기들이 와서 노는, 노는 굴이다. 고기들이랑 노는.

그려서 고기를 잡아먹고 사는 어부가, 어부가 거기서 살았어요, 어부가.

그런디, 그때는 뭐 어구가 있나, 그레니께 인저 뭐가 없지.

그게 돌맹이 위에서 인제 낚시질을 허는 거지. 낚시질. 낚시질해서, 낚시질 허면서 잡아서 인제 이렇게 인저 먹고. 고 앞이 어로굴은 쪼끔 이렇게 장수리에 있으니까 그 잠수해서 잡구, 뭐 댓발 뭐 이런 걸로 잡고, 어로굴에는 낚시.

그런디 영감이 저기, 낚시질 갔다 밤에 어두워두 안 들어와. 안 들어와, 들어오들 안 와.

그런게 부인이 찾아 나섰을 거 아녀. 부인이. 암만 찾어두 있들 안 혀.

그래 인제 동네 사람들에게 다 이렇게 전파해 가지고 찾어두 찾들 못해요. 그러구 지성두 드리고. 뭣도 굉장히 허고.

그런데 한 도승이 지나다 그걸 찾다 지나다 보고 뭐라구 허느냐믄,

"여기는 안흥허고 맞뚫린 굴이다. 안흥허고. 그러니께 안흥 가서 찾아라. 안흥 가서, 시신을."

그래서 안흥 가서 보니께, 안흥 가서 그 장수리서 시신을 찾어서 모셨어요. 찾았대요. 게 전설이요, 하여튼.

그런게 그게 지따란 거. 그 옛날 명주구리 시 개를 풀어도 아 땅에 끝이 안 닿는다고 헌 거요, 밑이가.

지끔은 다 메저서 그렇지 않해요.

옛날엔 그랬다는 거요. 그런께 짚어요, 게가. 그런게 짚다는 뜻이에요.

명주구리 시 개를 풀어 넣어도 끝이 안 닿는다, 덜미가 끝이 안 닿는다.

그래서 그 양반이 거기, 떨어져서 떨어져서 거기에 떨어져 죽은 사람이
노기가 성해서 와랑~ 와랑~ 소리 질른다고.

밤낮 없이 소리 질른다고, 그래서 와랑창이다.

와랑와랑 소리, 와랑창이다 이렇게 되는 전설입니다. 거게, 거기가.

호적굴 전설

자료코드 : 08_14_FOT_20110327_HID_LJP_0007
조사장소 : 충청남도 태안군 이원면 굴항 2길 79-24번지
조사일시 : 2011.3.27
조 사 자 : 황인덕, 김기옥, 백민정, 김미정
제 보 자 : 이재필, 남, 76세
구연상황 : 앞의 이야기와 같은 상황에서 이어서 구연하였다.
줄 거 리 : 숯을 구워 팔면서 살아가던 부부가 있었다. 하루는 남편이 숯을 팔러 나갔다.
아내는 남편이 돌아오기 전에 나무를 해 놓을 욕심으로 늦은 시간까지 산에
서 일을 하다가, 호랑이에게 물려 죽었다. 돌아온 남편이 이 사실을 알고는,
호랑이 있는 곳을 찾아서 호랑이를 죽여 버렸다. 아내의 장례를 치른 후 자신
은 암자를 지어 놓고 기도를 하면서 일생을 마쳤다. 호랑이를 잡은 굴이라고
해서 그곳을 호적굴이라고 한다.

숯을 과서 옛날이는 풍선이루 갖다 팔잖아요,

그런데 인저 그 부부가 살면서 숯 과 먹고 살았어요 거기서, 숯을 과
먹고. 그런게 숯을 인저, 부부가 인저, 나무 짤러서, 결국 숯 과는 거 같이
일허는 거지.

같이 일해서는 게 이제, 숯을 과서 놓구서 파는 건 인천다 갖다 팔았어.

인천에. 인천에 배루.

그래 인천이루 남편은 인저 숯 팔러 간 거여.

인저 그 옛날 납배 같은 쪼끄만 목선, 목선이다 싣구서 납배를 타구서 배를 타구서 숯을 팔러 갔는데. 그 부인입때는 다 생활이 그렇잖아요. 장이 팔러 오기 전이, 에 나무를 짤러 놔야 또 숯을 굽지.

그러니께 자기가 남편이 숯 팔고 올 동안에 자기 욕심, 그 부인 욕심으룬 숯 한 굿 굴 나무를 짤러 놓겠다. 이런 맘가짐이루 밥 먹으믄 가서 그 숯, 나무를 자른 거에요.

그런디 옛날에는 여기가 호랭이가 살았습니다. 호랑이가. 호랑이가 있었다구, 호랑이가.

그거는 기록이두 나와유.

왜냐믄은 내 이산공 목장 얘기했죠? 그 목장을 허면서 그 목장을 감목관이 에, 그걸 보고해요. 위에다.

보고헌디믄은, 보믄은 인저 말 사십, 사십 필이 없어졌는데, 말, 사십 필 없어졌는데, 거기서 호랭이가 잡아먹은 잡아먹은 게, 유실수 중에서 말 이십사 필이 호랭이가 잡아먹었다. 이렇게 에 보고된 게 있어요. 기록에도.

그러니께 호랭이가 살았단 건 근거여. 그거는 에, 문 저 문서상이루 나오는 기록이루 전해지는 거니까. 기록이 되는 게, 이산공 목장의 거기 그 읽어 보믄 그런 게 있어요. 그러니까 그건 기록이두 나오니까 호랭이가 살았다는 건 틀림이 없어요.

나무를 비는데, 호랑이가 아, 인자 나타난 거지. 나타난 거여.

그런디 이, 그냥, 나타난 걸 가만히 놔두구는 말했더니, 나무를 쓰러뜨리니께 호랑일 건다렸을 거 아녀.

그걸, 그러고 호랑이가 덤비는데, 여자의 몸으루 호랑일 당헐 수가 있어유? 그런디 호랑이헌티 물려 죽은 거요.

그 때마침 그게 워니 때느냐믄은 배가 올러오는 날이여. 신랑이 오는 날. 오는 날. 그러닌께 오기 전에 더 쳐야겠다고 늦드락 빈 거여. 더 쪼끔 늦어락.

그런께 신랑은 숯 팔구, 그러두 마누라 뭐 딴 것도 뭐 좀 이런 거 선물도 사구 팔었시니까. 사 가지고 오너서 집에 오니께 부인이 없이니께 찾는 거지.

암만 찾아봐도 없어. 암만 찾아봐도. 암만 찾아봐도.

그래 동네사람들 보니께, 아유 오늘 저녁, 저녁때마지 그걸루 나무 비러 가는 것 같드라고.

그래 나무 비러 가서 그걸 불러 가며, 그걸 자기 부인을 불러 가며 돌아대니다 보니께, 자기 부인 옷이 찢긴 거 한 자락이 발간이 돼여. 그런께 선입감이 이 사람이 딱 했은께. 호랑이두 살고 허니께.

'아하, 이거 호랑이헌테 물렸구나.'

그래서 그 참나무 벼 논 몽뎅이를 하나 들구서 몽뎅이를 하나 들구서, 그, 핏자국 흘린 거를 이렇게 따러서 옷 찢어진 거를 따러서 가 봤어.

그런디 그 굴, 굴 앞에서 호랑이가 인제 그것도 그게 사람을 잡아서 먹으먼은 도처서 잔대요. 자구 있어.

그래서 그눔이루 막 때려서 호랭일 잡은 거여.

호랑일 죽여, 잡었어. 잡고 동네사람들을 불러서 불러서 인저 시신을 그 나무, 그 뭐, 남은 거지, 남은 거. 수습해서 장사를 지내고.

고기 기도암터라는 게 있어요. 암자터가. 암자터. 그런게 다 연관되여.

극락장생하라구 암자를 하나 짓구 자기가 그 사람이 암자를 짓구, 정자를. 그냥 비손허다가 죽었다는 거여. 그 신랑도.

그렇게 허다가 죽은 거고, 암자를 하나 맨들어 놓고, 그래서 암자터도 있고. 그래서 그 굴이 호랑이 잡았다는 굴이 호랭이 살던 굴이다 해서 호적굴이여. 자취 적 자여. 호랭이 때. 자취 적 자.

호랭이 자취가 있는 굴이다, 그래서 호적굴이라 그래요.

지성골 지명유래

자료코드 : 08_14_FOT_20110327_HID_LJP_0008
조사장소 : 충청남도 태안군 이원면 굴항 2길 79-24번지
조사일시 : 2011.3.27
조 사 자 : 황인덕, 김기옥, 백민정, 김미정
제 보 자 : 이재필, 남, 76세
구연상황 : 앞의 이야기와 같은 상황에서 이어서 구연하였다.
줄 거 리 : 지성골이라는 곳이 있다. 지극한 정성을 드린다는 지성골이 아니라, 언젠가는
         성인이 태어난다는 의미의 지성골이 맞는 표현이다.

지성골. 땅 지(地) 자, 성인 성(聖) 자. 땅 지 자, 성인 성 자, 지성골.

그, 그거면은, 그게 명당이지. 어니 때고 성인이 날 자리다. 이런 얘기에요. 성인이 날 자리다, 어늬 때고. 그기 지성골이유.

그런디 여 지명유래. 에 딴 분이 요고는 뭐이서 보느냐믄 평양 조 씨 족보를 보면은 땅 지 자, 지성골루 돼 있어요.

그런디 뭐, 모인이 지명유래를 쓴 지명골은 지성 드리던 곳이다 해서 지성이라고 이렇게 써 놨는데, 그게 잘못된 거에요.

그러니께 이거는 족보나, 이게 옛날에 족보 옛날부텀 내려오는 기록있잖, 기록이잖유.

그래서 나는 면지를 내면서두 그걸 확인헌 거. 각 성씨들이 지역에 관한 족보, 묘 있는 사람들의 묘지 있는 분들의 족보를 내 뭐 찾아 봤어요.

그래서 그, 그래두 그냥 구전보덤두 그런 족보 같이두 기록이루두 그 지명이 써져 있는 것이 그러두 신빙성이 더 가는 거 아니냐. 그래서 찾아 봤는데, 평양 조 씨네 족보를 보믄, 땅 지 자, 성인 성 자, 지성골루 돼 있

어요.

그래서 그게, 나는 나는 이게 맞다.

그 모냐믄은 거, 그 산에 요렇게 ○○○○으루 넘어가는 산.

언젠가는 여기가 성인이 날 묘지가 있다. 이런 명당자리가 있다. 이런 얘기여.

토정보다 나은 옹기장수

자료코드 : 08_14_FOT_20110327_HID_LJP_0009
조사장소 : 충청남도 태안군 이원면 굴항 2길 79-24번지
조사일시 : 2011.3.27
조 사 자 : 황인덕, 김기옥, 백민정, 김미정
제 보 자 : 이재필, 남, 76세
구연상황 : 앞의 이야기를 마치자 조사자가 토정 선생에 대한 이야기는 없느냐고 물으니 아래의 내용을 구연하였다.
줄 거 리 : 옹기장수가 짐을 지고 길을 가다가 고개 능선에서 쉬고 있었다. 이를 본 토정 이 곧 해일이 밀어닥칠 것이니 피하라고 하였다. 그래도 옹기장수는 피하지를 않고 느긋하게 잠을 청하였다. 나중에 보니 옹기장수가 가지고 있던 작대기 끝에까지만 물이 차오르는 것이었다. 토정보다 옹기장수가 낫다는 설이다.

옹기장수가 옹기짐을 그 지구서 가다가, 인제 옛날은 대개 산 고갯길 이렇게 이렇게 능선 넘어 대니잖어. 소릿길루, 그전에.

그 능선에, 능성 고갯길에다가 받쳐 놓구 쉬구 드러눴는데.

토정 선생이 아이구, 저기 해일 일어서 물이 막, 이 바닷가 안 살으니 까 막 여기 닥치는디 빨리 저기루 피해 가라 하면서 펄펄 뛰구서 올러가 는데,

"당신이나 피허슈."

허고서 그저 잠이나 느긋하게 자는디.

그런디 해일해서 물이 들어온 게 바로 작대기 끝까정 들어오고 말았다, 이런 얘기여. 더 올러오지 않구.

그래 토정보다 옹기장수가 더 낫다 하는 얘기여.

[웃음]

그런 얘기는 들었어요. 어른들 사랑방 얘기에서.

이원면 당산1구 사형 명당

자료코드 : 08_14_FOT_20110402_HID_LJS_0001
조사장소 : 충청남도 태안군 이원면 포지리 1구
조사일시 : 2011.4.2
조 사 자 : 황인덕, 김기옥, 백민정, 김미정
제 보 자 : 이주선, 남, 58세
구연상황 : 다른 화자를 만나려고 이동하던 중 길에서 이주선 화자를 만났다. 현재 소방
         관리원 일을 하고 있다. 길가에 서서 화자의 이야기를 들었다. 당일 조사를
         위해 일대를 오가다가 몇 번 더 화자를 만나게 되었다.
줄 거 리 : 이원면 당산1구에 있는 산의 형상이 뱀의 형국이다. 또한 그 앞에는 먹이인
         개구리의 형상이 있다. 따라서 이곳 사람들이 잘살고 있다.

쭉 형국이 있는데 거기 일본 놈이 올러가지고, 산을 목아지를 짤렀어요, 목아지를.

목아지를 짤르니께, 인물이 탄생한다 혀가지고.

(조사자 : 어디가요?)

당산 1구. 그래 그 목아지를 짤러 가지구요, 그게 용이 막 여기 피를 흘려갔대. 게 용의 형국이다.

에, 사형이라구두 허는데, 이 쉽게 얘기해서 사형인데.

그 저기 그 앞에 깨구리가, 깨구리가 인제 펄쩍 뛰어서 거기가 앉었거든요. 앉었는데 근디 그 용이 인제 그른께 사형인께, 인제 용이라구두 뱀

이라구두 되구.

그 뱀이 구렁이가 인제 저 밖을, 먹을 밥거리가 있으니께 그걸 잡아먹을 형국이어서 그 안에서 사는 사람들 다 배불르구, 다 잘살구, 아들 딸 잘되구 그래요.

이원면 관리1구의 굴과 마당 바위

자료코드 : 08_14_FOT_20110402_HID_LJS_0002
조사장소 : 충청남도 태안군 이원면 포지리 1구
조사일시 : 2011.4.2
조 사 자 : 황인덕, 김기옥, 백민정, 김미정
제 보 자 : 이주선, 남, 58세
구연상황 : 길에서 바람을 맞으며 서서 이야기를 들었다.
줄 거 리 : 이원면 관리1구에는 소원을 빌면 이루어 준다는 굴이 있다. 그리고 그 앞에는 마당바위가 있다.

그러고 거 너머 마을은 구멍이 커다랗게 뚫어졌는데.

(조사자 : 당산리요?)

거기는 관리 1구.

거기는 인제 여자들이 출가해 가지고 어린애를 못 나면은 거기 들어갔다 나오면은 어린애 낳고, 잉태해 가지고 애를 낳고.

그러구서 인제 가족 인제 대대손손 자손을 퍼뜨려야잖유.

이 절손허믄 그, 그 가문에 대해서 이 그 한 가지 악이라고 될 수 있나.

에 그러기 땜에 자손이 퍼질.

거기서 들어갔다 나오면은 소원, 자기가 소원을 빌고 그럼, 막 아들을 낳던 딸을 낳던 이 후대를 이어나갈 수 있는 자손을 낳을 수 있다는 거여.

(조사자 : 그 소재가 어디라고요, 정확하게?)

관리 1구. 거기에는 커다란 마당바위가 있어요, 옆에. 그리고 물이 막 들어갔다 나왔다 해. 그 굴루. 만조 때, 만조 때.

(조사자 : 그 굴이 이름이 있나요?)

굴 이름은 없지요.

이원면 유래와 관 바위

자료코드 : 08_14_FOT_20110402_HID_LJS_0003
조사장소 : 충청남도 태안군 이원면 포지리 1구
조사일시 : 2011.4.2
조 사 자 : 황인덕, 김기옥, 백민정, 김미정
제 보 자 : 이주선, 남, 58세
구연상황 : 낮에 산불관리인 일을 하는 이주선 화자를 길에서 만나 잠시 이야기를 들은 것이 아쉬워, 저녁에 다시 만날 것을 약속하고 헤어졌다. 이원회관이라는 식당에서 다시 만났다. 마침 저녁 식사 시간이라 음식을 시켜 먹으면서 이야기를 들었다. 낮에 들은 이야기와 유사한 내용의 이야기가 반복되기도 하였다.
줄 거 리 : 이전에는 이원면을 이북면이라고 불렀다. 그런데 이남이 아니라 이북의 의미로 듣는 사람들이 있어서, 이원면으로 바뀌게 되었다. 관바위라는 곳이 있다. 인재가 돈을 벌고 출세를 하면 이곳을 떠난다.

이북면이라고 해서, 삼팔이북, 저, 동무레 북반구로 가자우야, 하는 왜, 삼팔이북.

그게 인제 해 가지구서 에 주민들이 그 면을 바꾸자구, 명칭을 바꾸자구 했어요.

(조사자 : 아, 이북면에서요?)

예. 삼팔이북이라구 어디 가서 하면은, 이북이서 왔다구면 삼팔이북에서 온 줄 알아요.

그래서 배 이 자에다가 동산 원 자에다, 배 이자는 똑같은 디다, 동산 원자를 써 가지고 이원면으루 다시 변경했어. 변경했어요.

그르니 이 산이, 형이, 딱 품어 주는 형격이, 형국이어서.

그러구 저 위에 큰 바위가 있거든. 바위가 있는데, 갓바우여, 관바우.

(조사자 : 관바우.)

예. 관바우. 벼슬 관자. 관바위가 있어 가지고 거기서 인재, 인재가 인사하면은 돈 벌고 출세하면 다 떠나는 거예요.

돈 벌고 출세허면 다 떠나는 거야.

예. 그래 가지구이, 내수와 외수가 맞어 가지구서 저 할미섬이루 내려가.

서기가 빠져나간 명당

자료코드 : 08_14_FOT_20110327_HID_JMS_0001
조사장소 : 충청남도 태안군 이원면 포지리 노인회관
조사일시 : 2011.3.27
조 사 자 : 황인덕, 김기옥, 백민정, 김미정
제 보 자 : 조명숙, 여, 80세
구연상황 : 이원면 노인회관 입구에서 만나 조사자들과 함께 회관으로 들어섰다. 무슨 이야기를 해 주어야 하는지 망설이다가 들려준 이야기이다. 이야기를 하는 도중에 또 다른 화자 한 명이 이야기판에 동석하였다.
줄 거 리 : 당산 4구에 있는 한 공동묘지에서 어떤 사람이 아버지의 묘를 파니 안개 같은 것이 새어 나오는 것이었다. 이후 그 집은 망해 버렸다.

저기 당산 4구에 그 뭐여 그게, 공동묘지, 공동묘지가 있었는데.

(청중 : 지금도 있지.)

잉. 공동묘지 있었는 디가 아니라. 현재도 있는디.

어떤 사람이 인저 자손이 잘 되니께 인제 아버지를 모셔 간다고 파니께 막 그냥 무얼 안개 같은 게 막 널러 가드래요.

　그렇게 집안 망했다 소리여.

　(청중 : 그런 사람 있어요, 여기.)

수숫대가 붉은 이유

자료코드 : 08_14_FOT_20110327_HID_JMS_0002
조사장소 : 충청남도 태안군 이원면 포지리 노인회관
조사일시 : 2011.3.27
조 사 자 : 황인덕, 김기옥, 백민정, 김미정
제 보 자 : 조명숙, 여, 80세
구연상황 : 조사자가 노래와 이야기를 청하며 알고 있는 이야기의 말머리를 내놓았으나
　　　　　잘 연결이 되지 않았다. 옆에 앉아 있던 화자가 계속 흐름을 도와주는 상황이
　　　　　되었다.
줄 거 리 : 일하러 나갔다가 집으로 돌아오던 여자가 호랑이를 만나 떡을 하나씩 다 빼
　　　　　앗기고 말았다. 호랑이는 남매들만 남아 있는 집으로 와서 아이들을 해치려고
　　　　　하였다. 아이들이 이를 피하기 위해 하늘에서 내려온 동아줄을 타고 나무 위
　　　　　로 올라갔다. 호랑이도 헌 동아줄을 타고 올라가다가 떨어지는 바람에 수숫대
　　　　　가 붉게 물들게 되었다.

　그래 저 등 넘어루 갔다가 인제 벼 매구 오는디, 호랑이가 나타나서,

　"떡 하나 주구믄 안 잡아먹지."

　인저 인저 떡을 거기서 해 줘서 인제 동구리다 이고 오는디,

　"떡 하나 주구믄 안 잡아먹지."

　인제 하나 하나 주다 보니께, 다 다 줘서 난중이는 결국이는 저거 해
갖구. 저 호랭이가 저, 남매만 있는 디 와서 엄마 왔다구 문을.

　(청중 : 문 열으라고 하니까, 우리 엄마 목소리 같지 않다구 손을 느라
고 허니께 이케 손을 느니까 털이 있어서 껄끄러서 우리 엄마 아니라고.)

　[다시 제보자]

이게 교과서에 있는 소린가 몰르겄네.

겪어서 우리 엄마 아니라구 해서 어트게서 뚫구 나가 갖고 동아줄루 막 나무에 올라가서 있는디.

너희덜 어츠게 올라갔느냐. 나두 동아줄 달라 해서 뭐 헌 동아줄 너서 이르케 올러가다가 쫓쳐 올라가다가 남매를 쫓쳐 올라가다가.

(청중 : 또 빼 놓구 해. 올라가 있는데 늬들은 어트케 올라갔니 허니께, 장대 ○○○서 챔기름 갖다 발랐~지. 허니께, 참기름 발라 못 올라가고.)

[웃음]

[다시 제보자]

잉. 미끄러워서 못 올라가고.

(청중 : 잉 못 올라오니까, 또 동생이라는 애는, 도치 갖다 찍구서 올라 왔지. 그런게, 도치 갖다 찍끄니께 나무가 부러질 것 겉으니께, 하늘에서 동아줄이 내려와서 그놈 타고 나무에 올라갔다고 그런 소리 있었어. 옛 날에.)

[다시 제보자]

동아줄 타고 올라왔당께.

인저 헌 동아줄 어트게 내려 ○○○○ 해서 뚝 끊어져 갖고.

(청중 : 호랑이가 떨어져 죽어서 이 수숫댕기가 빨갰다는 그 전설.)

[웃음]

파묘하고 꾸는 악몽

자료코드 : 08_14_FOT_20110327_HID_JMS_0003
조사장소 : 충청남도 태안군 이원면 포지리 노인회관
조사일시 : 2011.3.27
조 사 자 : 황인덕, 김기옥, 백민정, 김미정

제 보 자 : 조명숙, 여, 80세

구연상황 : 앞의 이야기와 같은 상황에서 이어서 구연하였다.

줄 거 리 : 어떤 사람이 사람의 뼈를 갈아 먹으면 자신의 병이 낫는다는 소리를 듣고, 공동묘지로 가서 뼈를 구해 갈아 먹었다. 이후 매번 꿈에 누군가가 나타나 내 다리 내놓으라는 소리를 하였다.

어떤 사람이 무릎이 아파서 이기 이기 저, 저, 사람 뼉떼기를 구워서 빠워서 먹, 가루로 먹으믄은 낫는다구 해서 공동묘지로 가서 파서, 뼉떼기를 갈어서 먹었다나.

그런디 꿈마다 내 다리 내놓으라구.

내 다리 소리 허니께 내 다리가 나오네.

[웃음]

내 다리나 꿈 속이마다 그려서 저거 헌다는 설쩍 들은 거 같애.

고려장이 사라진 유래

자료코드 : 08_14_FOT_20110327_HID_JMS_0004

조사장소 : 충청남도 태안군 이원면 포지리 노인회관

조사일시 : 2011.3.27

조 사 자 : 황인덕, 김기옥, 백민정, 김미정

제 보 자 : 조명숙, 여, 80세

구연상황 : 이영애 화자의 고향에 대한 이야기가 한동안 이어지고 난 뒤, 조사자가 또 다른 이야기를 청하자 조명숙 화자가 들려준 이야기이다.

줄 거 리 : 고려장 풍속이 있던 시절에 어떤 사람이 부모를 지게에 지고 가서 버리고는 지게까지 버리고 돌아왔다. 이를 본 그의 아들이 지게를 가지고 와야 자신도 다음에 부모를 버릴 것이 아니냐고 하였다. 이를 듣고 깨달은 바가 있어 부모를 다시 모시고 돌아왔다. 이후 고려장 풍속이 없어졌다.

저저, 고려장하던 시대 부모를 고려장허는 시대에 지게에다 지구 가서 내버리구 왔는디, 어트겠지?

(청중 : 내버리구서 오니까, 갖구 가야 다음에 아버지 또 늙으시면 또 지구 갈 꺼.)

[웃음]

잉. 지게, 지게 채 어머니를 버리닌께, 지게를 지구 가셔야 나두 갖다가 어머니 버리지 않느냐. 아버지 버리지 않느냐. 그르 했다는 전설인가.

(청중 : 그래서 도로 그 지게를 지구 아버지를 모시구 와서 잘 살았다 구.)

그렇지. 그래. 아 아니구나, 해서 그때부텀 바꿔졌다는.

할머니 집 도깨비터

자료코드 : 08_14_MPN_20110402_HID_LJS_0001
조사장소 : 충청남도 태안군 이원면 포지리 1구
조사일시 : 2011.4.2
조 사 자 : 황인덕, 김기옥, 백민정, 김미정
제 보 자 : 이주선, 남, 58세
구연상황 : 길에서 서서 화자의 이야기를 들었다.
줄 거 리 : 할머니가 살던 집이 도깨비터였다. 밥을 하는데 이상한 소리가 자꾸 들려서
화롯불을 마당에 쏟아 부었더니 잠잠해 졌다. 3일 동안 그렇게 하니 도깨비가
나타나지 않았다.

우리 할머니가 밥을 허는데, 인제 거 화롯불이다 밥을 놓고 너무나 무
서워서.

인제 물동이 이구 가는 소리, 밥 허는 소리, 솥 닦는 소리 뭐, 담뱃대
뚜드리는 소리가 계속 부엌에서 나가지고.

화롯불 막, 불이 활활하게 타는 불을 안방에다 놨다가 한 열두 시나 한
시경, 그때쯤 막 안뜨랑에다 쏟어버리믄, 그러믄 그 저기 도깨비터가 거
될 거야. 내가 살 던 집이. 도깨비터가.

(조사자 : 도깨비터라고요?)

예. 도깨비턴데, 도깨비들이 다 사라지는규.

화롯불 막 안뜨랑이다 부어 가지구.

그래서 인제 잠잠허거든요. 그때 인제 잠 못 잤으니까 잠자고 나믄 인
제, 인제 그 다음날 또 나타나고. 그렇게 한 삼일 간 나타나더니 그렇게
화롯불 담어 가지구서 안뜨랑이다 쏟으니까 그 뒤로부텀은 인제 세 번 쏟
으니까 안 나타나드라는.

도깨비에 홀린 남자

자료코드 : 08_14_MPN_20110402_HID_LJS_0002
조사장소 : 충청남도 태안군 이원면 포지리 1구
조사일시 : 2011.4.2
조 사 자 : 황인덕, 김기옥, 백민정, 김미정
제 보 자 : 이주선, 남, 58세
구연상황 : 식당에서 이야기판이 벌어진 상황이라 음식을 먹으면서 이야기를 이어 나갔다. 도깨비를 본 사람에 관한 이야기는 없느냐고 물으니 아래의 내용을 구연하였다. 조사자가 질문을 하면 짧은 단편적인 이야기라도 들려주려고 노력하였다.
줄 거 리 : 어떤 사람이 도깨비에게 홀려 밤새 돌아다니다가, 바다에 빠져 죽기 직전에 등대의 불빛을 보고 겨우 살아날 수 있었다.

에, 사방이 맥혀 가지고, 근디 밤새 돈 거예요. 제자리를.

자기 본인은 계속 자기 집으루 찾어 가는디.

그물을 메 가지고, 고기는 떼 가지고, 이 그릇이다 담아 가지고, 지게에다 지구서. 지게 알쥬? 지게에다 지구서 집이루 방향을 됬는데, 방향이 이 남쪽 방향이루 가야 하는데 계속 서쪽이루만 내려가는 거예요.

내려가다, 내려가다 보니까, 바닷물이 철렁 철렁허다 바다에 빠져.

바다에 빠져서 죽기 일보적지, 직전에, 죽기 일보직전에 그, 섬에 인제 등대가 있어요. 등대가 빤짝 빤짝 불 비치는 걸 보고서, 방향을 보고서 자기 자기 목숨 자기가 찾은 거예요.

그래 가지구서 반대로 가야갔다 해가 나 오늘까지 살았잖아.

도깨비불 보고 놀란 일

자료코드 : 08_14_MPN_20110402_HID_JJD_0001
조사장소 : 충청남도 태안군 이원면 포동길 82-39
조사일시 : 2011.4.2

조 사 자 : 황인덕, 김기옥, 백민정, 김미정
제 보 자 : 조재동, 남, 81세
구연상황 : 조사자가 해당 마을에 대한 정보를 얻으려고, 차를 타고 일하러 나가려는 화
        자를 붙들고 이야기 듣기를 청하였다. 화자의 집에 들어가서 이야기판을 마련
        하였다. 화자의 부인이 동석하였다. 선뜻 이야기가 나오지 않자, 오래 전에 겪
        은 특이한 경험담이라도 좋다고 하면서 이야기를 청하자, 한번 크게 놀란 적
        이 있다고 하면서 들려준 이야기이다. 이 일을 겪고는 며칠 간 심하게 앓았다
        고 한다.
줄 거 리 : 20살 때 안면도에 심부름 갔다가 오는 길에 장작골을 넘어오게 되었다. 한밤
        중인데 갑자기 불이 환하게 비치는 바람에 놀라 소리를 지르면서 고개를 넘
        어왔다. 이후 며칠을 앓았다.

스무살 먹어서 안면도를 요기 심부름을 갔다 오다가 거기서 저물었시요, 저물어 태안서 걸어 들어오는디, 태안 읍내서.

(청중 : 그땐 차가 없지.)

차가 없을 때니께. 걸어 들어오는디, 저, 여기서 저, 장작골루 들어가는 진입로.

(청중 : 거 장작골 들어가는 데.)

거기께, 거기께쯤 왔는디, 불이 그냥 환해요.

어트게 된 것이, 느닷없이. 게서 그 건너에 산길 걸어오는디, 환한 빛이 비쳐 지드라구요.

모, 요만한 것두 다 봬요.

그래 고 혼을 한 번 난 적이 있시요. 그거 백에 뭐.

(조사자 : 그냥 환하기만 하고 다른 건.)

예, 환해 가지구서 그냥, 손이 손이서 땀이 그냥 막 흐르더라구요.

(조사자 : 누구를 만나거나 이러진 않고요?)

왜, 뭐. 만난 만난 사람도 읎지요.

아이 이 불 비쳐 주는디, 그 고개를 그냥 소리소리 질러 가머 고개를 올러 올러왔던 거에요.

베틀가

자료코드 : 08_14_FOS_20110327_HID_KYK_0001
조사장소 : 충청남도 태안군 태안읍 원이로 2771-96
조사일시 : 2011.3.27
조 사 자 : 황인덕, 김기옥, 백민정, 김미정
제 보 자 : 김용규, 남, 95세
구연상황 : 집 근처에서 밭일을 하던 화자를 만나 노래와 이야기를 청하자 집 앞 비닐
하우스에 자리를 잡았다. 베틀가를 잘 한다는 소리를 듣고 왔다는 방문 목적
을 전하자, 옛날에는 청이 좋았으나 지금은 목이 터지지를 않는다고 하면서
선뜻 응하지를 않았다. 일제 강점기에 고생한 이야기, 마을에 관한 이야기를
한동안 하다가 몇 번을 청하자 들려주었다.

정월날은 하나 쓸쓸허니나

베틀이나도 놀아나보세.

음~ 에헤여 베짜는 아가씨야

사랑노래 베틀에 수심만 지누나.

베틀 다리는 내다리언마는

직녀나 다린 두다리로구나.

음~ 에헤여 베짜는 아가씨야

사랑노래 베틀이 수심만 지누나.

낮이 짜는건 일광단 이언마는

밤이나 짜는건 야광단 이로다.

일광단 야광단을 다짜 놓구서

정든임 오시기를 고대나 하리로다.

음~ 에헤여 베짜는 아가씨야

사랑노래 베틀에 수심만 지누나

아이 어르는 소리(1)

자료코드 : 08_14_FOS_20110327_HID_MSE_0001
조사장소 : 충청남도 태안군 이원면 내 3리 다목적 회관
조사일시 : 2011.3.27
조 사 자 : 황인덕, 김기옥, 백민정, 김미정
제 보 자 : 문순임, 여, 77세
구연상황 : 앞의 이야기와 같은 상황에서 이어서 불렀다.

옥자둥아 금자둥아

복을주니 너를사랴.

금을주니 너를사랴.

하늘에서 떨어졌니?

땅에서 솟아났니?

부모님께는 효자둥아

형제간에는 우애둥아

일가친척에 화목둥아

나랏님께는 충신둥아

아이 어르는 소리(2)

자료코드 : 08_14_FOS_20110327_HID_MSE_0002
조사장소 : 충청남도 태안군 이원면 내 3리 다목적 회관
조사일시 : 2011.3.27
조 사 자 : 황인덕, 김기옥, 백민정, 김미정
제 보 자 : 문순임, 여, 77세

달궁 달궁

서울질루 가다가

왕밤 한되 주워서

살랑뒤다 묻었더니

머리감는 새웅쥐라

들랑날랑 다까먹고

벌레탱이 하나남은거

옹솥이다 삶을까

가마솥에 삶어서

주렝이루 건져서

함박에다 담어서

벌레탱일랑 너구나구 먹구

알갱일랑 할머니 할아버지 드리자.

다리 세는 소리

자료코드 : 08_14_FOS_20110327_HID_MSE_0003
조사장소 : 충청남도 태안군 태안읍 원이로 2771-96
조사일시 : 2011.3.27
조 사 자 : 황인덕, 김기옥, 백민정, 김미정
제 보 자 : 문순임, 여, 77세
구연상황 : 앞의 노래와 같은 상황에서 이어서 불렀다.

한거리 진거리 갓거리

인사만사 주머니끈

짝부리 해양쥐

누룬밥찌끼 턱찌끼
술집 할매 챗다리

시집살이 노래(1)

자료코드 : 08_14_FOS_20110327_HID_MSE_0004
조사장소 : 충청남도 태안군 내 3리 다목적 회관
조사일시 : 2011.3.27
조 사 자 : 황인덕, 김기옥, 백민정, 김미정
제 보 자 : 문순임, 여, 77세
구연상황 : 앞의 노래와 같은 상황에서 이어서 불렀다.

해팔랑해팔랑 고장치바지
궁뎅이시려서 밥못허겄네.
시집살이 못허면 영못혔지
술담배는 끊고는 못살겄네.
고추 밭뙈기 하나
못매 가꾸는 년이
술담배 먹기만 즐긴다.

영감아 땡감아

자료코드 : 08_14_FOS_20110327_HID_MSE_0005
조사장소 : 충청남도 태안군 이원면 내 3리 다목적 회관
조사일시 : 2011.3.27
조 사 자 : 황인덕, 김기옥, 백민정, 김미정
제 보 자 : 문순임, 여, 77세
구연상황 : 앞의 노래와 같은 상황에서 이어서 불렀다..

영감아 땡감아

생짜증 말어라

바느질 품팔어서

어허이~

술담배나 사줄게.

시집살이 노래(2)

자료코드 : 08_14_FOS_20110327_HID_MSE_0006
조사장소 : 충청남도 태안군 이원면 내 3리 다목적 회관
조사일시 : 2011.3.27
조 사 자 : 황인덕, 김기옥, 백민정, 김미정
제 보 자 : 문순임, 여, 77세
구연상황 : 앞의 노래와 같은 상황에서 이어서 불렀다.

시아버지 죽으라구

슥달 열흘 빌었더니

왕굴자리 다떨어진께

또 생각나는구나.

시어머니 죽으라구

슥달 열흘 빌었더니

보리방아 물부슨께

또 생각나는구나.

시동생 죽으라구

슥달 열흘 빌었더니

낭간이 떨어진께는

또 생각나는구나

아기 재우는 소리

자료코드 : 08_14_FOS_20110327_HID_POJ_0001
조사장소 : 충청남도 태안군 이원면 원이로 6250-2 만대경로당
조사일시 : 2011.3.27
조 사 자 : 황인덕, 김기옥, 백민정, 김미정
제 보 자 : 박옥자, 여, 62세
구연상황 : 앞의 노래와 같은 상황에서 이어서 불렀다.

　　　　자장자장 자장자장

　　　　우리애기 잘도잔다

　　　　우리애기 잠자면은

　　　　꽃밭에다 눕혀놓고

　　　　남의애기 잠자면은

　　　　쇠똥밭에다 눕혀논다

달아 달아 밝은 달아

자료코드 : 08_14_FOS_20110327_HID_OBS_0001
조사장소 : 충청남도 태안군 이원면 원이로 6250-2 만대경로당
조사일시 : 2011.3.27
조 사 자 : 황인덕, 김기옥, 백민정, 김미정
제 보 자 : 오복수, 여, 88세
구연상황 : 앞의 노래와 같은 상황에서 이어서 불렀다.

　　　　달아달아 밝은달아

　　　　계수나무 백힌달아

　　　　금도끼로 찍어내고

　　　　은도끼로 찍어내서

　　　　초가삼간 집을짓고

양친부모 모셔다가

천년만년 살고지고

시집살이 노래

자료코드 : 08_14_FOS_20110327_HID_OBS_0002
조사장소 : 충청남도 태안군 이원면 원이로 6250-2 만대경로당
조사일시 : 2011.3.27
조 사 자 : 황인덕, 김기옥, 백민정, 김미정
제 보 자 : 오복수, 여, 88세
구연상황 : 앞의 노래와 같은 상황에서 이어서 불렀다.

　　시아버지 죽어서 좋다구 했더니

　　왕골자리 떨어진께 생각난다.

　　시어머니 죽어서 좋다구 했더니

　　아랫목 차지가 내 차지다.

다리 세는 소리

자료코드 : 08_14_FOS_20110327_HID_LYA_0001
조사장소 : 충청남도 태안군 이원면 포지리 노인회관
조사일시 : 2011.3.27
조 사 자 : 황인덕, 김기옥, 백민정, 김미정
제 보 자 : 이영애, 여, 74세
구연상황 : 어릴 때 놀면서 부르던 노래는 없느냐고 물으니, 양 다리를 벌려 번갈아 무릎
　　　　　을 치면서 노래하였다..

　　하늘때 들때

　　용란 거리

팔매 장군

노루 사슴이

범이 약과

꼬드레 메드레 땡!

시집살이 노래

자료코드 : 08_14_FOS_20110327_HID_JKH_0001
조사장소 : 충청남도 태안군 이원면 원이로 2650-2 만대경로당
조사일시 : 2011.3.27
조 사 자 : 황인덕, 김기옥, 백민정, 김미정
제 보 자 : 장갑환, 여, 75세
구연상황 : 조사자가 노래를 청하자 번갈아 가면서 몇 마디의 노래를 이어 갔다. 이어 시집올 때의 풍습에 대한 이야기가 이어졌다. 가마를 타고 시집올 때 가마 안에 팥과 쌀을 넣어 와서, 이튿날 그것으로 밥을 지어 먹었다고 한다. 그렇게 하면 잘산다고 하였다.

천하에 못헐건 시집살이 고공살이

저녁만 늦어도 에헤에 생짜증 부리네.

■엮은이 소개

황인덕 충남대학교 국어국문과를 졸업하고 동 대학원에서 문학박사 학위를 받았다. 현재 충남대학교 국어국문학과 교수로 재직 중이다. 대표 논문으로는 「양촌천 '을무늬' 유래담의 지역배경적 고찰」이 있다.

김기옥 부산대학교 국어국문학과를 졸업하고 충남대학교 대학원에서 문학박사 학위를 받았다. 현재 홍익대학교 강사로 재직 중이다. 대표 논문으로는 「보은 설화의 서술양상과 현실 인식」이 있다.

백민정 충남대학교 국어국문학과를 졸업하고 동대학원에서 문학박사 학위를 받았다. 충남대와 목원대, 건양대, 대덕대 등으로 출강하였다. 대표 논문으로는 「김철균의 이야기꾼으로서의 특성과 의의-<첫사랑 체험담>을 중심으로」가 있다.

김미정 충남대학교 국어국문학과를 졸업하고 동대학원에서 문학박사 학위를 받았다. 현재 충남대학교 초빙교원으로 재직 중이다. 대표 논문으로는 「러시아 사행시 <환구음초>의 작품 실상과 근대성 고찰」이 있다.

증편 한국구비문학대계 4-9
충청남도 태안군

초판 인쇄 2016년 12월 21일
초판 발행 2016년 12월 28일

엮 은 이 황인덕 김기옥 백민정 김미정
엮 은 곳 한국학중앙연구원 어문생활사연구소
출판기획 유진아

펴 낸 이 이대현
펴 낸 곳 도서출판 역락
편   집 권분옥
디 자 인 이홍주

주   소 서울시 서초구 동광로46길 6-6(반포4동 577-25) 문창빌딩 2층
등   록 1999년 4월 19일 제303-2002-000014호
전   화 02-3409-2058, 2060
팩   스 02-3409-2059
이 메 일 youkrack@hanmail.net

값 25,000원

ISBN 979-11-5686-705-0 94810
      978-89-5556-084-8(세트)

이 도서의 국립중앙도서관 출판예정도서목록(CIP)은 서지정보유통지원시스템 홈페이지(http://seoji.nl.go.kr)와 국
가자료공동목록시스템(http://www.nl.go.kr/kolisnet)에서 이용하실 수 있습니다.(CIP제어번호: CIP2016029505)